安部公房とはだれか

木村陽子

笠間書院

『安部公房とはだれか』　目次

第二部　作品論への誘い　171

第一部

安部公房とはなにものか

第一章　〈リテラリー・アダプテーション〉という思想

「安部公房は、『砂の女』の作者です。」

「安部公房[†]ってどんな作家？」と質問を受けたとき、まずこのように答えることにしている。安部公房を研究している筆者にとっては、こうした質問に遭遇することはよくあることなのだが、この安部公房、「どんな作家か」を説明するのが、実はそれほど容易ではない。作家や作品の文学史的な意義を論じるのにもかなりの困難が伴う、日本文学史上の《難物中の難物》と言ってよい。しかし、確実に言えることは、特に一九五〇年代から七〇年代にかけての彼が、今日の想像をはるかに超えて「マルチな男」だったということである——。

＊　＊

かつて安部公房という作家がいた。今日では広く「あべ・こうぼう」と呼び習わされているが、本名は「あべ・きみふさ」という。生まれたのは一九二四

†**安部公房**—一九二四（大正13）〜一九九三（平成5）　小説家、劇作家。東京都出身。一歳で父母とともに満洲にわたり、二十二歳で引揚げるまでの約十七年間を奉天市内（現中国東北瀋陽市）の鉄道付属地で育った。東大医学部を卒業したがインターンを放棄し、『近代文学』および「夜の会」に参加。戦後文学賞受賞作『赤い繭』（一九五〇年）、芥川賞受賞作『壁—S・カルマ氏の犯罪』（一九五一年）で注目を浴び、作家としての地歩を固めた。

（大正十三）年三月七日、亡くなったのは一九九三（平成五）年一月二十二日で（享年六十八歳）、二〇一三年はちょうど没後二十年の節目にあたる。

とにかく彼は、よくも悪くも人目に立つ存在であり、古くから彼を知る友人の多くが口にするのは、その強烈な個性と才能についてだった。

ぼくは安部公房っていうの、面白くってしようがないんだよ。あの「壁」なんかでやってることを、昭和の初期に、みんなやったんだけどね、ダメなんだよ。浅はかで羞《はず》かしくってさ……それがだんだんダメになって、戦争でリアリズムになったでしょう。だが、その間にアバンギャルドが何か血肉《けつにく》化されちゃって、浅はか感がないんだよ、あの「壁」っていう小説。びっくりしたんだ。〔高見順†『戦争と文学者』五六年〕

とにかく日本にも、安部公房氏のようなスマアトなコミュニストがあらわれて来たのは、ステキだ。……われわれにとってもうれしいし、文学全体の地盤が拡大され進歩したということの証拠なのであろう。安部氏の「制服」が「群像」誌上に発表されたとき、日本の旧来の新劇壇は、狼狽《ろうばい》なすところを知らなかった。私はそれを見て、ざまァ見ろ、と云いたい気になった。〔三島由紀夫†『ドラマに於ける未来』五五年〕

†**高見順**―一九〇七（明治40）～一九六五（昭和40）小説家。福井県出身。東大卒。在学中プロレタリア文学運動に参加。検挙・転向、妻の出奔という体験をふまえ、自嘲的な知識青年像を描いた『故旧忘れ得べき』で第一回芥川賞候補となった。戦前に饒舌的説話形式を主張して既成リアリズムの克服を目指した。

†**三島由紀夫**―一九二五（大正14）～一九七〇（昭和45）小説家・劇作家。東京都出身。東大卒。学習院在学中に『花ざかりの森』などを発表、『仮面の告白』で注目を浴びた。小説『金閣寺』『豊饒の海』、戯曲『近代能楽集』『鹿鳴館』など。

安部公房が若《も》しいなかったならば、ということを、私は時々考えることがあるが、私はその時戦後の日本文学ははたして何処へ行ったろうかとその行方がわからなくなるのを感じるのである。実際安部公房という存在を失ったならば、日本の戦後の文学はたちまちたがをなくした木桶のように、ばらばらになりとけて四散してしまうように思える。（野間宏†『安部公房の存在』六〇年）

あるいは、一九六四年に出会い、以後三十年にわたる交際のあったドナルド・キーン†は、娘の安部ねり氏に父である安部公房の野心の強さについて次のように話している。

お父さんには大変な野心がありました。というのは、長いこと日本の現代作家は、ヨーロッパ人から学ぶということが、非常に大切だったのです。外国文学を読んで、なにか新しい日本文学を作るという考え方がありました。お父さんはむしろ、先駆的なことをやってみたい、まだ西洋人が考えたこともないことをやってみたい、未来の西洋文学者たちは、自分をまねするだろうなどと考えていました。……

†野間宏―一九一五（大正4）～一九九一（平成3）小説家。兵庫県出身。京大卒。反戦学生運動に接した体験から『暗い絵』を粘性の文体で書き、戦後派文学の誕生を告げた。日本共産党入党。軍隊体験をふまえた長編『真空地帯』を発表、映画化もされた。長編小説を多く書き、社会全体の構造をとらえる全体小説を志向した。

†ドナルド・キーン―一九二二～　アメリカ合衆国出身の日本文学者、日本学者、コロンビア大学名誉教授。近松門左衛門、松尾芭蕉、三島由紀夫など、古典から現代文学まで日本文学・文化を欧米へ紹介して数多くの業績がある。文化勲章受章（二〇〇八）。二〇一二年日本国籍を取得。

もちろん、一般の読者をただ喜ばせようとするなら、彼が若いころ書いていたものを続けて書いたらよかったのです。なにもそんな複雑なことを書かなくてもよかったのです。誰も考えていないようなものを書こうという野心がありましたから、読者が読んでくれないかもしれないと考えても、それでも書いていました。〔『安部公房伝』二〇一一年〕

人一倍の夢想家であり野心家でもあった安部は、若いころから一貫して他人がまだやったことのない先駆的なことをやってみたいと宿望し、それを実行に移すということを不断に繰り返す人生を送った。多くの作家がデビュー時には鮮烈なインパクトを読者に与えながら、次第に自らの持ち味を確立して、それを好ましく思う読者との間に親密な馴れ合いを築いていくのが世の常であるのに対して、安部はちがった。彼はそうした定番化のなかに安住、自閉することを好まず、むしろ積極的にそれを破壊し、自己更新しつづけることを自らに課したのである。

ところが、そうした同時代における安部の個性、才能、野心が世に及ぼした衝撃性、存在感というものが、悲しいかな、今日では遠く忘れさられてしまった感が否めない。もちろん、後述するように、今日でも読み継がれている安部の小説は少なくはない。現在でも街角の書店に行って新潮文庫の棚を見れば、たいてい安部の小説が複数冊陳列されているし、大きな図書館に行けば堂々たる『安部公房全集』全三十巻（新潮社刊）を手に取ることも可能だ。その点では、いっとき多くの読者に愛読されながらも、時代の推移とともに、いつしか文庫は絶版となり、全集化もされないまま、人目に止まる機会を失った数多の作家たちと比べれば、確実に安部は幸福な作家の一群に入るはずだ。

しかしながら、やはり……と、つい、安部びいきの筆者は思わずにはおれない。現役時代の安部公房の個性的で、才能と野心あふれる創造行為を把握するには、今日、全集や文庫といったメディアを〈読む〉という作業を通してだけではなかなかに到達しにくいのだ。なぜなら、安部は〈紙〉以外のメディアに実に多くの創作をしており、そこにこそ彼の個性が表れていたとも言えるからである。

たしかに彼は戦後、作家として出発したが、しかしそれは敗戦を故郷満洲†で迎え、命からがら無一文で焼け跡の東京にたどりついた無名の青年にとって、紙とペンさえあれば一応は事足りる〈書く〉という行為が、当時においては唯一実行可能な表現行為だったからでもある。しかし、戦後の復興とともに、新しい表現メディアが勃興しメディア・テクノロジー全般が飛躍的に進展するなか、それらメディアの成長期と表現者としての脂の乗った時期が幸運にも重なった安部は、その本能的とも言える際限のない拡張欲求に突き動かされるかたち

†**満洲**―中国東北部の旧地域名。一九三二年にこの地域を占領した日本は満洲国を建国した。日本の傀儡政権ともいわれ事実上日本の支配下となり、日本は南満洲鉄道や満洲重工業開発を通じて多額の産業投資を行い、農地や荒野に工場を建設した。結果、満洲はこの時期に急速に近代化が進んだ。第二次世界大戦後に中国に復帰。それとともに満洲の名も消滅した。

で、次第に〈作家＝書く〉という枠から逸脱し、より自由な、そして〈トータル〉な表現創造へと向かっていった。その意味で安部公房は、一生涯〈紙〉のメディアを主戦場として生きる、一般的な意味での日本文学の作家の系譜には位置づけにくく、むしろ、村山知義†や寺山修司†、あるいは三島由紀夫などにも通じる〈メディアの寵児〉的なオールラウンダーとしての特徴を強くもった表現者だったと言うことができる。ただ、残念ながら、これら〈メディアの寵児〉たちの場合と同様に、肝心のメディア映像や録音がほとんど安部のメディア作品の場合も残されていない。そこに、今日安部公房を研究することのむずかしさの一端があるとも言えるだろう。

　本書では安部公房を論じるに際して、現役時代の安部のマルチな表現者としての活躍をできるだけ再現するために、彼の受賞歴や折々のメディアでの取り上げられ方などを努めて紹介することにした。もとより作家やその文学の価値が受賞歴や記事の多少によって決定されるものではないが、残された脚本や台本の断片的な引用をするよりは、当時の安部の才能への社会の関心の大きさを知ることができると思うからである。歴史的評価がなかなか定まらないまま、同時代読者にとっては自明のことだった作家のスケール感が急速に忘れ去られつつある今日、改めてその大きさを認識することは決して無駄ではないだろう。

†村山知義―一九〇一（明治34）〜一九七七（昭和52）劇作家・演出家・小説家・舞台美術家。東京都出身。ドイツ留学後、前衛芸術団体マヴォを結成。共産主義に近づき、前衛座を経て前衛劇場、東京左翼劇場を結成。出獄後の小説『白夜』が転向文学流行の契機になった。一九三七年新協劇団を創設し中心人物となった。

†寺山修司―一九三五（昭和10）〜一九八三（昭和58）歌人・劇作家・演出家・詩人。青森県出身。「私」性を排したロマンとしての短歌で戦後短歌史に新風をもたらした。一九六〇年、戯曲『血は立ったまま眠っている』を発表。一九六七年に実験演劇室「天井桟敷」を結成、見世物の復権を唱え、前衛性と市街の劇場化などで国内外で注目された。

一　『砂の女』の作者

安部公房の名前がもっともよく知られているのは、今日約四十か国語に翻訳されている小説『砂の女』（六二年）の作者としてだろう。本作は刊行の翌年には読売文学賞を獲得し、現在でも読み継がれている大ロングセラー作品である。

文学出版の老舗である新潮社では、特に中高生の読書感想文を意識して毎年夏に「新潮文庫の100冊」というキャンペーンを行っているが、一九七六年の開始から二〇一二年現在まで、安部作品はこの「100冊」に連続入選している。（安部以外の連続入選作家は、芥川龍之介、井伏鱒二《いぶせますじ》†、遠藤周作†、川端康成†、太宰治、谷崎潤一郎、夏目漱石、星新一†、三浦綾子、三島由紀夫、宮澤賢治）。特に『砂の女』は、一九八一年二月に文庫化されて以来、実に三十二年間連続でこの「100冊」に選ばれている。「100冊」の選定基準は前年・半期（四〜十月）の売上総数が、一九九三年以前には二万部以上、文学が売れなくなったとされる九四年以降は一万五千部以上であることを最低条件としており、このことからも三十二年間「100冊」に入選しつづけている『砂の女』がいかに驚異的なロングセラーかということがわかるだろう。

†井伏鱒二—一八九八（明治31）〜一九九三（平成5）　小説家。広島県出身。『山椒魚』その他で文壇に登場し、ユーモアとペーソスを含んだ独特の作風で作家としての地位を確立した。『ジョン万次郎漂流記』で直木賞を受賞。文化勲章受章（一九六六）。

†遠藤周作—一九二三（大正12）〜一九九六（平成8）　小説家。幼少時代を満洲で過ごす。慶大卒。一九五〇年フランスへ留学。一九五五年に発表した小説『白い人』で芥川賞を受賞。第三の新人の一人。代表作には『海と毒薬』『沈黙』『深い河』など。文化勲章受章（一九九五）

†川端康成—一八九九（明治32）〜一九七二（昭和47）　小説家。大阪府出身。東大卒。横光利一らと『文藝時代』を創刊、新感覚派の代表的作家として活躍。代表作には『伊豆の踊子』『雪国』『千羽鶴』『山の音』などが

ちなみに、安部が亡くなった日から三日後の九三年一月二十五日『読売新聞』によれば、このときすでに『砂の女』の単行本は絶版となっており、追悼コーナーに並べられたのは新潮文庫版だったが、その時点での文庫版『砂の女』の発行総数は七十三万部だったとされる。つまり、八一年二月に文庫化されてから十二年間に、『砂の女』は文庫版だけで七十三万部が刷られたことになり、本作が安部公房にとってのダントツのベストセラー作品だったことは明らかである。

こうして毎年多くの高校生が「夏休みの課題図書」のなかから『砂の女』を手に取り、読書感想文を書いている。「青少年読書感想文全国コンクール」（毎日新聞社、全国学校図書館協議会主催）でも、『砂の女』は高校の部の入賞者の対象作品として常連化しているが、これを一例とするように、実は安部公房と国語教育との関係は意外にも深いものがある。今日安部公房の名前を知る人の多くが、安部を知ったきっかけが国語の授業だったと回答しているように、特にノーベル文学賞の候補者として名前が取り沙汰《ざた》されるようになった七〇年代後半以降、高校生用の多くの国語教科書に安部作品が収録されるようになった。特に、短編小説の『赤い繭《まゆ》』や『棒』を国語の時間に読んだという人が多いが、これについて安部は一九七八年に行われた講演のなかで、冗談まじりに次のように語っていた。

ある。一九六八年、日本人初のノーベル文学賞を受賞。
†星新一　一九二六（大正15）〜一九九七（平成9）　小説家、SF作家。東京都出身。東大農学部卒。父は星薬科大学の創立者で星製薬の創業者。森鷗外は母方の大伯父にあたる。多作と作品の質の高さを兼ね備えていたところから「ショートショートの神様」と呼ばれた。

> ぼくはなぜか教科書に小説が出ます。（笑）これは笑い話ではなくて、あれは法律的に断れないのです。僕はなにもお願いして喜んで出してもらっているのではないのです。法律的に事後承諾ということになっていますから、断れない。出ているでしょう。次に、右の文章の大意を述べよと書いてある。大意を述べよとは何ですか。デジタル化（引用者注、意味で考えること）しろということでしょう。まずそうしてデジタル教育していくのです。僕の「赤い繭」などを書いた時、僕自身だってデジタル的に説明しろといわれたらしゃくにさわる。それを「赤い繭」、せっかく僕が愛している文章の突端に、右の文章の大意を述べよと。「赤い繭」の赤は何の意味があるかなどと、全然頭にきてしまう（笑）。〔全集26、329・330頁〕

試みに二〇〇八年度までの収録状況を確認すると、全十六作品、延べ八十四種の国語教科書に安部作品が収録されている。中学生用では『手』の一作だが、高校生用では『赤い繭』、『鞄《かばん》』、『枯尾花《かれおばな》の時代』、『洪水《こうずい》』、『公然の秘密』、『詩人の生涯』、『死に急ぐ鯨《くじら》たち』、『そっくり人形』、『空飛ぶ男』、『日常性の壁』、『プルートーのわな』、『へびについて』、『棒』、『夢の兵士』、『良識派』など十五作品にも及ぶ。

このように彼の作品が国語教科書によく載った理由の一つには、〈安部公房は十代からの支持が絶大だ〉という社会的通念が存在したことが大きい。実際、七〇年代、演劇にのめり込んだ安部は演劇グループ・安部公房スタジオ（七三〜七九年活動）を結成して自作の戯曲を自ら演出して上演したが、当時の観客の実に九〇％以上が十代から二十代前半で構成され、特に男子学生が多かったという。安部スタジオのプロデューサーだった戸田宗宏†によれば、そうした安部のコアなファン層の取り込みを意識して、西武流通グループ代表・セゾングループ代表などを歴任していた堤清二†（ペンネームは辻井喬《たかし》）は、安部スタジオの専用劇場を意図して西武劇場（現在のPARCO劇場、七三年開館）を渋谷に建設したという。

　当時西武はそうした安部さんの観客層、集客能力にかなり期待感をもっていました。西武デパートっていうのは、女性はもともと来る。だけど、安部さんの客層っていうのは非常に若かった。下手したら十代後半が一番多かったんじゃないかな。だから若い人、しかも若い男の人たちが来てくれるってことに非常に期待した面があったんです。その人たちが数年したら恋人を連れて来てくれる。もっと経ったら子どもを連れで来てくれるだろうと。〔二〇一〇年、戸田宗宏氏へのインタビューによる〕

†戸田宗宏—一九五〇（昭和25）〜　日本大学芸術学部演劇学科教授、学科主任。妻の安部真知からの依頼で、安部公房スタジオのプロデューサーとして活躍。

†堤清二—一九二七（昭和2）〜　実業家・小説家・詩人。東京都出身。筆名は辻井喬。西武流通グループ代表、セゾングループ代表などを歴任。西武百貨店を渋谷に進出させ八〇年代文化を牽引するなど実業家としての手腕を発揮する傍ら、西武美術館（現セゾン美術館）を設立するなどメセナの先駆け的な活動も行った。

このようなイメージを広範に獲得していたことが、安部作品が国語教科書に多く掲載された理由の一つだったと思われる。そうして、学校教育とも浅からぬ縁を結ぶかたちで、彼の代表作である『砂の女』が今日までロングセラーをつづけたのである。

以上のように、安部公房は教科書にも掲載されるような、あるいは「新潮文庫の100冊」に創設以来の連続入賞を果たすような、日本を代表する、一流の、人気の〈小説家〉だったことはまずまちがいない。後年、ノーベル文学賞候補にも何度か選ばれていたことが明らかになっている。しかし、彼の真のすごさは、それだけにとどまらない。彼は〈小説家〉を起点としながらも、むしろそこからどれだけ遠くにまで跳躍できるかということを、彼自身が楽しみながら飽くなき挑戦をつづけたのである。既成ジャンルの破壊と、先駆的なものの創造！　そこにこそ表現者・安部公房の真価がある、というのが本書の主張である。そのため、本書ではあえて、これまであまり知られてこなかった、〈小説じゃない〉メディアでの安部公房の活躍にスポットを当てることで、できるかぎり、その全体像に迫ってみたいと思う。

二　マルチメディア・アートの先駆者

その『砂の女』だが、六二年に小説として刊行されたほかに、同名タイトルを持つラジオドラマ（六三年）と映画脚本（六四年）が存在することは意外に知られていない。これは、今でいうところの〈ワンソースマルチユース〉†（one source multi-use）の手法であり、元となるひとつの情報をさまざまな方法で用いることを意味するが、ここではあえて〈リテラリー・アダプテーション〉（literary adaptation）という呼び方をしてみたい。

核となる原作や発想を、紙メディア（小説／漫画）、音声メディア（音楽／ラジオドラマ／ボイスドラマ）、映像メディア（映画／アニメ／テレビドラマ）、舞台メディア（演劇／ダンス）などの複数のメディアで展開することは、今日〈リテラリー・アダプテーション〉と呼ばれる。これは、意味としては〈ワンソースマルチユース〉に非常に近いが、この語の場合、一つのデータを再利用することにより制作効率の向上を図るといった功利主義的なニュアンスを帯びる。安部公房の場合、効率化をめざしたわけではなく、これから見ていくように、彼独自の芸術観によって様々なメディア展開をしていることもあり、〈リテラリー・アダプテーション〉の語を用いる方が適切だろう。より厳密に言うと、

†**ワンソースマルチユース**──一つの元データ（情報）を複数の目的やメディアで利用すること。例えば映画の場合、最初に映画館で公開され、次にDVDが発売され、さらにテレビで放映されたり、あるいはテレビドラマにリメイクされたりするなどをいう。

安部の場合、必ずしも常に〈小説〉が先行したわけではなかった。ときには別のメディアが先に使われたケースもままあるが、そうしたケースであっても〈文学的要素〉がソースとなっていることはまちがいなく、あえて〈リテラリー・アダプテーション〉と呼ぶことが適切だと考える。

〈リテラリー・アダプテーション〉が盛んに行われたのは五〇年代後半から六〇年代前半にかけてだったが、この時期に発表された十四作品を収録した『現代文学の実験室①』（七〇年、大光社）の「あとがき」で安部は自身の創作方法について説明しているが、これは彼の〈リテラリー・アダプテーション〉が必ずしも常に〈小説〉からはじまっているわけではないことを示すもので、彼の〈リテラリー・アダプテーション〉の特質をよく表わしている。

この作品集に、ぜひとも加えたいと思いながら、どうしても加えられなかったものに、「チャンピオン」（引用者注、六三年二月放送）というラジオ・ドラマがある。いや、通念に従ってラジオ・ドラマと言ってみたまでで、正しくは何かもっと他の名前で呼ぶべきものだろう。たとえば、《音の物体詩》とでも言ったら、多少は正確に実体を伝えたことになるかもしれない。

「チャンピオン」は、次のような方法によって製作された。まず、あるボクシング・ジムの協力を得て、ジム内の各所にマイクを据え、かなりの長期にわたって選手たちの会話を録音しつづけたのである。やがて録音されたテープは、リンゴ箱いっぱいほどの量にも達した。しかし、なんらかのプログラムをもって、選択的に集めたというわけのものではなかったから、積み上げられたテープの山も、せいぜい無意味な音の膨大な屑《くず》箱にすぎなかったのだ。そのテープの量に正比例して増大する、放送局（ＲＫＢ）の関係者諸氏の不安と苛立ちを前にして、ぼくは表面平静をよそおってはいたものの、内心では彼等に劣らず不安だったことはいうまでもない。だが幸い、予感が適中して、そのテープの山の屑さらえの結果、ぼくはモチーフを探し出すことに成功した。切々の言葉や音の断片を、嵌《は》め絵のように並べかえ、つなぎ合わせて、一つの輪郭を与えることに成功した。それから後は、まったくの共同作業だった。ぼくが言葉の側から、武満徹《たけみつ》†君が音楽の側から、それぞれ接着剤を紡《つむ》ぎ出し、断片の合成が暗示しているイメージに向かって、その隙間を埋めていったのだ。そして完成したものが、ドラマであって、ドラマでなく、音楽であって、音楽でない、いわばそれぞれのものとしか言いようのない、作品「チャンピオン」であったわけである。だから、台本らしいものはあっても、それをこの作品集に組み入れることは、ほとんど意味をなさない。台本という形に引き戻したとたん、あの作品は、たちまちもとの破片の集積に戻ってしまうのだ。

†**武満徹**—一九三〇（昭和5）～一九九六（平成8）　現代作曲家、エッセイスト。東京都出身。一九五〇年、ピアノ曲『2つのレント』でデビュー。一九六五年『テクスチュアズ』で国際現代作曲家会議最優秀賞を受賞。その精緻な構成と、東西の音の感性を融合させた独自の作風が海外でも高く評価された。映画・テレビ・演劇音楽を多く手がけた。フランス芸術文化勲章（一九八五）。

一年ほどして、ぼくはその「チャンピオン」のイメージを、言葉だけの世界に置き替えてみた。それが短編小説「時の崖」である。小説発表当時、ある批評家から、これはまさに純粋に言葉の世界だけで成立するイメージであり、視覚化不能な小説の見本だというような評を受けたことがある。だが、数年後、ぼくはこの「時の崖」を、「棒になった男」の第二景として、そのまま舞台にかけてみた（井《い》川《がわ》比《ひ》佐《さ》志《し》†・主演）。舞台化にあたって、とくに脚色の要を認めなかったばかりか、ほとんど一字の訂正さえも必要とはしなかった。

べつに、その批評家の不明をからかうために、こんなことを書き出したわけではない。ぼくが、イメージを紡ぎ出し、ものに名前を与えようとするとき、ジャンルによる形式の相違など、ほとんど問題にしていないということを言いたかっただけである。活字であれ、映像であれ、音であれ、素材として有効でありさえすれば、どれも同じことなのだ。創造とは、自分なりにこころみる屑さらえだと考えれば、活字で作曲し、ピアノで絵を画き、ダンスで思考することだって可能なはずではないか。ぼくは自分の作品に、小説だとか、ドラマだとか、シナリオだとか、そんな区別は与えたくない。出来ることなら、単に「作品」とだけ呼ぶことにしたいとさえ思うのだ。……というわけで、ここに集められた作品は、すべてジャンルやメディアを超えて流

†井川比佐志―一九三六（昭和11）～　俳優。満洲国奉天市生まれ。都立千歳丘高校を卒業後、俳優座養成所第七期生として入所した。一九五八年、俳優座座員に昇格。一九六二年、安部公房原作・脚本、勅使河原宏監督の映画『おとし穴』に主演して注目を浴びる。一九七三年、俳優座を退団、安部公房スタジオの旗揚げに参加した。

動するイメージの核であり、定着の場所を求めて飛んでいる、羽のある種子のようなものとして受け取っていただきたいと思うのだ。定着の場所は、なにも劇場や、映画館や、ブラウン管などといった、決まりの場所だけとは限るまい。これはまがりなりにも一冊の本であり、本にとって可能な舞台は、けっきょく読者の想像力のなか以外にありえないのだから。〔全集23、102〜104頁〕

ちなみに、この作品――あるボクサーが試合に臨むまでの過程に焦点を当て、起床から就寝までに密着してボクサーのつぶやきや迫力ある現実音を巧みに使ったミュージック・コンクレート風のラジオドラマ『チャンピオン』は、六三年度の民放祭・民間放送連盟賞優秀賞を受賞している。そして、その後、このラジオドラマの創作過程で安部のなかに生じたイメージやテーマをノベライズした小説（六四年『時の崖《がけ》』）が書かれ、つづいて戯曲（六九年『棒になった男（三景）』の第二景『時の崖』）、さらには映画脚本（七一年『時の崖』）へと次々と変容を遂げ、展開し、練り上げられていった。

ここで注目したいのは〈ノベライズ†〉という手法の先駆性だ。原作（本）を映画化・舞台化するということ自体は、周知のとおり、戦前から一般的に行われきたが、現代のように他メディアの先行の後で小説化するという手法は、六

†ノベライズ――小説以外の表現手法やメディアですでに作成・発表された作品を、小説の手法で表現しなおして発表すること。

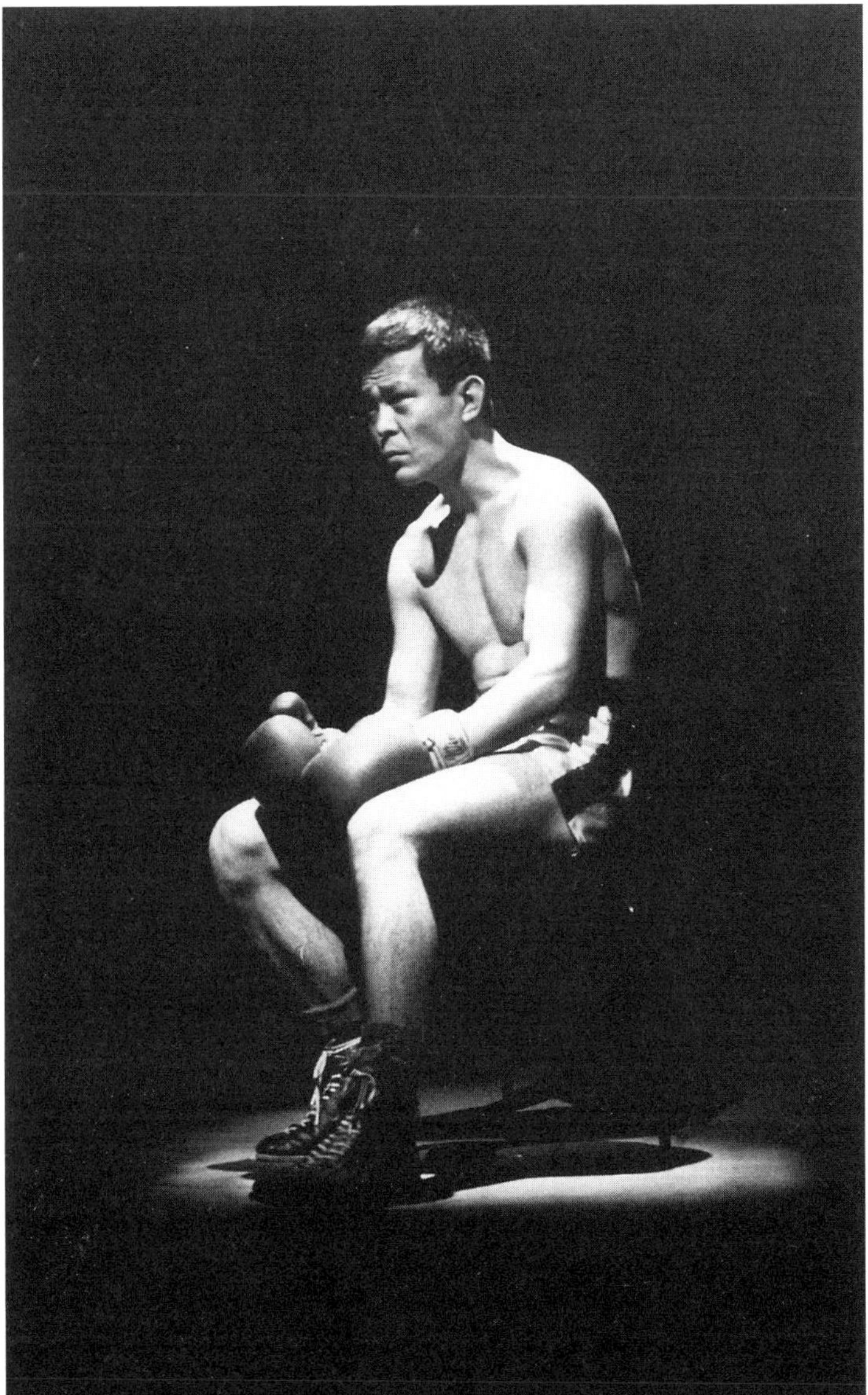

『棒になった男』（紀伊國屋ホール　1969.11.1）
早稲田大学演劇博物館所蔵

○年代前半においては極めて新しい試みだった。そしてこの〈ノベライズ〉という手法も安部にとっては、〈文学的要素〉の様々な展開を縦横無尽に繰り広げるといった意味での〈リテラリー・アダプテーション〉だったと言えるだろう。

しかも、彼は単に〈書く〉という行為のなかだけにとどまっていたわけではない。安部は本戯曲の上演に際して、当時はまだあまり先例がなかった制作者が劇団の枠を越えて俳優、スタッフ、キャスト等を選んで舞台を作り上げるプロデューサー・システムを採用し、演出も自分で担当した。そればかりか、彼はカメラなどの資材を買い集めて自宅に暗室まで作るほどの徹底ぶりで、自主制作映画『時の崖』（16ミリ、上映時間31分）を短期間に作ってしまったのだ。〈文学的要素（Literal Elements）〉を様々に〈適応（adaptation）〉展開させる手法としての、あるいは制作思想としての安部の〈リテラリー・アダプテーション〉は、極めて独自性の高いものであった。

そもそも彼が〈自分で映画を撮ろう〉と思い立ったきっかけは、安部自身によれば、当時、映画の自主制作に熱中していたハロルド・ピンター†（英）やワルター・ヘレラー†（独）ら海外の友人たちから強く勧められたからだと言う。七〇年の九月から十月中旬にかけて、フランクフルトの国際書籍見本市†に出席するかたわら、ロンドン、パリ、ストックホルムの各地で日本文化についての

†ハロルド・ピンター―一九三〇〜二〇〇八　イギリスの劇作家。斬新な言葉、沈黙と間の多用を特徴とする「ピンタレスク」と呼ばれる手法で、現実を論理的説明抜きで描き、イギリスにおける不条理演劇の第一人者といわれた。一九七〇年代からは人権活動家としても活躍。ノーベル文学賞受賞（二〇〇五）。

†ワルター・ヘレラー―一九二二〜　ドイツの詩人、評論家。一九五九〜八七年ベルリン工科大学ドイツ文学教授。「四七年グループ」の一員。第二次世界大戦中捕虜生活をおくり、戦後アメリカで客員教授をつとめる。

†フランクフルト国際書籍見本市―五百年以上の歴史をもつ世界最大の書籍の見本市。15世紀半ば、ヨハネス・グーテンベルクがマインツで活版印刷を発明したのと同時期に、フランクフルトで地元の書籍商らによって

講演をしてまわった安部は、帰国後の『読売新聞』（七〇年十月二十六日）のインタビューに「今回の渡欧の収穫」は「同傾向の仕事をしている劇作家、評論家と会って、意見を交換したこと」だと答えており、記事は次のように伝えている。

「ピンター、ウェスカー（いずれも英劇作家）、ヘレラー（西ドイツの文芸評論家、詩人）といった映画人でない人たちが映画作りに関心を持っているので、こんどの渡欧でいろいろ事情を聞きました。……芸術的に高い水準のものをつくって、おたがいに交換しあって上映するとか、協力しあったら、とピンターたちもいっていたけれど……」難関は上映方法ということらしい。「短編映画のキチンとした発表舞台のないことが困ります。ビデオ・カセットが普及したら、うんと楽になると思うのですがね。メディアの転換が実現すれば……」。

たしかに当時ヨーロッパで活躍していたピンター（英）、アーノルド・ウェスカー（英）、サミュエル・ベケット†（仏）といった劇作家、またピエル・パオロ・パゾリーニ†（伊）、ロブ＝グリエ†（仏）、マルグリット・デュラス†（仏）といった小説家たちは、作家でありながら映画制作も手がけていた。なかでも

最初の本の市が開かれた。

†アーノルド・ウェスカー――一九三二〜　イギリスの劇作家。いわゆる怒れる若者たちの一人。ユダヤ系の家庭に生まれ、各種の職業を転々としながら先鋭な社会的関心を身につける。労働者階級の生活を扱った三部作『大麦入りのチキンスープ』（一九五八）、『根っこ』（五九）、『ぼくはエルサレムのことを話しているのだ』（六〇）によって認められる。

†サミュエル・ベケット――一九〇六〜一九八九　アイルランドの劇作家、小説家。戯曲『ゴドーを待ちながら』（五二）で特異な地位を確立。三部作の小説『モロイ』・『マロウンは死ぬ』・『名づけえぬもの』はヌーヴォー・ロマンの先駆的作品とされる。ノーベル文学賞受賞（一九六九）。

†ピエル・パオロ・パゾリーニ――一九二二〜一九七五　イタリア

ピンターは演劇のみならず、テレビ、ラジオ、映画、エッセイなど幅広いジャンルに進出していた点で安部と似た傾向をもった表現者であり、安部とも親しく、おそらくは映画制作に熱中するピンターに接して〈我も〉という気になったのだろう。このように、作家自身による〈リテラリー・アダプテーション〉の動きは、当時世界中でその萌芽《ほうが》を見せはじめていた。

そして、いよいよ自作映画が完成すると、次のように感想を語った。

> たぶん、主題に対する貪欲さが、表現手段に対しても、ぼくを貪欲にするのだろう。小説から戯曲、戯曲から舞台演出、そしてとうとう映画の監督にまで手を広げてしまった。しかし、なぜか、ぼくの内部では、それほど異質の仕事をしたような気がしない。創造という点では、一つの衝動の別の側面にすぎないように思われる。
>
> もっともぼくは、いわゆる文芸映画や、文学的舞台には、ほとんど関心がない。各ジャンルは、それぞれ他のジャンルへの拒絶と否定が必要だという立場だ。と同時に、他のジャンルに対しても、内的に深いかかわりあいを持ち、そのジャンルの作者の眼で迫ることが出来なければ、小説だって新しい世界の創造はもはや不可能のような気がする。こうした関係が、現代芸術の一つの方向であり、特徴のように思われるのだ。最近のヨーロッパの作家た

の詩人、小説家、映画作家。戦時中は、地方の農民が保つ方言と素朴な生活に感化されフリウリ語の方言詩集を編んだ。戦後、小説の執筆を経て、映画監督としても頭角を現した。共産思想に共鳴した彼は、一九六〇年代の世界的な学生運動とも歩調を合わせ、ユーロコミュニズムの代表的存在として政治活動を行った。

†ロブ＝グリエ―一九二二～二〇〇八　フランスの小説家、脚本家、映画監督。ヌーヴォー・ロマンの代表的作家。一九五三年『消しゴム』を発表、『覗く人』（一九五五）によりクリティック賞を受け、ヌーヴォー・ロマンの旗手的存在となった。アラン・レネ監督の『去年マリエンバートで』（一九六一）、自ら監督した『不滅の女』（一九六三）などの脚本を書いた。

†マルグリット・デュラス―一

ちに似たような傾向が見られるのも、けっして偶然ではないだろう。〔全集23、121頁〕

いまでこそ漫画や小説の原作をアニメ・ゲーム・ドラマ・映画化していくマルチメディア展開は日常風景化しているが、驚くべきことに安部はそれを一九五〇年代から七〇年代末まで、ほぼ一貫して自らの主たる創作方法として取り入れ、生涯に38の戯曲、14の映画脚本、32のラジオドラマ、13のテレビドラマを自ら手がけているのである。

また、今日では、クリント・イーストウッド†が一つの映画作品で主演、監督、制作、音楽を兼ねたとか、北野武†が主演、監督、脚本、編集、演出を兼ねたといってもそれほど珍しくないが、少なくとも安部が活躍した時代の既成小説家で、原作・脚本を〈書く〉だけでなく監督にまでチャレンジしたのは、『若い獣』（五八年制作、東宝）や『二十歳の恋』（六二年制作、仏伊日独波によるオムニバス）で脚本・監督（日本編のみ）を兼ねた石原慎太郎†、そして自主制作映画『憂国』（六五年制作、東宝＋日本ATG）で脚本・監督・主演を兼ねた三島由紀夫くらいだった。しかし、自作の舞台を演出したり、シンセサイザーを用いて作曲したり、果ては自分のスタジオを設立して、素人同然の役者たちを身体訓練から一から育てあげようとしたような人物……となると、ほとんど前例がな

九一四～一九九六　フランスの女流作家。インドシナに住んでいた時に知り合った華僑の青年との初めての性愛体験を描いた自伝的小説『愛人／ラマン』（一九八四）は、ゴンクール賞を受賞し、世界的ベストセラーとなった。

†クリント・イーストウッド―一九三〇～　アメリカ合衆国の映画俳優、監督。『荒野の用心棒』（一九六四）をはじめとするセルジオ・レオーネ監督のマカロニ・ウエスタン三部作に主演し、世界的スターとなった。監督・主演『許されざる者』（一九九二）でアカデミー賞の作品賞と監督賞を受賞。

†北野武―一九四七（昭和47）～　映画監督、俳優、作家、タレント。東京都出身。明治大学卒。兼子きよしと漫才コンビ「ツービート」を結成。ビートたけしと名のる。多くのラジオ・

かった。その意味でも安部は、メディアのあいだを自由自在に逍遙《しょうよう》する〈リテラリー・アダプテーション〉を独自の武器として、誰よりも早く、広範囲に、そして長期にわたって、今で言うマルチメディア・アートを実践展開した表現者だったということができるだろう。

以上のことからも、数年来、安部公房という作家を研究してきた筆者にとっては、彼は単に『砂の女』の作者と言うにはとどまり得ない存在であり、いま問われれば、おそらくは次のように答えるだろう。

「安部公房は、マルチメディア・アートの先駆者です。」

三　〈リテラリー・アダプテーション〉という思想

さて、そうした安部公房のマルチメディア展開について、いま少し詳しく見ていくことにしよう。

日本の民間放送の歴史は一九五一年九月にはじまるが、五三年に発足した日本民間放送連盟は質の高い番組制作を奨励するために、民放祭番組コンクール（日本民間放送連盟賞）を同年に創設した。そして、これに呼応するかたちで、

テレビ番組で活躍。『HANA—BI』（一九九八）では、黒沢明、稲垣浩に次いで日本人監督としては3人目となるベネチア国際映画祭サン・マルコ金獅子賞（グランプリ）を受賞。

†石原慎太郎—一九三二年（昭和7）〜　小説家、政治家。石原裕次郎（俳優・歌手）の兄。兵庫県出身。一橋大在学中、『太陽の季節』（一九九五）で芥川賞を受賞。一九六八年参議院議員に当選以来、自民党の国会議員として活躍。一九九五年、政治の形骸化を憂い議員辞職。一九九九年東京都知事選に無所属から立候補し当選、二〇一二年辞職し再び国政参加。

四六年にすでに創設されていた文化庁主催の芸術祭賞も五一年以降、さらなる充実化が図られ、芸術祭賞と芸術祭奨励賞が設けたられた。

こうした流れを受けて、設立して間もない放送界ではコンクールへの参加を目的として各局が競い合うように既成作家にラジオドラマの脚本を依頼したが、安部はそうした依頼に意欲的に応じた既成作家の一人であり、一九五四年三月に放送されたドキュメンタリー『人間を喰う神様』（文化放送）を皮切りに、五〇年代だけでも十五作のラジオドラマを提供している。

たとえば、安部の短編小説に『棒』（五五年）というのがある。ビルの屋上から落ちた平凡な男が、落下する途中で一本の棒に変身して街路に落ちる。この棒になった男をめぐり、そこにあらわれた地獄の教師と学生たちが男の功罪や価値について論争をはじめる……といった筋立てだが、定番教材として長く国語教科書にも掲載されていたこともあり、安部の名を本作で知ったという読者も少なくないだろう。本作はのちにラジオドラマ（五七年）、さらには戯曲（六九年）へとドラマタイズされ、タイトルも『棒になった男』へと改められた。

さて、このラジオドラマ『棒になった男』だが、文化放送の芸術祭参加作品として制作され五七年度の芸術祭奨励賞を受賞しているが、注目したいのは当時の効果音や伴奏音楽への制作サイドのこだわりだ。たとえば、元文化放送のディレクターだった山口正道はこう述べている。

「棒になった男」では効果音づくりがたいへんでした。まず、デパートから棒が落ちてきますね。その棒の、コンコロコロンていう音を作るのに一晩徹夜しました。あれは、文化放送の屋上から正面の玄関のところへ夜中、棒を落としてその音を拾って作ったんです。先生のドラマの場合、音づくりはもう大変ですよね。芸術祭やなんかですから時間的にも手間暇かけられるし、予算的にもそういうことが許されたんですが、日常の番組だったらちょっとむりでしたね。（前掲『安部公房伝』）

　このとき音楽を担当したのは、当時黒澤明†の映画音楽も手がけていた（五五年『生きものの記録』から六五年『赤ひげ』まで）佐藤勝《まさる》†だった。彼は黛敏郎†、諸井誠†、武満徹などと同様に、電子音楽やミュージック・コンクレートなどの分野を日本でいち早く導入した現代音楽家の一人だったが、『棒になった男』でもミュージック・コンクレート風の伴奏音楽や、大都会を象徴するような膨大なノイズが作品に取り入れられたことが高く評価された。

　ところで、その「ミュージック・コンクレート」(musique concrete) であるが、これは一九四〇年代後半にフランスで創始された現代音楽の一ジャンルで、

†黒澤明―一九一〇（明治43）〜一九九八（平成10）映画監督。東京都出身。第二次世界大戦中の一九四三年、『姿三四郎』で監督デビュー。以後、敗戦を挟んで『わが青春に悔なし』『酔いどれ天使』『野良犬』など、社会派ヒューマンドラマを次々と発表して東宝の看板監督の一人となる。

†佐藤勝―一九二八（昭和3）〜一九九九（平成11）作曲家。北海道出身。国立音大卒。黒澤明監督作品『生きものの記録』の音楽を遺稿をもとに完成させ、それ以来黒澤作品の常連作曲家となる。他にも石原裕次郎主演作品、東宝特撮SF作品、五社英雄監督作品など、日本映画を代表する数々の映画音楽を手がけた。

†黛敏郎―一九二九（昭和4）〜一九九七（平成9）作曲家。神奈川県出身。東京音楽学校卒。

それまでの楽器を主体とした音楽とはちがい電子楽器や録音テープを用いて、それらがなければ演奏できないような技法によって作られた前衛的な音楽をいう。具体的には、人や動物の声、鉄道や都市などから発せられる騒音、自然界から発せられる音、電子音などを録音したテープを切ってつなげたり、走行速度を変えたり、逆方向に走行させるなどの加工や再構成を経て創作される。

　日本では、五三年に文化放送で放送された黛敏郎の『ミュージック・コンクレートの為のXYZ』が国内初の作品とされているが、その前後にはNHKや新日本放送（現毎日放送）なども競い合うようにこれを用いた音楽作品を制作・放送している。

　特にNHKは、これのために西ドイツの最先端の電子音楽スタジオを模倣した電子音楽スタジオを局内に設置するほどの力の入れようだった。また、民放各局も、当時はスタジオの絶対数が足りず、すべてを生放送でまかなうことが難しかったため、出はじめたばかりの高額なテープレコーダーを購入しており、それを有効活用したいという思いがあった。そのため予算や時間的に余裕のあった芸術祭参加作品で、テープレコーダーを用いた最先端の技術の導入が試みられたのである。

　他方、五〇年代後半から七〇年代初頭にかけては、現代音楽家の側にも純音楽に限定されず、映画・演劇・ラジオドラマ・テレビドラマ・造形芸術など他

橋本国彦、池内友次郎、伊福部昭に師事。戦後のクラシック音楽、現代音楽界を代表する音楽家の一人として知られる。

†諸井誠―一九三〇（昭和5）～　作曲家、音楽評論家。東京都出身。東京音楽学校卒。現太平洋セメントの創業者一族であり、父は作曲家諸井三郎。十二音技法、ミュージック・コンクレートなどの新技法を早い時期に実践した作曲家であり、評論やNHKのクラシック音楽番組への出演でも知られる。

メディアと積極的に提携して総合的な芸術を創造しようとする気運が強くあった。

たとえば、この時代の「前衛芸術の震源地」（東野芳明《とうのよしあき》†）として草月アート・センター（勅使河原《てしがはら》 宏《ひろし》†設立、五八～七一年活動）の果たした役割が大きかった。五八年、草月流いけばなの初代家元勅使河原蒼風《てしがはらそうふう》のもと、丹下健三《たんげけんぞう》の設計によって港区赤坂に草月会館が建設されると、三代目勅使河原宏を代表とするジャンルを超えた芸術家たちの交流の場として草月アート・センターが設置された。この草月アート・センターの肝いりで一九六〇年「作曲家集団」が結成されたが（メンバーは黛敏郎、武満徹、芥川也寸志《やすし》、林光《ひかる》†、諸井誠、三善晃《みよしあきら》、松平頼暁《よりあき》、間宮芳生《まみやみちお》†、岩城《いわき》宏之）、そこに集った電子音楽・現代音楽のパイオニアたちの多くが安部作品の音楽を担当していた。

試みに、安部作品（演劇、映画、ラジオ・テレビドラマ）を手がけた経験をもつ現代音楽家を作品の多い順に挙げると、林光（11）、武満徹（9）、芥川也寸志†（5）、入野義朗《よしろう》†（4）、黛敏郎（3）、湯浅譲二†（3）、佐藤勝（3）、薗広昭《そのひろあき》†（3）、諸井誠（2）、佐藤慶次郎†（2）、冨田勲†（1）、間宮芳生《まみやみちお》（1）、山本直純†（1）、外山《とやま》雄三†（1）、石丸寛《ひろし》†（1）、牧野由多可《ゆたか》†（1）、猪俣猛《いのまたたけし》†（1）……となる。見て明らかなようにクラシックはもとより、ジャズから邦楽まで、そうそうたる顔ぶれである。

†**東野芳明**―一九三〇（昭和5）～二〇〇五（平成17）　美術評論家、多摩美術大学教授。東京都出身。一九五四年、『パウル・クレー論』で美術出版社の美術評論新人賞を受賞し注目を浴びた。欧米に遊学し、抽象表現主義、ネオ・ダダなど、海外の美術動向を日本に紹介した。

†**勅使河原宏**―一九二七（昭和2）～二〇〇一（平成13）　日本の華道家、映画監督。草月流三代目家元。東京都出身。東京音楽学校卒。在学中からパブロ・ピカソや岡本太郎などの前衛芸術に傾倒し、安部公房や関根弘らによる前衛芸術の会「世紀」に参加。安部公房の『砂の女』を映画化し、カンヌ国際映画祭審査員特別賞等を受賞。

†**林光**―一九三一（昭和6）～二〇一二（平成24）　作曲家。東京都出身。合唱組曲『原爆小景』など多くの作品を手がけた。また多くのオペラを書き、外山雄三らと共に「山羊の会」を旗揚げした（一九五三）。

†**間宮芳生**―一九二九（昭和4）～　作曲家。北海道出身。東京音楽学校卒。民謡をピアノ伴奏つき歌曲に編曲した『日本民謡集』（一九五五～一九六五）を作曲。その後、一九六〇年代からは世界の民族音楽の探究への広がりをみせ、多くの作曲活動を行った。

†**芥川也寸志**―一九二五（大正

特筆すべきは、五〇年代後半の安部がこうした作曲家たちと親交を結びつつ、前述したNHKの電子音楽スタジオを牙城《がじょう》に、〈ラジオミュージカル〉や〈子ども向けラジオドラマ〉を多数手がけていることだ。

たとえば、『おばあさんは魔法使い』（五八年、NHK第一、子ども向け、ミュージカル）や『ひげの生えたパイプ』（五九年、NHK第一、子ども向け、ミュージカル）は芥川也寸志が、『こじきの歌』（五八年、中部日本、ミュージカル）は林光が、『キッチュ　クッチュ　ケッチュ』（五七年、NHK第一、子ども向け）は入野義朗が、『豚とこうもり傘とお化《ば》け』（五八年、NHK第一、子ども向け、ミュー

〈子ども向け〉作品一覧（7作）

発表年月	作品名	メディア／制作
57・6	キッチュ・クッチュ・ケッチュ	ラジオ／NHK第一放送
58・1	おばあさんは魔法使い	ラジオ／NHK第一放送
58・12	豚とこうもり傘とお化け	ラジオ／NHK第一放送
59・5―9	ひげの生えたパイプ	ラジオ／NHK第一放送
60・1	くぶりろんごすてなむい	ラジオ／NHK第一放送
60・12	お化けの島	演劇・テレビ・ラジオ／NHK
62・1	時間しゅうぜんします	ラジオ／NHK第一放送

14）～一九八九（平成1）作曲家。東京都出身。芥川龍之介の二男。兄は俳優の芥川比呂志。東京音楽学校卒。日本作曲家協議会会長、日本音楽著作権協会理事長として音楽家の活動基盤の整備にも努めた。

†**入野義朗**―一九二一（大正10）～一九八〇（昭和55）作曲家。ウラジオストク生まれ。東大卒。戦後、柴田南雄らとともに十二音技法を研究し、『七つの楽器のための室内協奏曲』を作曲（一九五一）。以後、この技法を多くの作品で使用した。

†**湯浅譲二**―一九二九（昭和4）～　作曲家。福島県出身。武満徹らとグループ「実験工房」を結成（一九五一）。テープ・電子音楽にも取組み、放送劇や映画音楽にミュージック・コンクレートを用いて作曲するなど実験的な作曲活動を続けた。

†**佐藤慶次郎**―一九二七（昭和2）～二〇〇九（平成21）作曲家。東京都出身。慶大医学部卒。早坂文雄に師事、一九五三年に実験工房の会員となった。代表作に『ピアノのためのカリグラフィー』（一九六〇）がある。

†**冨田勲**―一九三二（昭和7）～　作曲家、編曲家、シンセサイザー奏者。東京都出身。作曲家として活動する一方、電子機器と古典的な楽器を融合させるなど、様々な音楽の可能性を追求。

ジカル）は冨田勲がそれぞれ担当している。

〈安部公房と子ども番組〉という取り合わせは、彼の名を『砂の女』の作者としてのみ記憶しているような読者には少々意外に感じられるかもしれないが、夫婦そろって宮澤賢治の愛読者だったとされる安部には長女（安部ねり氏）の名前を『グスコーブドリの伝記』†のなかのブドリの妹「ネリ」からとるような一面もあり（千葉胤文《たねふみ》氏談†）、安部の〈文学的要素〉のなかに児童文学的なものまでもが含まれていたことの証左かもしれない。安部の〈リテラリー・アダプテーション〉は、まさに自由自在であり、いっときはNHKの子ども向け番組の常連脚本家として活躍し、生涯に子ども番組を七作（ラジオドラマ6、演劇1）手がけている。

また、安部にとって一九五八年は音楽的な活躍のめざましい年となった。この年、彼は劇中ソングを多用して〈演劇の総合化〉をめざした戯曲『幽霊はここにいる』（一九五八年六月初演、俳優座†）で第五回岸田演劇賞†を受賞するとともに（音楽を担当した黛敏郎は週刊読売演劇音楽賞）、同年の民放祭でも演芸娯楽部門でミュージカル・ラジオコメディ『こじきの歌』（五八年、中部日本放送）が優勝賞を獲得している。

そのように安部は、五八年から六三年にかけて、演劇やラジオドラマやテレビドラマで精力的に現代作曲家たちとコラボレートし、延べ二十作もの音楽劇

†**山本直純**―一九三二（昭和7）～二〇〇二（平成14）。作曲家、指揮者。東京都出身。東京芸大卒。小澤征爾とともに新日本フィルハーモニー交響楽団を結成、指揮者団幹事となる（一九七二）。

†**外山雄三**―一九三一（昭和6）～　指揮者・作曲家。東京都出身。東京芸大卒。卒業後、NHK交響楽団に入団。大阪フィルハーモニー交響楽団では専属指揮者等を勤めた。

†**石丸寛**―一九二二（大正11）～一九九八（平成10）。日本の指揮者、作曲家。中国青島生まれ。文化学院卒。九州交響楽団を結成（一九五三）、初代常任指揮者となる。

†**牧野由多可**―一九三〇（昭和5）～二〇〇五（平成17）。作曲家。東京都出身。主に現代邦楽の分野で活躍した。彼の功績をたたえ、「牧野由多可の会」が設立されている。

†**猪俣猛**―一九三六（昭和11）～　ジャズドラマー。兵庫県出身。21歳で『スイングジャーナル』誌の新人賞に輝き、「ウエストライナーズ」など数々のバンドリーダーを努める。一九九五年度、ジャズ界で個人に与える最高の栄誉「南里文雄賞」を受賞。

†**『グスコーブドリの伝記』**―日本の童話作家・宮沢賢治によって書かれた童話。一九三二年（昭和7）に刊行された雑誌

音楽劇作品一覧（20作）

発表年月	作品名	作曲家名／メディア／制作
58・1	おばあさんは魔法使い	芥川也寸志／ラジオ／NHK第一放送
58・2	こじきの歌	林光／ラジオ／中部日本放送
58・6―7	幽霊はここにいる	黛敏郎／演劇／俳優座
58・8	最後の武器	林光／演劇／新劇協議会有志
58・12	豚とこうもり傘とお化け	冨田勲／ラジオ／NHK第一放送
59・5―9	ひげの生えたパイプ	芥川也寸志／ラジオ／NHK第一放送
59・8	可愛い女	黛敏郎／演劇／大阪労音
59・9	ぼくは神様	林光／ラジオ／中部日本放送
60・1	くぶりろんごすてなむい	入野義朗／ラジオ／NHK第一放送
60・3	僕は神様	林光／演劇／草月アート・センター
60・9―61・9	お化けが街にやって来た	佐藤慶次郎／ラジオ／文化放送
60・10	赤い繭	諸井誠／ラジオ／NHK第二・FM実験放送
60・11	白い恐怖（詩人の生涯）	武満徹／ラジオ／朝日放送
60・12	赤い繭	諸井誠／演劇／草月アート・センター
60・12	お化けの島	河辺公一／演劇／NHK
62・4	お化けが街にやって来た	外山雄三／演劇／大阪労音
62・11	モンスター	黛敏郎／テレビ／NHK総合テレビ
62・11	乞食の歌	林光／演劇／フェーゲンラインコール
63・2	チャンピオン	武満徹／ラジオ／PKB毎日放送
63・2	乞食の歌	林光／演劇／劇団同人会+フェーゲンラインコール共同企画

を創作しているが、そのうち八作は安部自身によって「ミュージカル」（または「ミュージカルス」）と銘打たれた。残りの十二作の多くは、ソングを多用した音楽劇や「シュプレヒコール†」（最後の武器）だった。あるいは「ラジオのための構成詩」（白い恐怖）、「音響による建築学的試み」（チャンピオン）、「合唱のためのバラード」（乞食の歌）などといった副題がついているものもあった。しかし、『赤い繭』（演劇、六〇年）に至ると、もはやどこに分類したらよいのかわからないような斬新な音楽劇となっていた。その証拠に本作には、「パントマイム・舞踏とオーケストラ・シュプレヒコール・コーラス・モノローグ・電子音響との新しい試みによる舞台のための〈赤い繭〉」といった、なんとも長々しい副題がつけられており、ここにも安部の〈リテラリー・アダプテーション〉の幅広さが表出されている。

なお、本作は「諸井誠個展」と題されて行われた音楽会の一演目として上演されたが、舞台の模様を東野芳明は『読売新聞』で次のように伝えている。

> 草月アート・センターによる若い前衛作曲家の作品発表会コンテンポラリー・シリーズは、今月の諸井誠で五回目を迎えたが、いままでのうちでももっとも見ごたえがあり、意欲的だった。音楽会に見ごたえがある、というのは変だが、つまり音楽を単にエンビ服の演奏者によるおきまりの演奏にとじこめな

『児童文学』第二号に発表された。

†千葉胤文—一九二三（大正12）〜　満洲・奉天生まれ。安部公房とは小学校一年生から六年生の卒業時まで（うち一年間を安部は北海道の母の実家で過ごした）、同じ宮武城吉学級に学び、交流は安部の死の直前までつづいた。

†俳優座—文学座、劇団民藝と並び、日本を代表する新劇団の一つ。一九四四年、青山杉作、小沢栄太郎、岸輝子、千田是也、東野英治郎、東山千栄子らによって設立された。

†岸田演劇賞—新潮社が主催していた戯曲を対象とする文学賞。一九五四年に「新潮社四大文学賞」の一つとして開始。一九六〇年の第七回をもって終了し、白水社の『新劇』岸田戯曲賞（現在の岸田國士戯曲賞）に継承された。安部公房の『幽霊はここにいる』は第五回同賞を受賞している。

†シュプレヒコール—デモ行進のときなどに、スローガンやモットーを一斉に大声で連呼すること。第1次世界大戦後のドイツで定着し、日本の労働運動にも取り入れられたが、舞台でも用いられるようになり、一団がひとつの台詞を合唱する形式で進行する演劇（シュプレヒコール劇）として用いられている。

いで、ほかのジャンルの視覚的表現に音をぶつける形で作曲がなされたのである。

その点でいちばんおもしろかったのは「舞台のための〈赤い繭〉」。住む家のないひとりの男が、家をさがしまわり、疲れはてたあげく自分が赤い繭に変身してしまう、という安部公房の原作を、諸井の作曲をもとに、新進の塩瀬宏がヨネヤマ・ママコ†ひとりを使って演出した。装置は真鍋博、テープによる語りは芥川比呂志†ほか。塩瀬の演出は、舞台の空間を冷たいオブジェに化して、観客との甘ったるい和合をたちきろうという点でかなり成功している。柔軟なママコの身体を逆に、無表情の仮面とかたいパントマイムのなかにとじこめたり、家を象徴した白い箱が無意味に動き出したり、ナンセンスな身振りをある程度そう入したりした点がそれだ。音楽も、ときに日本のつづみのような効果を入れたりして、ともに語りの文学性を変質し、視覚化していた。ただ最後に男が繭に変わるところで、オブジェの人間が舞台から消えて繭の糸をあらわすオシログラフの映写に移ってしまうのは、安易な逃げだと思う。変身というイメージが、これではかえって文学的になってしまうからだ。

諸井誠といえば作曲家・諸井三郎の次男で、五五年、当時できて間もなかっ

†**ヨネヤマ・ママコ**―一九三五（昭和10）～　舞踏家、振付師、パントマイマー。山梨県出身。日本のパントマイムの草分けとして活躍した。

†**芥川比呂志**―一九二〇（大正9）～一九八一（昭和56）　俳優、演出家。東京都出身。芥川龍之介の長男。慶大卒。文学座の中心俳優として活躍したが、一九六三年、文学座を脱退して「現代演劇協会」を設立。協会付属の劇団雲で俳優・演出家として活躍した。一九六七年の安部の戯曲の上演では『榎本武揚』では演出家を務めた。

たケルン電子音楽スタジオを訪れ、ヘルベルト・アイメルト†所長やまだ二十六歳だったカールハインツ・シュトックハウゼン†らから直々に教えを受けた日本の電子音楽界のパイオニアである。また、ヨネヤマ・ママコも日本のパントマイム界の草分け的存在であり、当時はテレビや映画で活躍していた新進の舞踏家だった。そうした前衛芸術家たちのイマジネーションと最先端の技術を結集して舞台『赤い繭』が成立したのである。

なお、本作は『MUSIC DRAMA “AKAIMAYU”／音楽詩劇『赤い繭』』（『日本の電子音楽3』）として、二〇〇六年オメガ・ポイントよりリリースされているが、これを聴くかぎり、諸井の作曲は効果音レベルにはとどまらず、一作の電子音楽作品に仕上がっている。

ところが安部は、こうした当代を代表する音楽家たちとのコラボレーションに対してさえ、内心満足がいっていなかったようだ。彼は、これまでの舞台で音楽的に成功したのは『幽霊はここにいる』（黛敏郎）、『友達』（猪俣猛）、『ガイドブック』（薗広昭）、『愛の眼鏡は色ガラス』（武満徹）くらいだと言い、特に武満徹の「舞台の総体を音楽的構造としてとらえる力」を称えたが、総じて現代音楽家たちに対する評価は低かった。その理由を安部は、彼らが「音楽ですべてを語ろうとしすぎる」からだとし、情景を強調したり、ヒロインの心理

†ヘルベルト・アイメルト―一八九七～一九七二　一九五一年、ケルンの西ドイツ放送局（WDR）に電子音楽スタジオを世界に先駆け、自ら主導して設立したドイツ電子音楽の先駆者。

†カールハインツ・シュトックハウゼン―一九二八～二〇〇七　ドイツの現代音楽の作曲家。ケルン音楽大学卒業後、一九五二年、フランスに移り、パリ国立高等音楽院に入学。一九五三年、世界で初めての電子音楽『習作I』を作曲した。

を説明したりするような場面の補助手段にすぎないような伴奏音楽は「邪道」、「三流品」だと罵倒している。そして、「一流品どうしは、どうしたって矛盾しあう。その矛盾するものが衝突しあって、加え算ではない、掛け算的な効果を可能にしてくれるんだ」として、舞台における音楽の自立性を強く訴えていた（全集25、350・351頁）。このように、安部の〈リテラリー・アダプテーション〉とは、単なる他メディアへの移し替えではなく、いわば、〈文学的要素〉を他のメディアと切り結ばせるという一つの思想のレベルにあったと言ってよい。

そうして、いよいよ不満がつのっていった安部は、ついには日本に当時まだ三台しか所有者のいなかったコルグ†（KORG）の国産シンセサイザーを購入して（他の所有者はNHKと冨田勲）、自ら作曲に乗り出していったのである。安部が同社のシンセサイザーを購入した詳しい月日はわかっていないが、少なくとも一九七六年から七九年にかけ

図１：初代国産シンセサイザー（Korg 製）の３人の所有者

て、『案内人』（七六年）、『イメージの展覧会』（七七年）、『水中都市』（七七年）、『人命救助法』（七八年）、『人さらい』（七八年）、『S・カルマ氏の犯罪』（七八年）、『仔象《こぞう》は死んだ』（七九年）の七作の芝居で安部は脚本・演出・音楽を一手に担い、自前のシンセサイザーで作曲していることから逆算して、七五年前後か、遅くとも七六年初頭にはシンセサイザーを入手していたと考えられる。YMO†（イエロー・マジック・オーケストラ）が結成され、喜多郎《きたろう》†のデビューアルバム『天界』がリリースされた年でもある一九七八年を、一説に「テクノ元年」と呼ぶそうだが、安部のシンセサイザーの購入とそれを用いての作品制作が「テクノ元年」よりさらに数年早かったことは特筆に値するだろう。

『朝日新聞』（七六年十月二十五日）には「作曲に取り組む安部公房氏」と題された次のような記事が掲載されている。

> 安部公房氏のカメラいじりは有名で、すでに自作の小説に自ら撮った写真を交えているほどだが、こんどは作曲にも乗り出した。いまはやりのシンセサイザー（電子楽器）をつかって自分の芝居の効果音をすべて作曲したというわけ。機械につよい安部氏も、こんどばかりは苦労したらしく、そのかいあって、いっぱしの現代音楽を劇中に流している。芝居の名は「案内人」（31日まで、東京・西武劇場）といい、安部氏一流の世界が展開する。

†コルグ―電子楽器を製造・販売している日本のメーカー。一九六三年創業。一九六七年ごろからシンセサイザーの研究開発に着手し、七〇年、初の国産シンセサイザー「試作一号機」を完成した。この技術は七三年発売のシンセサイザー「miniKORG700」へと発展し、七四年「800DV」、七七年「ポリフォニックシンセサイザー」を発表して世界的に評価された。

†YMO―イエロー・マジック・オーケストラ。シンセサイザーとコンピュータを駆使した斬新な音楽で、坂本龍一、高橋幸宏、細野晴臣により、一九七八年に結成された日本の音楽グループ。YMO（ワイ・エム・オー）と略称される。

†喜多郎―一九五三（昭和28）～　キーボーディスト、作曲家。愛知県出身。米映画『天と地』でゴールデングローブ賞作曲賞

安部もまた、自身のシンセサイザーへの耽溺《たんでき》ぶりを次のように明かしている。

シンセサイザーというものは面白いものだね。35ミリカメラほど手軽ではないし、誰でもシャッターを押せば写るという具合にはいかないけれど、特別に専門的知識がいるわけでもない。思い切って買ってよかったと思うよ。僕の買ったシンセサイザーは、オシレーターの原音から音を組立てて、つまり絵具を混ぜるようにして音を作っていき、それにリズムを与えたりして、自由に演奏が出来るんだ。作曲が即演奏なんだよ。この機械との出会い、ぼくには実に大きな出来事だったと思う。〔全集26、222頁〕

＊　＊

さて、いま一度ラジオドラマ『棒になった男』に話を戻そう。

五七年度の芸術祭奨励賞を受けた本作を、安部は六九年、さらに戯曲にリライトして自ら演出も手がけたが、この時、舞台美術を担当した妻の安部真知†は第四回紀伊國屋演劇賞を、主役を演じた井川比佐志は芸術祭大賞を受賞している。つまり、安部は一つの発想やテーマを〈リテラリー・アダプテーション〉によってマルチメディア展開し、しかもそれぞれのメディアで高い評価を得て

受賞（一九九四）。米音楽界最高峰であるグラミー賞受賞（二〇〇一）。自然環境からインスピレーションを取り入れた独自のクリエイティヴな作品は、世界でも高い評価を受けている。

†安部真知—一九二六（大正15）〜一九九三（平成5）　舞台美術家。一九四七年安部公房と結婚。安部公房作『幽霊はここにいる』、『棒になった男』（紀伊国屋演劇賞）、千田是也演出『リア王』（芸術祭優秀賞）などの舞台装置を担当。

いたのである。改作であることは無論、各賞の選考委員たちも熟知していたはずだが、選考ではストーリーやテーマの独自性よりも表現方法自体の独自性が積極的に評価されたのである。

こうした例はほかにもある。たとえば、六〇年に制作されたテレビドラマ『煉獄《れんごく》』（九州朝日放送）は当年度の芸術祭奨励賞を受賞したが、六二年、安部は本作を映画脚本『おとし穴』（勅使河原プロダクション）にリライトしてシナリオ作家協会賞、日本映画記者会賞、NHK新人監督賞（勅使河原宏に対して）、毎日映画コンクール音楽賞（武満徹に対して）を受賞している。また、七一年度の芸術選奨文部大臣賞を受賞した戯曲『未必の故意』（俳優座）は、その前身となったテレビドラマ（六四年『目撃者』PKB毎日放送）でも芸術祭奨励賞を受けていた。

驚くのは、今日、安部の代表作とされているほとんどの作品が、原典となる著作をソースとした二次創作物を複数もっていることだ。たとえば、七六年に初演され谷崎潤一郎賞を受賞した戯曲『友達』は、その前身となる小説（五一年『闖入者《ちんにゅうしゃ》』）、ラジオドラマ（五五年『闖入者』）、テレビドラマ（六三年『闖入者』）があったし、読売文学賞を受賞した戯曲『緑色のストッキング』（七四年初演）にも前身となる小説（五五年『盲腸』）、ラジオドラマ（六〇年『盲腸』）、テレビドラマ（六二年『羊腸《ようちょう》人類』）があった。

しかし、すべてが順風満帆だったというわけではない。当時においては、ほぼ安部固有の表現スタイルに等しかったこの〈リテラリー・アダプテーション〉が、何の軋轢《あつれき》も生まずに、社会からただちに受け入れられたというわけでは無論なかった。そして、それを象徴する出来事が五九年度の芸術祭賞の選考過程で生じている。このとき紛議の対象となったのは、安部が脚本執筆したテレビドラマ『日本の日蝕』だった。

日本のテレビ放送はＮＨＫ・民放ともに一九五三年にはじまるが、その草創期のテレビ界、特にＮＨＫ総合テレビの和田勉†と親しかった安部は、五九年から六二年にかけて和田演出用に四つの作品を提供しており、『日本の日蝕』もそのうちの一つだった。ちなみに、和田は本作の演出で当年度の芸術祭奨励賞・個人賞を受賞している。

ところが、このときの選考過程で、ほかでもない安部の〈リテラリー・アダプテーション〉の是非について、議論が起こったのである。本作の成立過程を確認すると、まず五七年に小説『夢の兵士』が発表され、それが翌月ラジオドラマ（『兵士脱走』／中部日本放送）にドラマタイズされ、二年後テレビドラマ（『日本の日蝕』）へと進み、その半年後、さらに戯曲（『巨人伝説』二幕十六場／俳優座）へと発展している。前述したように、こうした制作手法は少なくとも五

†**和田勉**—一九三〇（昭和5）〜二〇一一（平成23）演出家、映画監督。元ＮＨＫディレクター。三重県出身。早大卒。一九五三年、ＮＨＫ入局。主にテレビドラマのディレクター、プロデューサーとして活躍した。手がけた作品の多くが賞を受賞したことから、「芸術祭男」の異名を得た。

○年代の日本では安部以外に例がなく、とりわけ複数の表現者たちが技の優劣を競い合うコンクールという場で、オリジナリティーの観点から批判の声が上がったのも、ある意味当然だっただろう。審査の過程で、先行する安部のラジオドラマと『日本の日蝕』が、内容的に酷似していることが問題となったのである。

たしかに、一つの発想やテーマを複数のメディアで再利用することによって制作効率は数段に上がる。膨大な時間を費やして一作を書き上げた他の作家から見れば、すでに賞を取った材を再利用して二度、三度と賞を受けることはルール違反だと考えられたにちがいない。他方、安部はこうした批判に対して、「作者としてテーマを大切にすれば、いろんな表現媒体を使ってくり返し練り直すことが望ましいと思う」（『朝日新聞』五九年十月十三日）と、このとき反論している。安部にとって〈リテラリー・アダプテーション〉は、決して効率重視の〈ワンソースマルチユース〉ではなかったからである。

マーシャル・マクルーハン†はその著書『メディア論』（六四年）のなかで「メディアはメッセージである」と言ったが、安部はそうしたメディアそのものが持つ固有のメッセージ性をいち早く創造行為に取り入れ、それぞれのメディア特性と自らのテーマとを切り結ぶことで、テーマそのものの〈進化／深化〉

†マーシャル・マクルーハン―一九一一〜一九八〇　カナダの社会学者、教育家。情報科学の専門家でトロント大学教授となり、フォーダム大学教授を兼任

を図ったのである。その意味で、安部の〈リテラリー・アダプテーション〉は、単なる複数メディアへの横展開ではなく、彼独自の思考方法だったと言えるだろう。

一九六九年十一月の芥川比呂志との対談で、安部は次のように答えている。


〔芥川〕安部さん、小説でいっぺん扱った材料を戯曲に書くという経験をしていらっしゃるでしょう。同じ材料をべつのジャンルで扱うというのは、どういう……。

〔安部〕欲張っているのかな。なにか一つのテーマをつかまえると、自分の持っている表現力の全体でもって、そいつをからめとってやりたいという……。

〔芥川〕それは何だろう。最初こうこうという書きたいものがあって、これはテレビ・ドラマという形式で書くのが一番適当だろう、あるいは戯曲という形が一番ふさわしいだろう、小説という形がふさわしいだろうと思って書くわけでしょう最初は。それが書き切れなかったということかな？

〔安部〕本来、書き切れるものではないでしょう？　どんな形式でだって、書き切れるということはあり得ないんじゃないかな。

〔芥川〕そうすると特別にそのテーマに愛着があるということかな。

〔安部〕ということかもしれない。だから一つのテーマを追いはじめた以

（一九六七〜一九六八）。テレビ・コンピュータ等の電子科学の媒介による情報が、社会学、芸術、自然科学等における思考方法を形成することを説き、二十世紀社会における人間の自己変容を批判した。

上、近代五種目みたいに、多角的な迫り方をしないと。〔全集22、433頁〕

「近代五種目」とは、一人で射撃・フェンシング・水泳・馬術・ランニングの五競技をこなし順位を決める複合競技のことで、近代オリンピックの創立者、クーベルタン男爵が「古代五種目」（レスリング・円盤投げ・やり投げ・走り幅跳び・短距離走）になぞらえて考案した競技のことだが、マルチメディア・アーティストたる安部の「近代五種目」とは、小説・映画・演劇・ラジオドラマ・テレビドラマの〈メディア五種目〉を、それぞれのメディア特性を追求しつつも、ほぼ同列に、複合競技的に扱い、一つのテーマに対して「多角的な迫り方」をしながら思考を練り上げることを意味していたのである。同様に、七八年のドナルド・キーンとの対談では次のように述べている。

世界というものはあまりにも複雑ですから、僕はやっぱり二つ（引用者注、小説と舞台）だけでなく無限のもので補わないと世界は表せないという感じはするんです。……人間ってものは、表現のメディアを新しく発明すると、それ固有のものを結局は創りあげていく才能を持っていると思います。どんなものでもね、ある才能の手にかかれば、それ独自の表現、それでなければ表現できなかったものを結局創るんじゃないでしょうかね。〔全集25、290・291頁〕

つまり、安部を〈リテラリー・アダプテーション〉へと駆り立ててやまなかったその原動力は、日々革新を遂げるメディア・テクノロジーに対する好奇心と、あらゆる手段を用いて世界を表現し尽くそうとする〈トータル〉への欲望の強さであったと言うことができるだろう。

結果として安部の〈リテラリー・アダプテーション〉は市民権を得ることに成功した。その証拠に、彼は五〇年代後半から七〇年代初頭までのあいだに、民放祭で三回、芸術祭で七回、計十回の入賞を果たしている。具体的には、民放祭では二度の優秀賞を（五八年『こじきの歌』／六二年『チャンピオン』）、芸術祭ではラジオドラマ『吼《ほ》えろ！』（六二年）で芸術祭賞を、そのほかに四度の芸術祭奨励賞（五七年ラジオドラマ『棒になった男』／六〇年テレビドラマ『煉獄』／六三年テレビドラマ『虫は死ね』／六四年テレビ

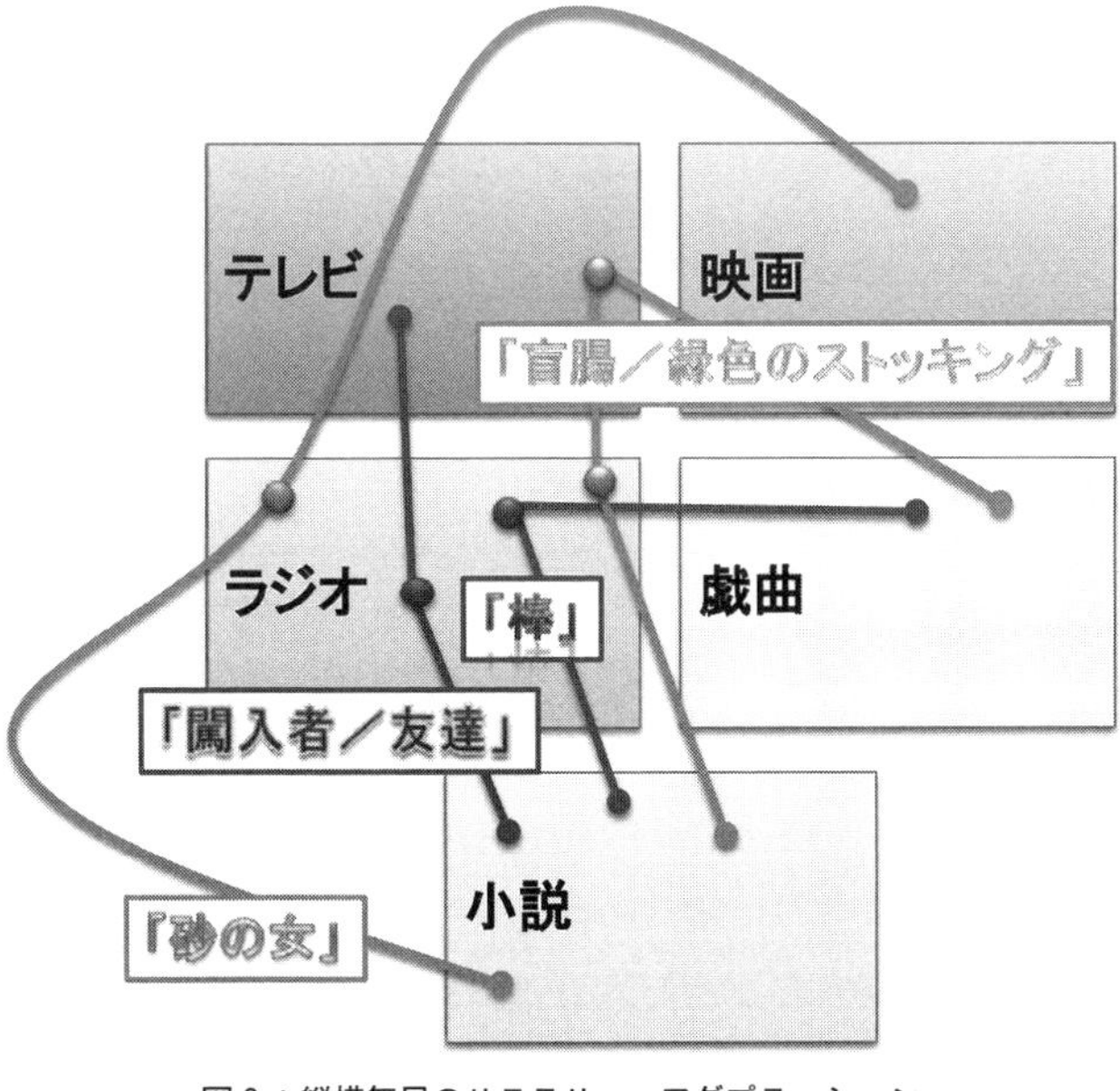

図2：縦横無尽のリテラリー・アダプテーション

ドラマ『目撃者』）と、二度の文部大臣賞（六七年戯曲『榎本武揚《えのもとたけあき》』／七一年戯曲『未必の故意』＋『ガイドブック』）を獲得しているが、このうち『吼えろ！』、『虫は死ね』以外のすべての作品で〈リテラリー・アダプテーション〉が用いられている。

＊　＊

ここでもう一つ、安部の演出家としての経歴を確認しておきたい。第二章で詳述するように、七〇年代の安部は〈メディア五種目〉のなかでも特に演劇への情熱が突出していき、自作の演出も自ら手がけるようになったが、そうした〈七〇年代・演出家時代〉の前史として、ここでは五〜六〇年代の安部の演出経験をまとめておきたい。

演劇や映画とはちがって後発メディアだった放送業界には、五〇〜六〇年代初頭にはまだドラマ制作のプロフェッショナルが十分に育っていなかったこともあり、幸運にも安部はラジオやテレビで脚本執筆以上のトータルな表現創造を行うことができた。

彼の初めての演出体験は五五年のラジオドラマ『闖入者』（朝日放送）にまでさかのぼられるが、特に六二年七月から十一月にかけてNETテレビ（現テレ

†**眉村卓**―一九三四（昭和9）〜　SF作家。大阪府出身。大阪大卒。代表作「司政官シリーズ」で一九七九年に泉鏡花文学賞を、同年と一九九六年に星雲賞日本長編部門を受賞。

†**福田善之**―一九三一（昭和6）〜　劇作家、脚本家、演出家。東京都出身。東大卒。『東京タイムス』記者を経たのち、岡倉士朗の誘いで演出助手を務める。一九五八年、『オッペケペ』で芸術祭奨励賞受賞。

ビ朝日）で放映された『前衛ドラマ・シリーズ、お気に召すまま』（30分×全20話）では、企画・監修とともに、三つの脚本執筆（『あなたがもう一人』／『羊腸人類』／『しあわせは永遠《とわ》に』）と、六つの原案提供（『水いらず』脚本山田正弘／『トツ・トツ・クラブの紳士たち』脚本寺山修司／『時間貿易商』脚本中原佑介／『零《ゼロ》』脚本津田幸夫《ゆきお》／『友遠方より来たる』脚本柾木《まさき》恭介／『髭《ひげ》』脚本寺山修司）をしたほかに、最終回の『しあわせは永遠に』で、彼は初めてテレビドラマの演出を手がける機会を得た。それ以外にも、『不満処理します』（原作眉村卓《たく》†、脚本福田善之《よしゆき》†）の回にはドラマのはじめと終わりに登場して作品の解説者となったり、あるいは『ヒッチハイク』（脚本清水邦夫†）の回にはドライバー役で俳優として出演したりと、本シリーズは彼のマルチな才能を遺憾なく発揮する場となった。

　このシリーズは、寺山修司、星新一、眉村卓、倉橋由美子†、福田善之、清水邦夫といった豪華なライター陣が企画・脚色・脚本に加わるということで、企画段階からかなりの前評判を呼んだが、その監修をやり遂げた安部は「うるさがられるほど作者に注文も出し、苦情もいった。決定稿まで大体三回ぐらい練り直した」、「何よりうれしかったのは視聴者層が十代から中年まで大変広かったこと」だと感想を述べるとともに、テレビというメディアの可能性について、「将来テレビがマス・メディアとして文学にとって代わる時代がくると思う。そうなると《茶の間の芸術》として無差別にみるテレビから、本屋から好きな

†倉橋由美子―一九三五（昭和10）〜二〇〇五（平成17）小説家。高知県出身。本姓熊谷。明治大学在学中、小説『パルタイ』が平野謙に認められ、『文学界』に転載される。パルタイ（党）を信奉する青年のエゴを女性の冷めた目で描き、六十年安保前後の鬱屈した時代状況のなかで注目された。女流文学者賞（一九六一）や泉鏡花文学賞（一九八六）を受賞。

†清水邦夫―一九三六（昭和11）〜　劇作家、演出家。新潟県出身。早大卒。早稲田在学中に初の戯曲『署名人』を発表して注目を浴びる。卒業後、岩波映画に入社するが、一九六五年退社。劇作家として戯曲を提供する一方で、映画やテレビドラマの脚本も執筆。蜷川幸雄演出の『真情あふるる軽薄さ』（一九六九年）が評判を呼び、以降蜷川とのコンビで人気を集める。

番組みを買ってきて自分の器械（テレビ）でみるようになるのじゃないかな」と、ＤＶＤ時代の到来を予言していた（『東京新聞』六二年十一月二十三日）。

しかし、このとき、安部のアイディアが発端でちょっとした事件も起こっている。本作はもともと視聴者から「あなたの夢買います」という希望や意見を募り、一番多かったのが「時間を自由にしたい」という意見だったため、〈二十四時間以内の過去なら再現することのできるタイムマシンを使って小市民の欲望を追っていく〉という大枠の設定だけを決めて、あとは各話の作者が奇想を競い合うといった趣向だった。

ところが、ある回の放映でスクリーンのなかに天皇とマッカーサー†の写真をダブらせて入れたことで、スポンサーや局から〈資本家を揶揄《やゆ》している〉との批判を受け、これによって番組制作や放映に数週間の遅れが生じた。そこへ、某新聞の匿名欄で「視聴率が低いため」に放映中止になったという憶測記事まで飛び出したため、心外に思った安部が、それに対して「話は逆で一七・五％だよ」と反論するような場面もあった（『週刊読書人』六二年十月二十二日）。

このように、テレビでのはじめての監修・演出体験は話題性に事欠かず幕を閉じたが、同じ六二年の四月には、演劇の方でもミュージカル・コメディ『お化《ば》けが街にやって来た』（大阪労音）で観世栄夫《かんぜひでお》†との共同演出のかたちで初めて舞台演出を手がけるなど、この年は小説『砂の女』の発表とともに安部にとっ

†ダグラス・マッカーサー―一八八〇～一九六四　アメリカの軍人、陸軍元帥。第二次世界大戦後に日本を占領した連合国軍の最高司令官。

†観世栄夫―一九二七（昭和2）～二〇〇七（平成19）　シテ方観世流能楽師、俳優、京都造形芸術大学教授。一時喜多流に転流したが、その後観世流に復帰。一九五八年、能楽界を離脱し、以後現代演劇、映画、テレビドラマ、舞踏などで活躍したが、亡き兄・観世寿夫の遺言に従い、一九七九年能楽に復帰。

†石川淳―一八九九（明治32）～一九八七（昭和62）　小説家。東京都出身。東京外国語学校卒。一九三七年『普賢』で芥川賞受賞。戦後も旺盛な執筆活動を示し、安部公房も生涯師と仰いだ。代表作は『焼跡のイエス』『紫苑物語』など。

†市村俊幸―一九二〇（大正9）～一九八三（昭和58）　俳優。東京都出身。映画『花嫁蚤と戯むる』（一九五一）で俳優デビュー、翌年の黒澤明監督作品『生きる』で脚光を浴びる。映画ではフランキー堺主演の作品に多数出演した。

†花田清輝―一九〇九（明治42）～一九七四（昭和49）　評論家。福岡県出身。岡本太郎と前衛芸術運動の母体として「夜の会」を結成（一九四八）、安部公房らと「記録芸術の会」を結成し

多彩な交友関係

〈メディア五種目〉時代の安部公房の交友関係は実に多彩だった。それを示す一つの例として、一九六二年十一月十三日に開催された「安部公房氏にいっそうがんばってもらう会」の発起人メンバーを見てみよう。以下は、そのときの招待状の文面である。

大分、秋色が濃くなってまいりました
さて御承知の通り、安部公房君が映画「おとし穴」、小説「砂の女」、戯曲「城塞」、テレビドラマ「お気に召すまま」などを続々と発表し、油の乗った仕事を見せております
この際、彼の先輩、友人、仕事の関係者が話し合って、安部君に一層がんばってもらう会を次の通り開こうということになりました
彼をかこんで秋の夜長を大いに歓談したいと思いますので、お友だちをお誘い合わせの上、ぜひお出かけ下さい…

発起人：石川淳《いしかわじゅん》†、市村俊幸†、花田清輝†、林光、ペギー葉山、外山雄三、岡本太郎、和田勉、海藤日出男《かいどうひでお》†、観世栄夫《かんぜひでお》、武田泰淳《たいじゅん》†、武満徹、中島健蔵、中村メイコ、宇野重吉、草笛光子《くさぶえみつこ》†、松岡謙一郎†、黛敏郎、フランキー堺、勅使河原宏、芥川也寸志、佐藤亮一†、佐々木基一†、京マチ子、三島由紀夫、三宅艶子、千田是也《せんだこれや》†、スチーブ・パーカー（いろは順）

（一九五八）、『新日本文学』（一九五二〜一九五四）の編集長も務めた。

†海藤日出男―一九一二（明治45）〜一九九一（平成3）読売新聞社文化部長。島根県出身。マチス、ピカソ、ブラック、ゴッホらの大個展を企画する傍ら、読売アンデパンダンを強力に推進するなどして日本の前衛芸術の興隆に大きく貢献した。

†武田泰淳―一九一二（明治45）〜一九七六（昭和51）小説家。東京都出身。一九三四年、竹内好らと「中国文学研究会」を設立。戦後は第一次戦後派作家として活躍。代表作には『蝮のすゑ』『風媒花』『ひかりごけ』などがある。

†草笛光子―一九三三（昭和8）〜　女優。神奈川県出身。作曲家の芥川也寸志は元夫。一九五〇年、松竹歌劇団の五期生として入団。『社長シリーズ』をはじめとする東宝喜劇に多数出演した。日本ミュージカル界のパイオニア的存在でもあり、数々の大作に出演した。

†松岡謙一郎―一九一四（大正3）〜一九九四（平成6）実業家。元日本教育テレビ副社長。東大卒。一九六二年当時は、日本教育テレビ取締役編成局長。

†佐藤亮一―一九二四（大正13）〜二〇〇一（平成13）新潮社三代目社長。一九六二年当時は、同社副社長、出版部長、『週刊

て収穫の多い年となった。

　こうして折々にラジオ・テレビ・演劇などで演出経験を積んでいった安部の一つの転機となったのが、六六年の桐朋学園短期大学†芸術科・演劇専攻コースの教授への就任だった。これにより、日々の講義のなかで持論をブラッシュ・アップする機会を豊富に得たこと、また、演劇専攻者を対象とした「ゼミ」という日常的な実践の場を得たことで、安部はますます〈トータル〉への欲望を強めていったのである。

四　世界の「ＡＢＥ・ＫＯＢＯ」へ

九三年一月二十二日、この日、安部公房の死去†を伝える訃報が新聞各紙に掲載されたが、それらの記事のなかに次のような言辞が散見された。

　コーボー・アベではなくアベ・コーボーとして、世界に通用する現代作家の一人だった。（『朝日新聞』）

「コーボー・アベ」ではなくて「アベ・コーボー」？　要するに、日本式の

新潮』の初代編集長を兼ねていた。

†佐々木基一―一九一四（大正3）〜一九九三（平成5）文芸評論家。広島県出身。東大卒。戦後、『近代文学』、『綜合文化』、『現代芸術』などの文芸・総合雑誌の創刊にかかわり、戦後アヴァンギャルド運動を推進した。

†千田是也―一九〇四（明治37）〜一九九四（平成6）演出家、俳優。東京都出身。ドイツ滞在後、東京演劇集団を経て、新築地劇団で『ハムレット』（一九三三）に主演。俳優座を結成（一九四四）。安部公房、シェイクスピア作品などの演出で戦後の新劇界に足跡を残した。『千田是也演劇論集（全九巻）』などがある。

†桐朋学園短期大学―現在の桐朋学園芸術短期大学。東京都調布市にある日本の私立短期大学。学校法人桐朋学園によって一九五五年に設置された。日本の短大では珍しい演劇や舞台芸術に関する専門科目が設けられている。

†安部公房の死去―一九九二年十二月二十五日深夜、執筆中に脳内出血で倒れ、退院後も自宅療養をつづけたが、翌九三年一月二十日、病状が悪化。日本医科大学多摩永山病院に再入院。一月二十二日、一時は回復したが就寝中の午前七時一分、急性心不全のため死去。享年六十八歳。

呼び方がそのまま通用するほどに、欧米諸国でその存在がよく知られていた、または尊敬されていた、と言いたいのだろう。その安部の一番の出世作が『砂の女』だったわけだが、〈リテラリー・アダプテーション〉は本作でも試みられ、小説（六二年）、ラジオドラマ（六三年）、映画（六四年）の順に、短期間のうちにリライトされていった。

なかでも映画『砂の女』（一九六四年二月公開、監督は勅使河原宏、音楽は武満徹）は国内外で大きな評判を呼んだ。本作は『キネマ旬報』ベストワン作品賞、同監督賞、ブルーリボン作品賞、同監督賞、毎日映画コンクール作品賞、同監督賞、ＮＨＫ（映画賞）作品賞、同監督賞など、国内で延べ十個のタイトルを獲得しただけでなく、海外でも〈質の高い不条理サスペンス〉であると高く評価され、カンヌ国際映画祭審査員特別賞†、サンフランシスコ映画祭外国映画部門銀賞、ベルギー批評家協会グランプリ、メキシコ映画雑誌協会賞などを受賞した。ほかに同年度のアカデミー賞外国映画部門にもノミネートされたが（受賞はヴィットリオ・デ・シーカの『昨日・今日・明日』だった）、そうした海外での映画賞の受賞をきっかけとして原作者である「ＡＢＥ・ＫＯＢＯ」の名も世界に知られるようになった。さらに六八年には、小説『砂の女』がフランスの最優秀外国文学賞に選ばれている。この賞は、フランスの出版社の団体が過去一年間にフランスで翻訳出版された外国文学作品の最優秀作に贈るものだが、『砂

†カンヌ国際映画祭特別審査員賞―同賞の過去の受賞作には市川昆監督映画『鍵』（一九六〇）、小林正樹監督映画『切腹』（一九六三）があり、『砂の女』の受賞はそれにつづく三番目の快挙だった。また、最高賞である「パルムドール」を一九五四年、衣笠貞之助監督映画『地獄門』が受賞している。

の女』の訳者・ジョルジュ・ボノーは、すでにアルベリーヌ・カマンスキー賞というフランスの翻訳賞を受賞している名訳者でもあった。

　こうした安部の国際的な評価について、大江健三郎†は次のように述べている。

> 僕の感じだと、日本的な作家ということで、たとえば谷崎、川端、三島が知られていたとしてもですね、ほんとうに現代作家として外国の知識人に読まれた作家は、安部さんが最初だった。そしていちばん強い印象を与えたのが安部さんだったと思うんですね。それは非常に重要なことで、安部さんの『砂の女』がフランスで外国文学賞、これは非常に重要な賞ですが、それが日本であまり大きく報道されなかったことは僕は不思議だと思いますね。あれは非常に大きい賞で、安部さんは確実に国際的な評価の高い最初の日本の作家だったと思いますね。……たとえばガルシア＝マルケス†やル・クレジオ†が自分の好きな現代作家として持ち出す人として安部さんがあったと思うんです。〔前掲『安部公房伝』〕

『百年の孤独』（六七年）の作者ガルシア＝マルケス（コロンビア）も、『悪魔祓《ばら》い』（七一年）や『砂漠』（八〇年）の作者ル・クレジオ（仏）も、ともにノーベル文学賞を受賞した現代文学を代表する作家である。あるいは、スウェーデ

†大江健三郎―一九三五（昭和10）〜　小説家。愛媛県出身。東大卒。大学在学中に『奇妙な仕事』（一九五七）で脚光を浴び、観念と抒情の融合した作風の新鮮さが注目された。『飼育』（一九五八）で芥川賞受賞。社会、政治問題についても積極的に発言した。ノーベル文学賞受賞（一九九四）。

†ガルシア・マルケス―一九二八〜　コロンビアの小説家。ボゴタ大学で法律を学び、ジャーナリストとして欧州に滞在。作品には、マコンドという架空の地を舞台に、その建設者である一族の歴史を辿る形でラテンアメリカ史を描いた大作『百年の孤独』などがある。映画のシナリオ、ノンフィクションも手がける。ノーベル文学賞受賞（一九八二年）。

†ル・クレジオ―一九四〇〜　フランスの小説家。ニースの文

ンの現代文学を代表する小説家で、ノーベル賞を受賞したNGO「核戦争防止国際医師会議」の一員でもあったパール・クリスチャン・ヤシルド†も、九四年に来日した際、「好きな日本の作家」として安部公房の名前を挙げ、小説『箱男』に言及して、「不条理と現実の組み合わせ方は面白い。彼がノーベル賞を受賞しないまま亡くなって残念だ」と語った（『朝日新聞』九四年三月十七日）。さらに、近年の報道でも、スウェーデン・アカデミーのペーテル・エングルンド事務局長が「安部公房や三島由紀夫をよく読んだ」と語ったとされる（『朝日新聞』二〇一二年十月一日）。

これらの証言からも明らかなように、安部公房の作品は海外の知識人たちからよく読まれた。大江が述べるように、「確実に国際的な評価の高い最初の日本の作家だった」かどうかまでは断定できないが、少なくとも、六八年にノーベル文学賞を受賞した川端康成よりも、六〇年代、真に海外から熱心に読まれたのは、三島由紀夫や安部公房の方だったと、ドナルド・キーンをはじめ、同時代の多くの関係者が証言している。

しかし、そもそもなぜ安部の文学が、他の日本人作家たちに先駆けて多くの海外読者を獲得することができたのだろうか。その理由にはいくつか考えられるが、たとえば、前述した〈リテラリー・アダプテーション〉によって安部が

科大学で学んだ後、英国ブリストル大学に留学。第一作『調書』（一九六三）でルノドー賞を受賞。作品には、異常心理、病的状態を描いたものが多い。ノーベル文学賞受賞（二〇〇八）。

†パール・クリスチャン・ヤシルド——一九三五〜　スウェーデンの医師、小説家。医師時代から小説を執筆していたが、一九七八年以降、小説執筆に専念。六〇年代には軍医として兵役に就き、核攻撃の模擬演習に参加。のちに反核運動家となり、核戦争防止国際医師会議の一員として一九八五年、ノーベル平和賞を受賞。

自身の代表作を次々に映画化したこと、そして、特に英語圏での翻訳出版が早かったことが功を奏したという面があっただろう。

『砂の女』の場合、小説発表が六二年、ラジオドラマが六三年、映画が六四年だったのに対して、六四年に英語、六五年にチェコ語、六六年にはロシア語・デンマーク語・ウズベク語、六七年にはフランス語・ドイツ語・フィンランド語・中国語に早くも翻訳されている。たとえば、映画『砂の女』が海外で映画賞を受賞し話題になったときに、翻訳文学を手がけるアメリカの出版社では最大手のクノップ社から、すでに『砂の女』の英訳本が出版されていた。そのため、受賞のニュースを聞いた、そうした話題に関心をもっているような英語圏の知識人たちが、ただちに本屋で『The woman in the dunes』(『砂の女』英訳)を入手して読むことができたのである。さらにその数年後、本作がフラ

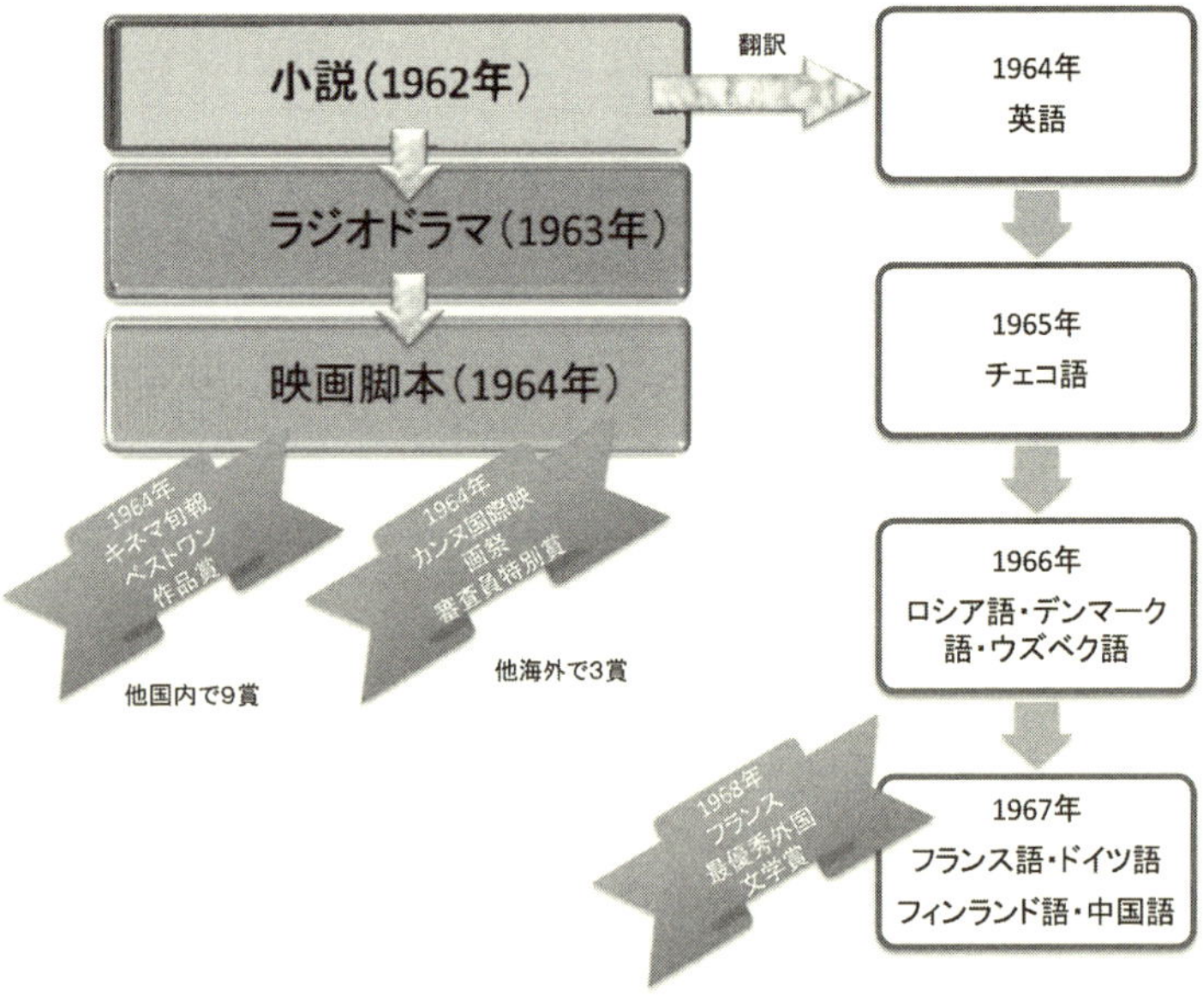

図3：『砂の女』リテラリー・アダプテーションの成功例

ンスで外国文学賞を受賞したときには、英語・フランス語・ドイツ語・ロシア語といった影響力の強い言語での翻訳も発表されており、このことが欧米圏での読者層の拡大につながったものと考えられる。

一方、翻訳事業がこれほどスピーディーに進展したのには、安部自身の努力だけでなく、時代の気運も彼に味方した。六三年三月、三島由紀夫邸でのパーティーで、アメリカの文芸出版社として知られるクノップ社の編集長ハロルド・ストラウスを紹介された安部は、自作の英訳出版に強い意欲を示し、その場で『砂の女』の仮契約を結ぶと、翌年八月、ソ連作家同盟の招きで訪ソした帰路、そのままニューヨークに飛んでクノップ社と正式契約を結んだ。

戦争中に日本語を習得したストラウス氏は、黒澤明の映画『羅生門《らしょうもん》』†（一九五〇年公開）の海外での映画賞受賞をきっかけとしたアメリカでの日本ブーム（日本文学・日本映画など）を受けて、五四年から日本文学シリーズを企画出版した。その第一弾は大佛《おさらぎ》次郎†の『帰郷』†だったが、このシリーズの企画には『雪国』の名訳でも知られるエドワード・G・サイデンステッカー†なども訳者として名を連ね、谷崎潤一郎、川端康成、三島由紀夫といった、欧米圏で「異国的」であるとして評価の高かった作家の作品を次々と英訳出版していた。とりわけ谷崎の『鍵』†は、六三年四月時点で上製本（四ドル）・ペーパーブックス（五十セント）を合わせて、アメリカだけで二十六万五千部を売ったとされ、

†『羅生門』―一九五〇年、黒澤明が大映で撮影した映画作品。翌五一年、ヴェネチア国際映画祭金獅子賞を受賞した。

†大佛次郎―一八九七（明治30）～一九七三（昭和48）小説家。神奈川県出身。東大卒。『鞍馬天狗』の作者として有名であり、現代小説から、歴史小説、ノンフィクション、新歌舞伎、童話まで、幅広いジャンルを手がけた。

†『帰郷』―一九四八年五月から十一月にかけて毎日新聞に連載された。辰野隆に激賞され、一九五〇年、日本芸術院賞受賞。戦前海軍主計士官をしていた男が公金流用から失踪し、十数年間異国を放浪したが、敗戦後、急に妻子の住む日本に帰ろうと思い立つ。物語は男の帰郷から、半年後に再び海外へ去るまでの出来事が描かれている。

†エドワード・G・サイデンステッカー―一九二一～二〇〇七　アメリカ人の日本学者。コロンビア大学教授。谷崎潤一郎、川端康成、三島由紀夫ら日本の文学作品を英訳した。『雪国』の英訳では、川端康成のノーベル文学賞受賞に貢献した。二〇〇六年、日本への永住を決意して東京湯島に生活の拠点を移したが、翌年死去。

†『鍵』―一九五六年一月、五月～十二月、『中央公論』に連載。ある初老の男が、嫉妬から

来日したストラウス氏はこれにつづく欧米受けのする新たな日本人作家を探していた。

そこへ白羽の矢が立ったのが安部公房だった。このとき、ストラウス氏は『読売新聞』（六三年四月九日）の取材に対して、「こんど契約した『砂の女』は、テーマが国際的だし、読者の共感が得られるだろう」。「吉川英治†の『新・平家物語†』は失敗。日本の歴史を知らないし、一般的にはまだまだ日本への認識が低いので無理があった」と発言している。つまり、欧米人たちから見て「異国的」な魅力を湛えた作品が当たったので、その方向をさらに推しすすめて『新・平家物語』に行ったが、さすがにギャップがあり過ぎて読者がついていけなかったため、その揺り戻しとして「国際的」との呼び声の高い安部作品に目をつけた、というのである。その結果、安部はクノップ社から、『砂の女』につづいて『他人の顔』、『燃えつきた地図』と、次々と英訳本を刊行していった。そして、つづく二作も同様に、小説発表後、ただちに映画化されたのだった。

このような小説発表からタイム・ラグなしでの映画化と翻訳出版化の相乗効果によって、すでに七〇年代初頭には安部公房は熱烈な読者を海外に獲得していた。特に英訳出版が進んでいた安部作品は、英訳が出るたびに『ニューヨーク・タイムズ†』の書評欄でも取り上げられ（『燃えつきた地図』は『ニューヨーク・タイムズ』の「外国文学ベスト5」にも選ばれた）、現代日本を代表する作家として

性的興奮を盛り上げることを目的として、妻と若い知人の男を接近させ、その経緯を日記に綴る。妻は、夫の企みを承知でそれを受け入れる。一九五九年、市川崑監督によって映画化され翌六〇年カンヌ国際映画祭審査員賞を受賞。

†**吉川英治**—一八九二（明治25）〜一九六二（昭和37）小説家。神奈川県出身。様々な職を転々としたのち、『鳴門秘帖』（一九二六）で人気作家となる。特に一九三五年から三九年まで『朝日新聞』に連載された『宮本武蔵』は新聞小説史上空前の人気を得、国民文学作家と呼ばれた。

†**『新・平家物語』**—吉川英治の歴史小説。一九五〇年から五七年まで『週刊朝日』に連載された。連載中から読者の好評を博し、一九五五年、溝口健二監督によって第一弾が映画化されたのを皮切りに、翌五六年には第二弾が衣笠貞之助監督によって、さらに五七年には第三弾が島耕二監督によって制作・公開された（いずれも大映映画）。

†**『ニューヨーク・タイムズ』**—アメリカ合衆国で発行されている日刊新聞紙。一八五一年、ニューヨーク市で、ニューヨーク・トリビューン紙に対する高級新聞というスタイルを取り創刊され、ワシントン・ポストやウォールストリート・ジャーナルと並ぶアメリカを代表する高級紙とし

アメリカでは早くから名前を知られており、そうした功績への褒賞として七五年、米・コロンビア大学から「ドクター・オブ・ヒューメイン・レターズ・オノリス・カウサ」（名誉人文科学博士）の称号を授与されている。『朝日新聞』によれば、日本人が人文分野で米国の大学から名誉博士号を贈られることは珍しく、七三年に丸山真男《まさお》†がプリンストン大学とハーバード大学から文学博士と法学博士の称号を贈られたのに次ぐ偉業だったという。ちなみに、コロンビア大学から史上二番目に名誉博士号を贈られた日本人は、安部の古くからの友人でもあった作曲家の武満徹（名誉音楽博士号）だった（武満への贈呈は九六年六月で死後の授与だった）。

また、八六年一月の第四十八回国際ペンクラブ†・アメリカ大会では、安部は日本人として歴代五人目の「ゲスト・オブ・オナー」（コンベンションの象徴として委員会が招くゲスト）としてアメリカ・ペンクラブから招待されている（過去の該当者は、五九年・ドイツ・芹沢光治良《こうじろう》／六〇年・ブラジル・川端康成／六四年・ノルウェー・川端／七〇年・韓国・川端・草野心平）。ドナルド・キーンによれば、このときのアメリカ・ペンクラブでの事前アンケートで「百点満点」を取った外国人作家が安部を入れて五人いたという。その顔ぶれは、マリオ・バルガス・リョサ†（ペルー）、オクタビオ・パス†（メキシコ）、ミラン・クンデラ†（仏）、ナ

ての地位を築いた。

†**丸山真男**―一九一四（大正3）〜一九九六（平成8）政治学者、思想史家、東京大学名誉教授。大阪府出身。戦後民主主義思想の展開において、指導的役割を果たす。

†**国際ペンクラブ**―一九二一年に設立された、文学を通じて諸国民の相互理解を深め、表現の自由を擁護するための国際的な団体。本部はロンドン。国際ペンクラブは国際連盟から脱退した日本が国際的に孤立することを憂い、日本に地域ペンの設立を要請、これに応えて一九三五年、日本ペンクラブが設立された。一九五七年には川端康成が副会長に選出された。

†**マリオ・バルガス・リョサ**―一九三六〜　ペルーの小説家。マドリード大学等で学ぶ。『都市と犬ころ』（一九六三）でブレーベ図書賞受賞。その後、『緑の家』、『ラ・カテドラルでの対話』を発表し、ラテンアメリカの代表的な小説家として認められ、国際ペンクラブ会長（一九七六〜一九七九）も務めた。

†**オクタビオ・パス**―一九一四〜一九九八　メキシコの詩人、評論家、外交官。アメリカ留学後、外交官として世界各地に勤務。『激しい季節』（一九五八）など多くの詩集のほか、古典的なメキシコ文化論『孤独の迷路』

ディン・ゴーディマー†（南ア）といった錚々《そうそう》たるもので、このうちリョサ（二〇一〇年）、パス（九〇年）、ゴーディマー（九一年）の三人は、のちにノーベル文学賞作家となっている。また、クンデラも、小説『存在の耐えられない軽さ』（八四年）が当時世界的なベストセラーになり、翌年エルサレム賞†を受賞していることなどを考えると、八〇年代のアメリカで、安部がいかに高く評価されていたかを推し量ることができるだろう。ちなみに、安部は七六年、アメリカ芸術科学アカデミー†（American Academy of Arts and Sciences）の「外国人名誉会員」に選ばれ、さらに死の前年の九二年、同アカデミーの「名誉会員」に選ばれているが、二〇一二年時点での「名誉会員」一覧を見るかぎり、日本人の文学部門（Literature／Crative Writing）での入選は、安部と西脇順三郎†の二人だけである。

二〇一二年三月、ノーベル文学賞の選考を行うスウェーデン・アカデミー、ノーベル委員会のペール・ベストベリー委員長が『読売新聞』の取材に応じ、九三年に死去した安部が同賞を「受賞寸前だった」と発言して話題となった。同委員長によれば、「三島由紀夫は、それ（安部）ほど高い位置まで近づいていなかった。井上靖†が、非常に真剣に討論されていた」という。一般にノーベル文学賞を受賞するための最低条件は、ストックホルムのスウェーデン・アカデミーにある「ノーベル・ライブラリー」の書棚に著書が並ぶことだと言われ

（一九五〇）や、詩論、多数の評論がある。ノーベル文学賞受賞（一九九〇）。

†**ミラン・クンデラ**―一九二九～　チェコの詩人、小説家、劇作家。評論、詩、小説、戯曲など幅広い分野で活躍。代表作に小説『冗談』（一九六七）、戯曲『鍵の持主たち』（一九六二）などがある。『存在の耐えられない軽さ』（一九八五）は映画化され話題となった。

†**ナディン・ゴーディマー**―一九二三～　南アフリカ共和国の女性小説家。半世紀を超える作家活動を一貫してアパルトヘイト政策を非難。弱者の側に立った良心と正義の作家とされる。多くの文学サークルの顧問として、非白人作家の育成にも尽力。ノーベル文学賞受賞（一九九一）。

†**エルサレム賞**―二年に一回開催されるエルサレム国際ブックフェアにて表彰される文学賞。原則として作家に授与される。人間の自由、社会、政治、政府といったテーマを扱う作家が対象となる。一九六三年より開催。二〇〇九年には村上春樹が受賞。

†**アメリカ芸術科学アカデミー**―一七八〇年、学芸を奨励する目的から設立された機関。マサチューセッツ州ケンブリッジに本部がある。

†**西脇順三郎**―一八九四（明治27）～一九八二（昭和57）詩人、英文学者。新潟県出身。慶大卒。

ているが、二〇一二年十月一日の『朝日新聞』によれば、この図書館に収められた日本作家の作品はその時点で計470点あり、十冊以上著書の置かれた作家のランキングは次のとおりであるという。

〔1位〕大江健三郎／44点、〔2位〕井上靖†／32点、〔3位〕村上春樹／30点、〔4位〕三島由紀夫／28点、〔5位〕川端康成／26点、〔6位〕安部公房／22点、〔7位〕谷崎潤一郎／19点、〔8位〕小川洋子†／14点、〔9位〕よしもとばなな†／10点。

ちなみに、いまから二十年前はどうだったかというと、九三年二月六日の『朝日新聞』記事には、「日本の作家で十冊以上置かれているのは、多い順に井上靖、三島由紀夫、川端康成、安部公房、谷崎潤一郎の五氏だけ」とあるので、大江健三郎の著作がまとまって収められたのは、翌九四年十月十三日の彼のノーベル文学賞受賞よりも後、また、村上春樹の作品収集も、最近二十年間であることがわかるだろう。

他方、英語圏以外で特筆すべきはソ連での安部人気である。六〇年代までのソ連では安部公房、芥川龍之介、大江健三郎ぐらいしか知られていなかったが、

オックスフォード大で英文学を学び、帰国後、慶応文学部教授。『シュルレアリスム文学論』（一九三〇）を発表し、シュルレアリスムを日本に紹介。詩集『穀物祭』（一九三三）により新詩精神運動の中心的存在となった。

†**井上靖**―一九〇七（明治40）～一九九一（平成3）小説家。北海道出身。京大卒。一九五〇年『闘牛』で芥川賞受賞し、翌年から執筆に専念。文化勲章（一九七六）。一九八二年以降、世界平和アピール七人委員会の委員を務める。

†**小川洋子**―一九六二（昭和37）～　小説家。岡山県出身。早大卒。一九九一年、『妊娠カレンダー』で芥川賞受賞。二〇〇四年、『博士の愛した数式』で読売文学賞、本屋大賞を受賞し、映画化もされた。二〇〇五年、『薬指の標本』がフランスで映画化された。

†**よしもとばなな**―一九六四（昭和39）～　小説家。東京都出身。日大卒。父は批評家の吉本隆明。一九八七年『キッチン』で海燕新人文学賞を受賞し注目を浴びる。海外、特にイタリアでの評価が高く、一九九三年にスカンノ賞、九六年にフェンディッシメ賞、九九年にマスケラダルジェント賞、二〇一一年にカプリ賞を受賞している。

†**『第四間氷期』**―安部公房の長編小説。一九五八年から五九

そのなかでも安部の人気は断然高いものがあった。

安部の名を知らしめた最初の作品は六五年に翻訳刊行された『第四間氷期』†だったというが、六六年十月十五日の『東京新聞』によれば、本作は刊行後一年間で二十二万部も売り上げたという。その印税を受け取る目的もあり、安部は六六年八月三十日から九月一日までソビエトのバクーで開かれたアジア・アフリカ作家会議†に出席し、受け取った金で帰路、家族とともにモスクワ、レニングラード、中央アジア、プラハを悠々旅行して回ることができたという。また、このときの旅行で、彼はバクーのホテルで愛読者からサインを求められたり、現地のラジオやテレビ、新聞からインタビューを申し込まれたり、果ては訪れた中央アジアの都市でも愛読者からの接触を受けるなど、その人気は本人にとっても狐につままれたようだったという。

そして、ソ連での安部人気を決定づけたのが『砂の女』だった。彼の「六〇年代三部作」(『砂の女』、『他人の顔』、『燃えつきた地図』)を一手に翻訳・連載したのはソ連の『外国文学』という雑誌だったが、特に六六年五月に掲載された『砂の女』は爆発的な人気を博し、『砂の女』、『他人の顔』を掲載した同誌は、ソ連の古本市場の闇ルートで法外な高値をつけたという(『朝日新聞』六九年十二月二十六日)。七五年、ソ連・東ドイツを訪れた読売新聞記者・清野博子氏によれば、「意外」なほどに「ソ連でも東ドイツでも、若者たちの間で安部公房

年にかけて『世界』に連載後、講談社から刊行されたSF小説。「予言機械」を開発した主人公。しかしその機械が予言したのは、自身にとっても地球にとっても望ましくない、恐ろしい未来だった。

†**アジア・アフリカ作家会議**―アジアとアフリカの国際的な文学者の連帯組織。「AA会議」。一九五八年、ソ連統治下のタシュケントで第一回会議が開催され、三十五か国からの参加があった。安部が参加したのは一九六六年八月、アゼルバイジャン(当時ソ連)で開かれたバクー緊急集会であり、当時の中ソ対立の構図のなかで本集会は反中国的な意味をもっていた。

が好んで読まれて」いたという(『読売新聞』七五年七月五日)。

八〇年代に入っても安部人気は一向に衰えず、いっときモスクワ大学のキャンパスでは安部の著作を手にした学生たちをあちこちで見受けられたとされ、ソ連の日本文学専攻の学生の卒業論文の多くが安部公房論だったという。

第二章　マルチメディア演劇への道

一　演劇との出会い

さて、ここまでの流れをいったん復習しておこう。

安部公房とはだれか。

第一に、彼は『砂の女』の作者だった。『砂の女』というタイトルをもつテクストは、小説・ラジオドラマ・映画と三種類存在するが、このうち特に小説の英訳出版が早かったこと、そして映画が国際的な賞を多数受賞したことで、彼の名前が一躍世界に知られるようになった。

第二に、彼は〈リテラリー・アダプテーション〉の先駆者だった。彼はメディアそのものがもつ固有のメッセージ性をいち早く創造行為に取り入れ、〈リテラリー・アダプテーション〉を五〇年代後半から七〇年代末まで、ほぼ一貫して自らの主たる創作方法とした稀有な表現者だった、と、まずはまとめることができる。

そして、いま一つ、安部公房の特徴として筆者が強調しておきたいのは、あらゆる手段を用いて世界を表現し尽くそうとする彼の〈トータル〉への欲望の強さである。その一つの表れが〈リテラリー・アダプテーション〉でもあったわけだが、しかしその激しい表現欲求は、次第に〈書く〉という役割のなかだけに閉じ込められることを嫌うようになった。前述したように、本職の作曲家たちの手がける音楽が気に入らなければ、ズブの素人であることも省みず、発売まもないシンセサイザーを購入して作曲活動を開始する。あるいは、戯曲の演出への不満が高ずれば、自ら演出に乗り出し、果てはスタジオを設立してアマチュア同然の教え子たちを身体訓練から一から養成しようと試みる。後年、真知夫人が生前の安部について「テーマを決めると、獲物を逃さない漁師のようにに本当にねちっこく、ねばり強く追い続ける人でした」と語っていたが（『朝日新聞』九三年九月二日）、つまり、頭のなかに湧き出た着想やイメージを最上のかたちで表現するためには、あるいは、これぞと思ったテーマをより以上に〈進化／深化〉させるためならば、あらゆる手段を尽くして他を顧みない――、それが、安部公房という表現者の最大の特徴だったと言えるだろう。

そのような彼の生きざまに思いを致すとき想起されるのが、敗戦直後の四八年一月二十六日の『読売新聞』紙上で宣言された、花田清輝の手になる「夜の会」†のマニフェストである。このなかで花田は前衛芸術家の心構えを、次のように説いていた。

†**夜の会**――一九四八年発足。終戦後まもない時期に活発に展開された文学と美術のジャンルにまたがる前衛芸術の研究会。岡本太郎、花田清輝、埴谷雄高、野間宏、椎名麟三、佐々木基一、小野十三郎、梅崎春生、関根弘、安部公房らが参加し、アヴァンギャルド芸術をめぐる熱い討論が交わされたが、のちにアヴァンギャルド芸術研究会や、世紀の会などに分岐した。

〈リテラリー・アダプテーション〉主要作品一覧

小説	映画	戯曲	ラジオ	テレビ
事業　50・10			大事業　61・3	
赤い繭　50・12		赤い繭　60・12	赤い繭　60・10	
魔法のチョーク　50・12				魔法のチョーク　58・5
S・カルマ氏の犯罪　51・2		S・カルマ氏の犯罪　78・10		
空中楼閣　51・10			空中の塔　61・11	
詩人の生涯　51・10			詩人の生涯　60・11	
闖入者　51・11		友達　67・3 友達（改訂版）　74・5	闖入者　55・7	闖入者　63・2
水中都市　52・6		水中都市　77・11		
奴隷狩　54・12〜55・3		どれい狩り　55・6 どれい狩り(改訂版)　67・11 ウエー（新どれい狩り）　75・5		
盲腸　55・4		緑色のストッキング　74・10	盲腸　60年	羊腸人類　62・11
棒　55・7		棒になった男　69・11	棒になった男　57・11	
誘惑者　57・6			ガラスの罠　64・3	

夢の兵士　57・6		巨人伝説　60・3	兵士脱走　58・7	日本の日蝕　59・10
鉛の卵　57・11			鉛の卵　57・12	
		乞食の歌　62・11	こじきの歌　58・2	
第四間氷期　59・3	第四間氷期　65・9			
使者　58・10 人間そっくり　66・9―11				人間そっくり　59・3
無関係な死　61・4		おまえにも罪がある　65・1 おまえにも罪がある(改訂版)　84・6		
		人命救助法　78・4		人命救助法　61・7
	おとし穴　62・1			煉獄　60・10
砂の女　62・6	砂の女　64・2		砂の女　63・3	
時の崖　64・3	時の崖　71・7	時の崖　69・11	チャンピオン　63・2	
他人の顔　64・9	他人の顔　66・7			
		未必の故意　71・9		目撃者　64・11
		鞄　69・11	男たち　68・11	
榎本武揚　64―65年		榎本武揚　67・9		
燃えつきた地図　68・6	燃えつきた地図　67・9			

本来の意味における前衛精神とは何か。それは絶えず破壊すると共に、絶えず創造する精神だ。孤独に耐えながら、まっしぐらに前進する精神だ。機会を踏みにじり、好適を弾く精神だ。妥協せず、安住せず、自足せず――高みに達したばあいには、ふたたびまっさかさまに、谷底にむかってころがり落ちようとする精神だ。……今度、わたしたちのつくった「夜の会」は、こういう精神に支えられており、いわゆるモダニストの集りではないのである。いずれも集団のなかにあって、みずからの孤独を守りぬくことのできる、堂々たる独立人ばかりだ。革命的芸術は、こういう前衛芸術家相互の無慈悲な対立と闘争とによって推進される。〔花田清輝『革命的芸術の道』〕

当時、弱冠二十四歳の安部公房も同会にオブザーバー・メンバーとして参加していた。その「夜の会」のマニフェストを読むとき、これぞまさしく戦後一貫した安部公房の精神だという気がしてならない。

ちなみに、彼の創作方法を〈リテラリー・アダプテーション〉の有無という観点から分類すると、

（1）小説中心時代　〔デビュー〜五二年ごろ〕

（2）他メディア進出期　（五三～五五年）映画（五三年）、ラジオドラマ・演劇（五五年）
（3）〈リテラリー・アダプテーション〉全盛時代（五六年前後から七〇年代末まで）
①〈メディア五種目〉時代（五六～七一年　＊テレビドラマは五八年以降）
②〈小説・演劇二極化〉時代（七二年から七〇年代末まで）
（4）小説回帰時代　（八〇年以降）

と、大きく四期に区分できる。

このうち、（3）をさらに二期に分けると、小説・映画・演劇・ラジオドラマ・テレビドラマを複合競技的に扱い、一つのテーマに多角的方法で迫っていった前期と、それらのなかで最も両極端に位置するメディアであると考えられた小説と演劇に関心が集中した後期とに大別することができる。

〈小説・演劇二極化〉時代の安部は、明らかにラジオやテレビへの関心を失っていた。しかし厳密に言えば、映画は別だった。七二年の勅使河原宏との対談のなかで、安部が「ぼくとしてはこれから映画を作りたいと思ったものだから」、手はじめに「いかにオーソドックスにおれも作れるだろうかというテスト」（全集23、325頁）として撮ったのが自主制作映画『時の崖』（七二年七月撮了）だったと明かしているように、スタジオ結成前後の時期の彼が夢想していたのは、自身が常設運営する興行小屋にスタジオのメンバーや会員たちが集い、自分の手がけた芝居を上演したり、映画を上映したり、写真展を開いたりできる、そんな〈安部ワールド〉的空間の確保だった。

彼が切実に〈小屋〉を求めた理由の一つには、彼が作ろうとする自主制作映画の長さの問題があった。映画『時の崖』は安部自身「充実した一つの世界を創り得たと自負している」と語っていたように（全集23、121頁）それなりに満足のいく出来だったが、31分のテープでは映画館での上映はむずかしい。そこで、長さに制限されない自由なかたちで創られた映画を、常設小屋で芝居と組み合わせるなどのかたちで適宜発表したいというのが彼の目論見だった。七〇年に渡欧した際、安部はピンター、ウェスカー、ヘレラーといった海外の友人たちとのあいだで、互いに短編の自主製作映画を作り、交換して上映し合おうと約束した。ところが、そうした短編映画の発表舞台が日本にはなくて困っていると、帰国後、彼はマスメディアに対して訴えていた。

しかし、実際はじまってみると、芝居の日常稽古や台本執筆、音楽の作曲などに忙殺され、とても映画制作にまで手がまわらなかったというのが実情だった。結果的として②の時期の彼の業績は、スタジオでの最後の仕事となった『仔象は死んだ』のビデオ制作、そして七八年一月、スタジオ内で開かれた写真展「カメラによる創作ノート」を除いては、小説と演劇に二極化されることになった。

ただし、〈小説・演劇二極化〉といっても、劇団の運営と劇作の執筆、さらには大学での講義やゼミ指導など、あまりに多忙になった安部は、本来小説執筆にあてるべき時間を切り詰めざるを得なくなった。結局、小説の執筆は遅れに遅れ、この時期（②）に発表された小説は『箱男』（七三年）と『密会』（七七年）の二作に止まった。

以上のように安部の生涯を創作方法の点から眺め直したとき、改めて疑問に思われるのは、一つは、当初〈メディア五種目〉のなかの一つにすぎなかった演劇が、なぜ次第に彼のなかで突出していったのかという問題と、そしてもう一つは、八〇年代以降の安部が、なぜ再び小説だけに専念するようになったのかという問題である。以下、本章では、そうした〈リテラリー・アダプテーション〉の内実の変容をたどると同時に、それをもたらした安部の心理の変化についても明らかにしていきたいと思う。

＊　＊

安部公房が演劇に傾斜してゆく背景には、彼がまず、最初の〈リテラリー・アダプテーション〉として取り組んだ映画というメディアへの、ある種のフラストレーションがあった。一九五一年四月に小説『赤い繭』で第二回戦後文学賞†を、七月には小説『壁―S・カルマ氏の犯罪』で第二十五回芥川賞†を受賞し、小説家として一躍人気を得た安部のもとに、五三年から五五年のあいだに五作の映画の企画が持ち込まれた。

ところが、そのうち三作（小説『飢《き》餓《が》同盟《どうめい》』の前身『狼が二匹やってきた』／『不良少年』／アニメ映画『条件反射』）までが途中で企画が頓挫してしまい、しかも実現した二作の方も、小林正樹《まさき》†監督映画『壁あつき部屋』（五三年撮了、一般公開は五六年、制作＝新鋭プロダクション、配給＝松竹）はさまざまな事情から三年間公開延期となり、他方の市川崑《こん》†監督映画『億万長者』（五四年、制作＝青年俳優クラブ、配給＝新東宝）では最終的に安部の意見がほとんど削られるなど、五〇年代における安部の映画界進出は、結果として〈不調〉に終わったと言わざるを得ない。安部自身、五五年九月に行われた座談会のなかで

> シナリオってやつは変なものが一ぱいつまっていてね、たとえば監督とシナリオ・ライターの比重は演出家と芝居作者の比重とは全然違うわけだ。それからプロデューサーというややこしいものがいるでしょう。（「戯曲をなぜ書くか」『新潮』）

†戦後文学賞―月曜書房が主宰した文学賞。選考委員は雑誌『近代文学』同人であり、『近代文学』誌上で発表された。

†芥川賞―芥川龍之介の業績を記念して友人の菊池寛が一九三五年に創設した文学賞。安部のときの選考委員のなかでは川端康成・丹羽文雄・瀧井孝作が安部を推し、宇野浩二が反対した。石川利光『春の草』と同時受賞だった。

†小林正樹―一九一六（大正5）～一九九六（平成8）　映画監督。北海道出身。早大卒。四七年、木下恵介監督の助監督となり、以後十一作品でチーフを務め、木下門下の優等生と呼ばれた。

†市川崑―一九一五（大正4）～二〇〇八（平成20）　映画監督。三重県出身。娯楽映画、文芸映画、前衛的映画からテレビ時代劇まで幅広く手がけ、昭和の日本映画黄金期から21世紀初頭まで映画・テレビ界の第一線で活躍した。

と述べており、脚本家のアイディアがダイレクトには反映されにくい映画制作に、彼が不自由さを感じていたことはまちがいない。そうした不満が、安部の関心を映画にくらべてより脚本家の意向が反映されやすい演劇へと向かわせたことにも納得がいくだろう。

しかし、その映画界とのかかわりこそが、安部を演劇に接近させたとも言える。彼はそこで、演劇の世界の俳優たちと出会ったのである。特に、映画『億万長者』に出演した木村功《いさお》†、高原駿雄†、西村晃《こう》†といった俳優たちが劇団青俳†の所属俳優だった。当時の青俳は従来の芝居に飽き足らない若手俳優たちが新しい創作劇を求めて結集したような集団であり、劇団員には人気作家を登用して観客数を増やしたいといったような発想はうすく、逆に観客数を度外視して前衛的な芝居を求めるようなムードが強かった。演劇人の目に安部の小説は、難解だが新鮮な魅力のあるものとして映った。とりわけ西村晃らは当時安部に心酔していた。そして、それまで劇界とは無縁だった安部に、映画を通じて知己となった演劇人たちが、熱心に脚本を依頼してきたのである。

こうして五五年三月、安部の最初の戯曲となる『制服（三幕七場）』が劇団青俳によって上演された。当時この芝居は劇界関係者に小さからぬ衝撃を与えた。それは、この芝居の主要登場人物の多くが〈死人〉だったからである。この芝居が当時どれほどの衝撃を与えたかについては、

†**木村功**―一九二三（大正12）〜一九八一（昭和56）俳優。広島県出身。一九四六年、俳優座に入団。一九四九年以後多くの黒澤映画に出演。一九五二年、俳優座を退団して青年俳優クラブ（のちに劇団青俳と改名）を設立し、中心俳優として活躍した。

†**高原駿雄**―一九二三（大正12）〜二〇〇〇（平成12）俳優。東京都出身。明治大学卒。一九四一年、文学座研究所に入所し、舞台『田園』でデビュー。一九五三年、文学座を退団し、劇団青俳を結成。

†**西村晃**―一九二三（大正12）〜一九九七（平成9）俳優、声優。北海道出身。日大卒。劇団民藝、劇団青俳、日活などを経て、映画、テレビドラマで活躍。『水戸黄門』では九年間徳川光圀を演じた。

†**劇団青俳**―一九五二年から一九七九年まで活躍した劇団。五二年、木村功らが設立した「青年俳優クラブ」を前身とする。

『狼が二匹やってきた』考

ところで、実現に至らなかった三つのシナリオのうちの二作、『狼が二匹やってきた』と『条件反射』は生前未発表であったこともあり、現時点で成立時期が確定されていない。編年体形式を採用した新潮社『安部公房全集』では未発表テクストの場合、執筆時期を推定して全集収録する方針が取られているが、このうち『狼が二匹やってきた』の成立時期を新潮社全集は主に書名の筆跡から「一九六三年頃」と推定した。

しかし以下の理由から本稿では本作の成立時期を小説『飢餓同盟』の刊行よりも以前、一九五三年中頃と推定する。第一に、本作の主要登場人物は花井太助（チビのペテン師、35歳）と織木順一（その乾分、大男、同年配）という二人の男（タイトル中の「狼が二匹」に相当する）であるが、特に花井役が「チビのペテン師」と設定されていることについて、シナリオの内容および小説『飢餓同盟』の発表された前後の安部の発言から類推して、当時「エノケン」の愛称で一世を風靡した喜劇俳優、榎本健一の起用を想定したものであったと考えられる。当時安部は榎本健一という俳優に大きな関心を寄せていた。たとえば安部は一九五三年六月九日に行われた座談会で、「エノケンを主演にして」「喜劇映画」を作ることを提案し、椎名麟三《しいなりんぞう》から「エノケンを使っていいものをやりなさい、あなたのシュール・リアリズムで」と激励され、さらにそれを受けて「いま書いている小説はエノケンをイメージにおいて書いたのです。ところがエノケンが今、ダメでしょう。少しがっかりしているのだけれどもね」と述べていた。

当時の日本人の平均身長から見ても榎本が極端に短躯であったことは映像資料からも明らかだが、そうしたことからも安部が小説『飢餓同盟』初稿、およびその映画化を企図したシナリオ『狼が二匹やってきた』の執筆時に花井役として榎本を念頭に置いていた可能性が高いと考えられる。

第二に、そのことの傍証として松竹大谷図書館所蔵スクラップ・ブックに収められた雑誌記事に次のような記述がある。

『壁』で芥川賞をもらった安部公房は、はじめて『壁あつき部屋』のシナリオを書き今度は三百五十枚の地下発電を発見した科学者の風刺物語、映画化はエノケンを主人公に使おうという『飢餓同盟』に専念中である、絵描きの奥さんとやせた仔犬と仔猫のいる小屋のような家に彼を訪れ、やつぎばやに『壁あつき部屋の作家を』『文学と映画の発想の違いは?』『あなたがよく書く壁から手がでたり猫がしゃべったりするのはどういう意味?』との質問に、ニヤニヤ笑って答えざること数十分、(中略)まだ廿九歳だが、不逞《ふてい》なところがある、そこでこれをキッカケにのべたのが彼の巣鴨観、シナリオには書けなかった別冊『壁あつき部屋』である。

残念ながらスクラップ・ブックには本記事の出典が明記されておらず、現時点では発表日時・媒体ともに不明である。しかし以下の点から右の記事のおおよその発表時期を推定することが可能である。第一は、前掲記事に安部の年齢が「廿九歳」とされていることである。一九二四年三月七日生まれの彼が二十九歳だったのは一九五三年三月から一九五四年三月までの間である。第二に、映画「壁あつき部屋」は一九五三年八月下旬にクランク・イン、十一月上旬撮了、即時映画倫理審査会もパスし十一月下旬の封切が待たれていたが、その後配給元である松竹側の自主規制により一般公開が一九五六年十月まで無期延期となり、その話題は当時多くの紙誌を賑わせた。しかし本記事にはそのことへの言及が一切ないことから、いまだ映画が完成していない時期、つまり、クランク・イン前後から撮了以前の時期の記事であると推測される。第三には、前掲記事のなかに安部の長女への言及がないことから、彼の妻が娘を出産する一九五四年二月より以前であること、さらに彼の妻が身重であることへの言及もないことから、妻の妊娠が人目に立つ以前の記事であると考えられる。

以上の点を考え合わせて、いま一度小説『飢餓同盟』(一九五四年二月、最初の書き下ろし長編小説として講談社より刊行)の成立事情を推測するならば、まず将来の映画化、榎本健一の起用を想定した「三百五十枚」の第一稿（小説形式）が映画『壁あつき部屋』の撮影中に成立し（前掲一九五三年九月の座談会で「いま書いている小説はエノケンをイメージにおいて書いたのです」と発言）、次に小説第一稿にやや遅れるかたちで、第一稿と設定上かなり近い内容のシナリオが執筆されたのではないか。

ところが前掲の座談会で安部も述べていたように、肝心の榎本が一九五二年十月の広島巡業中に右足に脱疽《だっそ》を再発、一時は慶応病院島田外科医から「右足切断」を宣告されたほどの深刻な病状であったが、当人の強い希望で右足の指を落すだけで切断をせずに済ませた。しかし、これにより榎本は長期の休業を余儀なくされ、仕事復帰は一九五五年三月まで遅れることになった。映画の企画がどのような原因で頓挫したのかは明らかでないが、少なくとも一九五四年二月、安部にとって初の書き下ろし長編小説として講談社から刊行された小説『飢餓同盟』は、シナリオ『狼が二匹やってきた』と内容を大きく異にしている。両テクストの詳細な異同を述べることはここでは割愛するが、大きな変更事項として、シナリオでの「花井太助」の不可欠の要件となっていた「チビ」という身体的特徴が初刊形ではきれいに削除され、代わりに初刊形の花井には〈しっぽがある〉という新たな特徴が加えられている。

一九五五年九月のインタビューで、岡本博から小説『飢餓同盟』の映画化について話題を振られた安部が、「初めそういう話があったんですがさすがに、どのプロデューサーも、ちょっとやっぱり……」、「あれは時間不足で、計算違いのところもあり、もう一度芝居でやろうと思っているんです」と答えていたことから推測すると、おそらく小説『飢餓同盟』第一稿の映画化の企画自体は榎本の起用が不可能となった後にも当初は継続しており、そのため安部は榎本を想定して書いた第一稿を短期間のうちに大幅改稿して、一九五四年二月に小説『飢餓同盟』として先行出版したが、しかし結局、映画の企画自体がその後、頓挫したものと考えられる。

安部氏の「制服」が「群像」†誌上に発表されたとき、日本の旧来の新劇壇は、狼狽なすところを知らなかった。私はそれを見て、ざまア見ろ、と云いたい気になった。〔「ドラマに於ける未来」五五年八月〕

という三島由紀夫の言に如実に示されているが、さらにそのことを補強する史料として、新劇戯曲賞（白水社主催、五五年度、第一回）の選考過程で実施されたアンケートがある。雑誌『新劇』†（五五年九月号）によれば、五四年七月から五五年六月までに雑誌・単行本・舞台で発表された〈新人の創作戯曲〉の推薦依頼を「複数回答可」という条件で白水社が演劇関係者に発送した総計は136通、返信は31通（回収率22％）だったというが、集計された作品別獲得点数は次のとおりだった。

『制服』（安部公房）11、『どれい狩り』（安部）11、『壁画』（矢代静一《やしろせいいち》）†6、『サークルものがたり』（鈴木政男）†4、『二号』（飯沢匡《いいざわただす》）†3。以下2点は『絵姿女房』ほか矢代の諸作、『自由の彼方で』（椎名麟三）†、『教育』（田中千禾《たなかちか》夫《お》）†、『市川馬五郎一座顛末《てんまつ》記』（真山美保）、『三人の盗賊』（八木柊一郎《やぎしゅういちろう》）。以下1点は『雅歌《がか》』（矢代）、『第三の証言』（椎名）、『幸運の葉書』（田中）、『若《わこ》人《うど》よ蘇《よみがえ》れ』（三島由紀夫）、『島』（堀田清美）、『雨宮ちよの処分』（押川昌一）、

†『群像』―講談社発行の月刊文芸雑誌。一九四六年十月創刊。群像新人文学賞を主催し、野間文芸賞、野間文芸新人賞の受賞発表も行っている。

†『新劇』―一九五四年に創刊された白水社発行の演劇雑誌。劇作家の田中千禾夫を編集責任者とし、内村直也、小山祐士ら旧『劇作』同人、および飯沢匡、福田恆存、三島由紀夫、真船豊、久板栄二郎、木下順二らも編集委員となった。

†矢代静一―一九二七（昭和2）〜一九九八（平成10）劇作家。東京都出身。一九五〇年、文学座に入団し三島由紀夫と親交を深める。一九六三年、三島とともに文学座を退団し、グループNLTを結成した。

†鈴木政男―一九一七（大正6）〜　劇作家。山形県出身。大日本印刷に入り、演劇部に入部。印刷業界の実態を描いた『人間

『狐噌《こそ》』(早坂久子)、『崖のうへ』(福田恆存《つねあり》)、『女の声』(新藤兼人《しんどうかねと》)、『青い林檎』(阿木翁助《あぎおうすけ》)。

生涯最大のライバルとは

安部公房にとっての生涯最大のライバルはだれだったかと言えば、海外での評価が高かった点でも、逆に国内の評論の無理解に苦しんだ点でも、演劇や映画に進出した点でも、果てはノーベル文学賞候補に名前があがるたびに一喜一憂させられた点でも、あらゆる意味で三島由紀夫をおいてほかにはいないだろう。

妹・康子氏によれば、安部の三島に対するライバル意識は、無名時代から一貫して並々ならぬものがあったというが、七三年五月、安部は、すでに故人となった三島由紀夫について、次のように述懐している。

それにしても三島君は、まさに対話の名手だった。もちろん対話は相手を選ぶ。すくなくもぼくにとっては、得がたい対話の相手だった。真の対話には、論破することも、されることもない。論争とは違うのだから、勝敗は問題にならないのだ。また、社交でもないから、譲歩しあう必要もない。なんの妥協もなしに対立し合い、しかも言葉のゲームをたっぷり堪能するという、いわば対話の極致を体験できたのも、三島君との出会いのお

製本』(一九四九)で注目されるが、一九五〇年レッドパージで解雇される。その後、前進座、新演に所属した。

†飯沢匡―一九〇九(明治42)〜一九九四(平成6)劇作家、演出家、小説家。和歌山県出身。文化学院卒。在学中からテアトル・コメディに参加、一九三二年、『藤原閣下の燕尾服』で劇作家デビュー。戦後、『二号』(一九五四)で岸田演劇賞受賞。また『婦人朝日』『アサヒグラフ』の編集長を務める。

†椎名麟三―一九一一(明治44)〜一九七三(昭和48)小説家。兵庫県出身。敗戦後の現実を背景に人間存在や思想の意味を懐疑し、現代における生の可能性を問うテーマの『深夜の酒宴』(一九四七)等で戦後派文学の代表と目された。自伝的長編『美しい女』(一九五五)では、平凡愚劣な現実を全体として強

かげだったと思う。だからぼくの記憶の中では、ファナティックな三島像というものは、どうしても結像させにくい。けっして謙虚ではなかったが、意味のない傲慢さはなかった。不遜ではあったが、向う見ずではなかった。……

いま一つ、真の対話の欠かせない要素として、ユーモアの感覚がある。もちろん三島君の死†にユーモアはない。ある瞬間、彼はユーモアと一緒に、対話の希望も捨て去ったのだろう。そういう瞬間は、ぼくにだって一日に何度でもやって来る。ただ彼の瞬間は、ついにそのまま翌日を迎えることがなかった。だからと言って、彼がユーモアを深く理解した人間であったことと、少しも矛盾はしないのだ。あの死に方から、ゆとりのない筋張った人間像を思い浮べている人のために、これだけは弁明しておきたい。彼の精神はつねに鋭く緊張していたが、けっして硬直はしていなかった。対話とは、一種の弁証法であり、ユーモアはそれを持続させるための潤滑油なのである。

考えてみると、奇妙な感じがしないでもない。思想的にも、文学的にも、ぼくらはつねに対立し合っていた。一致するのは、誰か文学者仲間の悪口をいうときか、演劇関係者（当然俳優も含まれる）をこきおろす時くらいのものだった。そのくせ傷つけ合った記憶はまるでない。対立はむしろ対話のための前提になっていた。いまあらためて、彼を満していた言葉のゆたかさに驚嘆させられる。けっきょくどんな対話も埋めることの出来ない絶望があることを、彼から身をもって示される結果になってしまったが、しかし対話でしか埋められないものがあったことも、同様動かしがたい事実だったのである。あの三島君を、ついに受入れることが出来ず、正当に評価することも出来なかった日本の新劇界の硬直ぶりには、腹立ちよりも、不気味さを感じずにはいられない。〔全集24、176・177頁〕

く肯定する態度を貫き新境地を開いた。

†田中千禾夫―一九〇五（明治38）～一九九五（平成7）　劇作家、フランス文学者。長崎県出身。慶大卒。在学中から「新劇研究所」に入り、一九三二年、岸田國士主宰の第一次『劇作』に創刊から参加、編集長を務めた。戦後は俳優座に参加、のちに桐朋学園短期大学演劇科の教授に就任。

†三島君の死―三島由紀夫は晩年、自衛隊に体験入学したほか、民兵組織「楯の会」を結成。一九七〇年十一月二十五日、前年の憂国烈士・江藤小三郎の自決に触発され、楯の会隊員四名とともに、自衛隊市ヶ谷駐屯地を訪れ、東部方面総監を監禁。その際に幕僚数名を負傷させ、バルコニーで演説、クーデターを促し、その五分後に割腹自殺を遂げた。

実に、三人に一人の割合で、安部の『制服』、『どれい狩り』が支持を得ているのである。試みにこれを作家別の獲得点数に直すと、安部22点、矢代9点、鈴木4点、3点が飯沢・椎名・田中、2点が真山・八木、1点が三島・堀田・押川・早坂・福田・新藤・阿木、という結果になるが、このぶっちぎりの結果†からも劇界登場時の安部演劇の反響の大きさがわかるだろう。

芝居に死者が登場するという設定は、今日ではさほど珍しくもないが、しかし、本作が上演された五五年当時、リアリズムを信条とする新劇にそのような芝居はまだなかった。初演『制服』のとき演出助手兼裏方を務め、のちに自身でも『制服』を演出した経験をもつ川和孝†は、次のように述べている。

『制服』という芝居には死人が出てくるんです。これにはみんな、びっくりしました。椎名麟三なんか、いつもは年下の安部さんのことを「公房、公房」って言ってかわいがっていましたけれど、あのときばかりは、「いやあ、公房に先を越された！」と言って、本気で悔しがっていましたよ。〔川和孝氏へのインタビューより、二〇〇九年〕

たしかに、椎名麟三の当時の『制服』評には次のようにある。

†ぶっち切りの結果―しかし、結果は「該当作ナシ」、矢代静一『壁画』の「佳作」受賞に終わった。その理由を選考委員の一人だった小山祐士は、「安部さんの作品の人気は、審査会に於いても、圧倒的なものがあった。しかし、芥川賞まで貰っておられる安部さんを、今更、劇作家としても、新人扱いにしていいものかどうか」「問題になって、安部さんは別格ということになった」と説明している。

†川和孝―一九三二（昭和7）〜。演出家。東京都出身。早大国文学科入学後すぐ俳優座演出部に当時最年少で合格。一九五〇年から五五年まで千田是也の演出助手を務める。『制服』（青俳）、初演『どれい狩り』（俳優座）、『快速船』（青俳）上演の際、裏方を務める。

この芝居の新しい試みは、死んでいる人間が、生きている人間といりまじって出て来ることである。プログラムを見ると、浅野さんという方が「制服」での二つの問題として、死人の登場という新しい試みが、相当に問題になったらしいことを想像させる文章を書いているが、ぼくは、稽古場で議論している人々の情景を思いうかべ思わず微笑を禁じえなかったのである。まことに、死人の登場、しかも生きている人間といりまじって同じ世界に登場するということは、本当らしさを金科玉条とする新劇の伝統にとって、ひどい当惑にちがいない。〔『芸術新潮』五五年五月〕

ここで椎名が言っている「相当に問題になった」というのは、どちらかといえば舞台技術上の問題だった。安部の戯曲は、仮に〈レーゼドラマ〉（読まれることを目的として書かれた脚本形式の文学作品）として見るならば斬新で読みごたえのあるものだが、しかし五五年時点での日本の舞台技術、特に演出や照明のレベルでは、特殊メイクなどの効果を用いずに外見上ほとんどちがいのない死者と生者を同時に舞台に登場させることは非常に困難だと判断されたのである。当時の劇評を俯瞰するかぎり、同様の認識を多くの舞台関係者が共有しているが、しかし、そのような識者たちの常識など彼にはどこ吹く風だった。むしろ安部にとっては、困難性のともなわないチャレンジなど、はじめから意味がないのだから。また、芥川賞作家のそうしたチャレンジングな試みは、成功・失敗の如何にかかわらず、少なくとも若い劇団関係者や演劇ファンたちから圧倒的な支持を得た。そのことが、批評における〈不評〉とは大きく異なる、前掲『新劇』アンケートでの『制服』（と『どれい狩り』）の一位獲得の理由であっただろう。

　ところが、『制服』の上演は、安部にさらなる大きな転機をもたらした。芝居を観ていた千田是也から、あたかも一目ぼれされるように気に入られたのである。千田是也といえば、文学座†、劇団民藝†と並び日本を代表する新劇団だった俳優座の主要な創立者であり、当時すでに新劇界の中心的指導者だったが、その千田が、安部公房を座付作者的な地位にまで、一気に取り立てたのである。

　もともと千田是也と安部公房には、両者を結びつけやすかった〈相性のよさ〉とでもいうべきものがあった。千田自身が「解説的追想」という文章のなかで、自身ら俳優座の特徴として「日中文化交流No.1」と言及していたように、千田には中国やそこに生きる大陸人への敬慕の情が強くあった。たとえば、満洲で敗戦を迎えた一家の心の葛藤を描いた真船豊《まふねゆたか》†の戯曲『中橋公館』†（四六年、俳優座）について、千田は次のように評していた。

　この芝居に出て来る人々は、みんな大陸人である。サーベル†の後にぶらさ

†**文学座**―一九三七年岸田國士、久保田万太郎、岩田豊雄にて結成。日本を代表する劇団のひとつ。劇団俳優座、劇団民藝とともに三大新劇団とも称される。

†**劇団民藝**―滝沢修が中心になり一九四七年、森雅之、宇野重吉が参加して結成された民衆芸術劇場を前身とし、一九五〇年、宇野重吉、滝沢修、北林谷栄らによって創立された新劇団。

†**真船豊**―一九〇二（明治35）〜一九七七（昭和52）劇作家、小説家。福島県出身。大正末期から劇作を始め、農民運動に参加、一九三四年戯曲『鼬』が出世作となる。ほかに『遁走譜』（一九三七）など。戦後は鎌倉に住んだ。一九五三-一九五六年読売文学賞選考委員。

†**『中橋公館』**―作者 真船 豊、演出 千田 是也による長編戯曲。一九四五年の日本敗戦時、北京に住む中橋一家の日本への引き

がって、エッサエッサ大勢で押しかけていったあの大和魂たちではない。四十年も前から中国へわたり、中国を愛し、中国人の中で仕事をし、この大陸に順応するために、大和魂や、島国根性を洗い落した人々である。その大陸生まれの息子たち、孫たちである。みんなひとかどの国際人たちなのである。敗戦はしかし、この人々の大陸における足場を一切吹き飛ばしてしまった。彼らはいや応なしに、あの小さな島国日本に帰らねばならない。たれ一人日本に帰りたいと思っていないのに、やはりどうしても帰らねばならない。……

　私達はまず大陸の人になるという難事業から始めなければいけない――。日本人の島国根性、この日本の「家族制度†」というものの尻尾をぎゅっとつかまえる術を体得して帰って来られたということが、どうやら真船さんの中国からの大きなお土産であるらしい。作品にも、私はまさに、全く首ったけである。（「『中橋公館』―演出者の言葉」四六年）

　このような千田であれば、おのずと「大陸生まれの息子」である安部公房という作家に興味を掻き立てられたにちがいない。しかも千田が期せずして『中橋公館』の登場人物たちになぞらえた、「大和魂や、島国根性を洗い落した」「ひとかどの国際人」が、ある日「いや応なしに」「小さな島国日本に帰らねばならな」くなったという「大陸人」像は、まさに当時の安部公房が周囲に与え

揚げまでを描いた。日本人におけるエゴイズムのあり方を掘り下げた作品とされる。一九四六年俳優座で上演された。

†サーベル―ヨーロッパの片刃の刀。旧日本軍では、明治の建軍当初に将校と下士官兵が佩用・装備する軍刀として採用された。

†家族制度―一八九八年に制定された旧民法において規定された日本の家族制度。親族関係を有する者のうち更に狭い範囲の者を、戸主（こしゅ）と家族として一つの家に属させ、戸主に家の統率権限を与えていた制度であり、江戸時代に発達した、武士階級の家父長制的な家族制度を基にしていた。

千田是也との共同制作一覧（16作）

初演年月	タイトル	メディア／制作
55・6―7	どれい狩り	俳優座　第33回公演
58・6―7	幽霊はここにいる	俳優座　第44回公演
58・8	最後の武器	新劇協議会有志　シュプレヒコール
59・8	可愛い女	大阪労音10周年記念公演　ミュージカル
59・5―6	幽霊はここにいる（再演）	俳優座
59・8	最後の武器（再演）	新劇協議会共催
60・3	巨人伝説	俳優座　第49回公演
60・10	石の語る日（中国）	訪中日本新劇団、上海戯曲学院
61・1―4	石の語る日（日本）	俳優座　日曜劇場10
62・9―11	城塞	俳優座　日曜劇場14
65・1	おまえにも罪がある	俳優座　第64回公演
66・2	おまえにも罪がある（再演）	俳優座
67・11	どれい狩り（改訂版）	俳優座　第79回公演
70・3―4	幽霊はここにいる（改訂版）	俳優座　第97回公演
71・9―10	未必の故意	俳優座　第106回公演
84・6―7	おまえにも罪がある（改訂版）	俳優座　第170回公演

ていたイメージそのものでもあった。試みに、無名時代のころから安部を知る美術評論家の針生《はりう》一郎《いちろう》†の安部公房評を挙げてみよう。

> きみは以前オートバイをしきりにほしがって、あいつを乗り回してやったら快適だろうな、っていっていた。これもまさしく安部公房という感じだな。つまり安部君は大陸で終戦を迎えて、そのオートバイを乗り回して内地に乗りこんできた。ぼくなんかなんといっても封建制の問題が一番肉体的にひっかかってるわけだが、きみの場合はしごく明快になってきているんだな。戦後まもなくのきみについては、それが強烈な強みであると同時に、もしかしたらひとつの弱点じゃないかとひそかに思っていた。〔針生一郎、五六年〕

こうした諸要因が、安部と千田との距離を近づけやすくしたのだろう。五五年、舞台『どれい狩り』で初めて安部戯曲を演出した千田は、直後に安部を次のように評している。

> 安部さんの芝居をただ奇想劇、ナンセンス劇と片づけ、それにしては奇知とユーモアが足りないとか、奇想くらべなら俺の方が一枚上手だとか言わんばかりの批評家や戯曲家もあるにはあるが、安部さんの苦労は別にそんなと

†針生一郎——一九二五（大正14）〜二〇一〇（平成22）　美術評論家、文芸評論家。宮城県出身。東大大学院在学中、岡本太郎、花田清輝、安部公房らの「夜の会」に参加。反権威的な美術評論・文芸評論で活躍、日本藝術院批判の急先鋒でもあった。国際美術展などのプランナーとしても活躍。

ころにあったのではなかろう。そんな風に奇知だけを売物にして得意になるには、この作者は人生にたいして真剣でありすぎ、現実と密着しすぎているように見える。私がこの作家に惚れ込むのも、またそういう点である。……『どれい狩り』という芝居は、ただリアリスチックな風刺劇のつもりで演出した。風刺であるからには、無論かわいた理知が大いに大事であろう。だがその土台にある大陸育ちの頑丈な肉体を、私はさらにたのもしく思うわけである。この作家の処女戯曲『制服』を読んで、まずずっしりと腹にこたえたのは、この頑丈な肉体であった。その方を、死んだ人間が生きている人間の中をうろうろしたりする面白さより、むしろ私は買うのである。（「『どれい狩り』演出雑感」五五年）

千田是也から幸運にも「惚れ込」まれた安部公房は、『どれい狩り』を皮切りに、以後十六年にわたって、再演も含め、延べ十六の創作戯曲を千田演出で上演した。特に五八年初演の『幽霊はここにいる』では第五回岸田演劇賞ほか五賞を獲得し、これによって劇界での彼のポジショニングは、〈戯曲も書ける芥川賞作家〉から〈中堅劇作家〉へと一気に上昇した。劇界進出から四年目のことだった。

五〇～六〇年代には安部だけでなく、三島由紀夫、椎名麟三、野間宏、佐々木基一、武田泰淳、井上光晴†、花田清輝、石原慎太郎、遠藤周作、中村光夫†など、小説家や評論家など、専門劇作家ではない、他ジャンルの作家が劇作に手をそめた例も少なくなかった。しかし、そのなかで三島と安部が別格的な演劇への傾斜を示したのは、三島の場合は文学座（五〇年『邯鄲《かんたん》』アトリエ第五回公演以降）、安部の場合は俳優座という、それぞれ大劇団から〈座付き作者〉格で迎え入れられたことが、のちの劇作家としての大成につながったと言えるだろう。

　無論、彼らの個人的な資質や演劇への情熱といった要素も看過することはできない。安部の場合で言えば、当時俳優座が台本執筆を依頼した著作家は安部以外にも多くいたが、実際に依頼に応え得た作家はほとんどなく、しかも専門劇作家でない作家たちが苦心惨憺書き上げた台本にさえ、千田が妥協を示すことはなかったという。川和孝は次のように述べている。

　『どれい狩り』のとき、配役が発表されても、まだ台本が出来上がっていなかった。そこへ安部公房が、二晩か三晩徹夜したらしく、目を覆って、泣きはらしたように目を腫らせて、相当な枚数の手書きの原稿用紙をもってきて、千田是也の隣りの席に座った。でも千田さんはその原稿に、非情にもザーッ、ザーッ、と不必要と思う箇所に大きく斜線を引いていった。見ていると、削

†井上光晴―一九二六（大正15）〜一九九二（平成4）　小説家。福岡県出身。戦争中は国家主義思想の影響を受けたが、戦後は一転、日本共産党に入党。一九五〇年、共産党の細胞活動の内情を描いた『書かれざる一章』を発表。

†中村光夫―一九一一（明治44）〜一九八八（昭和63）　文芸評論家。東京都出身。東大卒。大学時代から『文学界』に評論を発表。一九三六年、同誌に連載した『二葉亭四迷論』で第一回池谷信三郎賞を受賞。一九三八年、フランス政府に招かれ渡仏、パリ大学に学ぶ。一九四九年より明治大学教授。第六代日本ペンクラブ会長。

られる部分の方が多いくらいだった。千田さんはそういう人で、自分の目指している芝居をピュアに貫こうとする人だった。それを安部さんは横で見ていて、じっと耐えていた。そのとき、もう安部さんは『制服』を上演していた。なのに、そうした扱いを受けたのは、彼にとっては屈辱的だったと思う。そのとき捨てられた原稿がどうなったかはわからないが、安部公房はそういうところから出発している。〔川和孝氏へのインタビューより、二〇〇九年〕

千田是也は粗削りだった安部公房の才能をいち早く見出し、リスクを覚悟で彼を根気強く育て上げた。他方、そうした関係からはじまった千田との結びつきについて、安部は六七年十一月の『どれい狩り』の再演の折に、次のように語っていた。

「どれい狩り」は、いろんな意味できわめて思い出の深いものだ。……この作品を通じて、はじめて千田さんとの深い結びつきが出来たということ。もし、「どれい狩り」が、千田さんとの間をとりもってくれなかったら、これほど芝居に深入りしていたかどうか、自分でもはっきり断言できないような気がする。戯曲作家としてのぼくは、千田さんなしには考えられず、したがって、「どれい狩り」なしには、今日のぼくもあり得なかったように思う

†**山崎正和**—一九三四（昭和9）〜　劇作家、評論家、演劇研究者。京都府出身。京大卒。大学院時代から戯曲を書き、一九六三年『世阿弥』で岸田戯曲賞受賞。その後評論活動に入り、一九七二年、近代日本文明論『劇的なる日本』で芸術選奨新人賞受賞。一九七三年『鴎外　戦う家長』で読売文学賞受賞。

†**宮本研**—一九二六（昭和1）〜一九八八（昭和63）　劇作家。熊本県出身。九大卒。一九六二年、劇作家となる。一九六二年『日本人民共和国』『メカニズム作戦』で岸田戯曲賞受賞。

†**松本清張**—一九〇九（明治42）〜一九九二（平成4）　小説家。福岡県（一説に広島県）出身。一九五三年『或る「小倉日記」伝』で芥川賞受賞。以後、歴史小説、現代小説の短編を多く発表した。一九五八年の『点と線』以後、推理小説作家として人気

のだ。あれ以来、十本ちかくの（あるいはそれ以上の）作品を、千田さんとコンビでやって来た。今後も、千田さんと組んだ仕事が、同じように続けられていくことだろう。また、そうあってほしいと願っている。〔全集21、415頁〕

他方、俳優座の役者たちも劇作家としての安部の才能に惹かれ、安部戯曲を取り上げることを強く希望していた。六六年、俳優座が劇団員に対して行った「上演希望脚本や執筆を依頼したい劇作家」のアンケートで、安部は73票獲得し堂々の第一位を獲得している（以下、田中千禾夫59、福田善之23、石川淳23、三島由紀夫23、山崎正和†16、宮本研†15、椎名麟三14、大江健三郎13、松本清張†10、長谷川四郎†10、『千田是也演劇論集6』未来社）。

二　演劇のメディア特性

さて、いま一度話題を戻そう。

前述したように、当初は〈メディア五種目〉のうちの一つに位置づけられていた演劇が、七〇年前後を境として、次第に安部のなかで存在感を肥大化させていった。そして、七一年九月の『未必の故意』（俳優座・第一〇六回公演）を最後に、十六年にわたって共同制作してきた千田是也と袂を分かち、ついには

を博した。代表作は『ゼロの焦点』『砂の器』『黒革の手帖』など。

†長谷川四郎―一九〇九（明治42）～一九八七（昭和62）小説家。北海道出身。法政大卒。卒業後、満鉄に入社、退社後召集。復員後、シベリア捕虜体験をもとに小説を発表。一九六〇年代、新日本文学会で活躍。一九六七年の第三回アジア・アフリカ作家会議の折には日本代表団の団長として出席した。

自らの演劇スタジオを結成するまでに至ったわけだが、ではその間に安部の演劇観にどのような変化があったのだろうか。

まずは〈メディア五種目〉時代について確認してみよう。たとえば、安部は五八年の石原慎太郎との対談のなかで、演劇の特殊性は「舞台と客席の交流」にあると言っている。俳優の演技は、客席の反応によってかなり影響される。その意味では舞台というのは、たとえ台本があったとしても「一回ごとに違う」。そのせいか、演劇は「お客によって何か創られて」いる感じがするのに対し、「文学というのはそれがないのだな。何か非常に孤独な感じ」（全集9、215頁）がすると彼は述べている。あるいは、六〇年三月二十二日の『読売新聞』では、演劇というメディアの独自性を次のように指摘している。

どうやら、芸術プリント化の方向は、すべてのジャンルが必然的にこうむらざるをえなかった、近代化の波であったらしい。もともと、プリント芸術として出発した、小説や映画の場合は、この問題でべつに悩んだりはしませんでしたが、プリント時代以前に、すでにその形式を完成させてしまっていた他のジャンルでは、つねにプリント化との対決が、大きな課題になったものでした。（むろん小説や映画にも、ラジオやテレビの出現という、新課題がありますが、これはプリント芸術内部での小革命ですから、ここではふれません）……

演劇が他のプリント芸術から、積極的に自分を区別する面というのは、一体どういうことなのか？ぼくは、それを観客との関係にあると考えています。……観客の劇への参加といっても、むろん観客のやじで芝居の筋が変わるといったようなことではありません。観客がどんな反応を示そうと、芝居は戯曲に指定されたとおりに進行します。だが、演劇というものは、ただ仕切られた舞台の中だけで演じられているものではなく、観客もふくめた、劇場全体で行われるものなのです。観客は「見る人々」という、複数的公衆の一員という役をふりあてられ、それをみずから演じているのです。

つまり、これらのなかで安部は演劇の独自性として、〈非プリント芸術〉であるという点と〈舞台と観客との交流〉という点の二点を指摘しているのである。このことから筆者は、安部が演劇というメディアに惹きつけられた第一の理由は、そのインタラクティブなイメージにあったと考える。あるいは、当時の安部にとっては〈自己と大衆との出会い〉、もしくは〈集団創作〉といった、より大きなイメージで捉えられていたのかも知れない。無論、あくまでも「イメージ」の問題であり、演劇が真にインタラクティブ・アートであるかどうかは別問題だが、少なくとも、日々孤独に耐えながら原稿と対峙する生活を送っている小説家にとっては、あるいは錯覚であったにせよ、創作において〈観客の関与〉を感受できることは、それ自体、他のメディアにはない得がたい経験だったと思われる。

　また一般的な意味でも、作り手がすでに創りあげた完成品を一方向的に受け手に発信するモノローグ性の強いメディアである小説・映画・ラジオドラマ・テレビドラマなどとくらべて、観客の見ている前で上演してはじめて完成へと至る演劇というメディアが、より双方向的、対話的なイメージを喚起させやすいということは言えるだろう。

　実は、こうした五〜六〇年代の安部の認識には、多分に劇作家のベルトルト・ブレヒト†（独）の影響があった。安部はブレヒトの歴史的意義が「小説と戯曲の境界線をとっ払」ったこと、さらに「活字のプロからそれ以上のメディアのプロへ境界線をとっ払った」（全集23、251・252頁）ことにあるとして彼を高く評価していたが、そのブレヒトの作劇法では、身体的な〈共在〉性（発信する側と受信する側がともにあること）が前提となった、その場での一回かぎりの観客との双方向的な対話が演劇の独自性であるとされていた。その見解を当時の安部は、ほぼ踏襲していたといってよい。

　しかし、さらに時間をさかのぼると、安部が演劇にインタラクティブなイメージをもつようになった最初のきっかけは、初演『どれい狩り』（五五年）のと

†**ベルトルト・ブレヒト**――一八九八〜一九五六　ドイツの劇作家、詩人。叙事演劇の手法を深化させる一方、資本主義に対する批判を強め、共産党に入党。多くの教育劇を書いた。戦後は、ベルリーナー・アンサンブルを結成し活動。主著『演劇のための小原理』（一九四九）等において異化効果を提唱し、その理論は現代の多くの劇作家に影響を与えた。

きの劇場での体験が大きかった。『どれい狩り』の舞台の詳細については、本書第二部で詳述しているのでここでは割愛するが、当時を振り返って、安部はこう回想している。

お客さんの反応もなにかこう異常なものでね、とにかく劇場のなかではもうたいへんな反響なんです。しかし出てから《こんな芝居はないだろう》という受けとられ方だったですね（笑）。いや、これはもう、ほんとうにびっくりしましたよ、お客さんの反響といわゆる《批評》とのくい違いにね。とくに大阪では、お客が幕がおりたあと総立ちになって帰ろうとしない、一種不思議な雰囲気でした。観客と意思の疎通がはっきり行なわれたとは思わなかったけれども、何かこれはやっていかなければならないという気持だったですね。ぼくとしては結局そのときに自分がしなければならないものというのを感じたのですね。〔全集20、415頁〕

つまり、安部が観客の反応に大きな期待を寄せるようになった背景には、未知のもの、不可解なものに対して否定または黙殺を決めこみがちな、保守的傾向の強い日本の評論界に対する彼の根強い不信感があったのである。安部曰く、それにくらべて大衆的観客は、たとえ不可解なものに対してさえ、衝撃を受ける、面白がる、怒る……等々の、何らかの生きた反応を示すものである。だから前人未到の道を突き進むアヴァンギャルディストにとっては、むしろ大衆的観客の率直な反応の方が重要なバロメーターになると言うのである。

他方、前掲引用文のなかで安部が〈非プリント芸術〉であるという点から演劇を他のメディアから区別していたように、彼は〈メディア五種目〉時代にあってさえ、自身の主戦場である小説から最も遠いメディアとしての演劇を絶えず意識していた。つまり、安部にとっては、この〈小説からの遠さ〉こそが、演劇・舞台メディアの何にもまさる魅力として捉えられていたのである。

既成ジャンルの破壊と創造を目指し、新しい芸術表現のかたちを追いつづけていた安部には、実はかなり早い段階から、一つの確信があった。それは、来たるべき新しい芸術のかたちは、現存するメディアのなかで最も両極端に位置するもの同士が同時に踏まえられたものであるにちがいない、という確信だった。安部の言い方を借りれば、それはAとBとの融合によって生まれるのではなく、Aのなかに互いに矛盾したものを孕んだXとYが同時に存在し、「その矛盾するものが衝突しあって、加え算ではない、掛け算的な効果を可能」（全集25、350頁）にするのだという。

たとえば五〇年代後半の安部は、それが〈小説〉（＝X）と〈リズム〉（＝Y）の同時存在的結合としての〈ミュージカル〉（＝A）であると考え（全集30、83

頁)、五八年から六三年にかけて、演劇、ラジオ、テレビなどのメディアで、延べ二十作もの〈言葉〉と〈音〉から構成される音楽劇的な作品を精力的に創作した。

同様に、安部は〈演劇〉(=A)というメディアを〈言葉〉(=X)と〈反言葉〉(=Y)との同時存在的結合であると考えた。実は、彼がそのように、演劇の〈反言葉〉性を強く意識するようになったのには、もう一人の海外の作家の存在があった。それは、劇作家のベケットである。五六年六月、第二回チェコスロバキア作家同盟大会に参加した帰路、パリでサミュエル・ベケット(アイルランド)の芝居『ゴドーを待ちながら』†をフランス語で観劇した安部は、自分がフランス語をまったく解さなかったにもかかわらず、その舞台から強い感動を得たことに衝撃を受けた。そしてその経験から、演劇というものの感動は言葉によって作られているのではない。それどころか、舞台芸術の本質は「言葉を超えるものを持っている」という点にこそあるにちがいないと確信した。それ以来、「言葉は、できれば舞台全体の中の三〇パーセントぐらいにして、あと七〇パーセントはそれ以外のもので表現しなければいけない」(全集25、253頁)と考えるようになったという。

そして、自分にそれを気づかせたベケットという作家に、彼は強いシンパシーを感じるようになり、以後、自分と同傾向をもつ現代作家の代表として折に触

†**『ゴドーを待ちながら』**—劇作家サミュエル・ベケットの戯曲。副題は「二幕からなる喜悲劇」。初出版は一九五二年で、その翌年パリで初演。不条理演劇の代表作として演劇史にその名を残した。

れてベケットについて語るようになった。

ベケットを見ていると、小説を書くということと、戯曲を書くということが、内面的にすごく微妙にまざり合っていますね。そして小説では表現できない世界、戯曲では表現できない世界というものを、それぞれ使い分けていますね。それは、ものを書くという関心が……小説を書くという関心よりも何か表現しようとする関心があって、現実とのかかわり合いが、小説だけでも、戯曲だけでも満足できないかかわりあい方をしているということじゃないですかね。〔全集25、112頁〕

と、あたかも自身について語るかのように、〈小説〉と〈戯曲〉のあいだの往還を通して全体性を志向する、ベケットの姿勢を高く評価した。

このように、すでに五五〜五六年には、安部は早くも演劇を特別視しはじめ、そのメディア特性である〈舞台と観客との交流〉、そして〈反言葉〉性（「言葉を超えるもの」）をとことんまで追求してみたいと思うようになっていたが、しかし、少なくとも五〜六〇年代の彼には、すぐさまそれを実行に移しにくいいくつかの理由があった。

その第一の理由は、演出家の存在である。七八年のドナルド・キーンとの対談で、彼は自分がなぜ安部スタジオを結成し、戯曲と演出の両方を担当するようになったのかという理由を次のように明かした。

長い間、特に俳優座の千田是也という演出家のために僕は書いていたわけです。そういう仕事だったらもう二度としたくないし、やっぱり僕の考えている舞台とはまったく違うので。それは第一にですね、やはり言葉が多すぎるんです。今は僕にとって言葉よりも行動、動きですね。俳優の動きというものが遥かに重要なんです。……最終的に舞台でなければならないものと問われると、俳優の肉体しか残らないですよ。〔全集25、253頁〕

つまり、ここで安部は、自分が理想とする舞台と比較して、千田の求める芝居が言葉、もっと言えば、意味の伝達に重きを置き過ぎているというのである。そのような演劇を、安部は〈文学的演劇〉と呼んだが、ではそれは、具体的にどのようなものか。安部によれば、それはチェーホフ†の登場に象徴される、それ自身を一つの自立した文学として読むことができる戯曲であるという。彼によれば、それまで芝居の一つの構成要素にすぎず、それゆえ通読に堪え得なかった芝居の台本を文学の一ジャンル（＝戯曲）にまで高めたことは、それ自体は偉大な成果だったが、反面、「それなら戯曲を読んでしまえばいいじゃないか」

†**アントン・チェーホフ**――一八六〇～一九〇四　ロシアの小説家、劇作家。モスクワ大学医学部在学中から風刺雑誌に機知とユーモアに富む作品を書き、新進作家としての地位を確立。その後戯曲も手がけた。四大戯曲『かもめ』・『ワーニャ爺さん』・『三人姉妹』・『桜の園』はロシア演劇史上不滅の名作であり、日本でも大正期以来たびたび上演される。

ということにもなり、演劇はメディアとしての存在意義を見失ったのだという。メディア意識の明確でないものを毛嫌いする傾向のあった安部は、「ぼくなんか例えばチェーホフの作品を批評するのと同じ理屈で、ほめられてもけなされてもごめんだね」（全集25、97頁）と、自身の試みを〈文学的演劇〉と同一に論じられることに強い抵抗感を示していた。

では、演出家としての千田がそれほど説明過剰な芝居を好んだのか、というと必ずしもそうとは言い切れない。もちろん、十六年間も共同制作をしていたのだから、長年のあいだにそのような局面もあったかもしれない。しかし、たとえ相手が千田でなくても、作家が自身の頭のなかにあるイメージを演出家という第三者に、曲解されないように正しく伝えようとすれば、言葉による説明が過剰になってしまうのは必然の結果だった。それを回避する唯一の方法は、作家自らが演出するよりほかはなかった。

しかし、当時の日本の新劇界は伝統的に劇団体制の縛りがきつく、いくら安部が準座付き作者待遇だったとはいえ、俳優座のような伝統ある大劇団で、実績もない一作家が、並みいる専門演出家たちを差し置いて、演出にまで進出するということはほとんど不可能だった。そのため、安部は自分の主導で理想どおりの芝居を創ろうとさまざまな可能性を画策しはじめたが、結果的には千田是也という後ろ盾なしに芝居を上演できるほどの力量は、当時の彼にはなかった。

また、五〜六〇年代の安部が自身のめざす芝居をすぐさま実行に移しにくかった第二の理由だが、当時の彼の政治的ポジショニングの問題があった。前述したように、安部は五一年五月、日本共産党に正式入党している。そして、以後の二〜三年間は「共産軍†に対する絶望は、現実の一切に対する絶望であり、死である」（全集3、309頁）といった親共的主張を振りかざすような戦闘的党員作家でもあった。しかし、党が武装闘争方針†を放棄した五五年前後を境として、そうしたストレートな政治的発言はめっきり影をひそめ、さらに五六年、チェコスロバキア作家同盟大会への出席をきっかけにヨーロッパ（プラハ、コンスタンツァ、東ドイツ、パリ）を周遊すると、帰国後一転、日本共産党を批判するエッセイを発表した。そして、その後もたびたび党と対立するようになった彼は、結果的には六二年二月、党から除名処分を受けることになった。

このように、安部と党との信頼関係はかなり早い段階で破綻していたが、しかし、彼はその後も〈社会変革の下支えとなる大衆の意識改造こそが前衛作家の使命である〉といった認識を長くもちつづけ、演劇においても〈政治的メッセージ〉を最優先にする傾向がつづいた。

五〇年代の安部が何よりも意識していたのは〈大衆〉からの支持だった。第三章で詳述するように、当時、彼はすでに〈大衆の側に立つ前衛作家〉という

†共産軍——北朝鮮軍・中国人民解放軍の総称。一九五〇年六月二十五日、北朝鮮軍が韓国に対して進攻し朝鮮戦争が勃発。同年十月、北朝鮮軍の劣勢から、同軍に加勢するために中国人民解放軍が朝鮮半島に派遣された。その後、一九五三年七月、休戦協定が結ばれ、現在も停戦中。

†武装闘争方針——一九五一年十月の日本共産党第五回全国協議会（五全協）で「日本共産党の当面の要求」（51年綱領）が採択されたが、本綱領は「農村部でのゲリラ戦」を規定した中国革命方式の「軍事方針」であり、一九五二年から五五年まで武装闘争路線が取られた。一九五五年七月の六全協で武装闘争路線の放棄を決議。

イメージを広く社会に流布することに、ある程度成功していた。たとえば、日本社会党の中央機関紙だった『社会新報』は、安部が党から除名処分を受けた直後、彼が労音†や労演†のような大衆的鑑賞団体と積極的にかかわり、『可愛い女』(五九年、大阪労音主催)、『お化けが街にやって来た』(六二年、大阪労音主催)、『城塞』(六二年、東京労演委嘱)といった芝居やミュージカルを上演していることを例にあげて、安部を「大衆に直接ささえられている芸術家」であると称え、「共産党の《コップのなかのアラシ》などは、取るに足らないこと」(六二年三月十一日)だと彼を擁護する姿勢を示した。要するに、五〇年代の安部公房は、今日から想像する以上に〈左翼作家〉だったのである。

しかし、戯曲において〈政治的メッセージ〉を重んじること、そして、大衆からの支持に固執することは、反面、彼が「言葉を超えるもの」を追求するうえで妨げともなった。〈政治的メッセージ〉を〈大衆〉に曲解のないよう正しく伝達しようとすればするほど、自ずと説明的な言葉の量が増えてしまい、そのことが結果として〈反言葉〉の演劇を志向する彼の足かせとなった。

しかも、〈政治的メッセージ〉を前面に押出そうとしたあまり、安部は若い芸術家仲間たちとの連携にも失敗した。安部は俳優座で『どれい狩り』(五五年六〜七月)を舞台にかけた直後から、千田の手を借りずに自分が主導できるかたちでの演劇の上演を模索し出したが、そうした試みの一つに「ゼロの会」

†**労音**―勤労者音楽協議会の略。「良い音楽を安く」をスローガンとする日本の音楽鑑賞団体。起源は一九四九年に大阪で結成された「関西勤労者音楽協議会」とされるが、各地で次々と地域単位の組織が結成され、一九六〇年代半ばには、全192組織、合計60万人を超える組織となった。

†**労演**―勤労者演劇協(議)会の略。日本の演劇鑑賞団体。一九四八年、勤労者のための演劇普及を目的として東京労演が結成されたのを起源とする。その後、五〇年代から六〇年代にかけて日本各地で結成された。

があった。安部は五五年九月ごろ、野間宏、芥川也寸志、瓜生忠夫《うりうただお》†、和久田《わくだ》幸助《こうすけ》、市村俊幸、河合坊茶《ぼっちゃ》†、草笛光子らとともに、既成劇団によらずに、ストレートプレイではない新しいミュージカルの創造を目指そうと意気投合し、協議の末に五六年一月「ゼロの会」を結成したが、結局、何の成果も生まずに会は空中分解に終わった。当時、同会に参加した劇評家の菅井幸雄《すがいゆきお》†によれば、「そうなる前に、だんだん途中から政治的なものが絡んできて内部で意見が割れた」ためだという。

　芥川さんは〈芸術的ミュージカル〉をやりたいと言った。それに対して公房さんは、〈政治的ミュージカル〉をやりたいと言った。そのあいだに我々がいて、ああでもない、こうでもないと言い合っているうちに空中分解してしまった。……安部さんは、当初はむしろ千田さん的な芝居からは離れてものを創ろうとしていた。でも、結局それは実現できなかった。それで千田さんのところに帰るようなかたちでした。〔菅井幸雄氏へのインタビューによる、二〇〇九年〕

菅井は、五八年に安部が千田演出で舞台にかけたミュージカル仕立ての『幽霊はここにいる』を見て、千田のブレヒト的素地から生まれたものだと感じ、

†瓜生忠夫―一九一五（大正4）～一九八三（昭和58）映画評論家。台湾生まれ。一九四一年日本映画社に入社。戦後、「映画と近代精神」「映画的精神の系譜」などの評論を発表した。

†河井坊茶―一九二〇（大正9）～一九七一（昭和46）俳優、歌手、放送タレント。東京都出身。早大卒。戦前は数学教師をつとめていたが、戦後、三木鶏郎らと「三木鶏郎グループ」の中核メンバーとして活躍した。

†菅井幸雄―一九二七（昭和2）～二〇一一（平成23）演劇評論家。東京都出身。明大卒。在学中、木下順二に師事。一九五四年明治大学助手、講師、助教授、一九七〇年教授。一九八四年『演劇創造の系譜』で日本演劇学会河竹賞を受賞。

ブロードウェイ・ミュージカルに近かった「ゼロの会」が目指したものとはちがう路線に安部は進んだのだと思ったという。

他方、演劇観のちがいから千田から離れたい気持ちをもっていながら、その力と思想面での一致に抗いがたい魅力をも感じ、いっときはアンビバレントな心理状態にあった安部も、岸田演劇賞受賞を経た五九年には「芝居だと結局、千田是也にならやってもらいたいという気になっちゃうんだ。いまのところほかの人だとちょっと具合が悪い」（全集9、216頁）と千田への厚い信頼を口にするようになっていた。そして、演劇ではなかなか実現できない新しい表現の追求は、より自由度の高い、後進メディアであるラジオやテレビへの進出や、〈メディア五種目〉間での頻繁な〈リテラリー・アダプテーション〉によって充足が果たされるようになっていった。

＊　＊

では、千田是也にアンビバレントな感情をもちながらも、巨大な基盤をもつ俳優座の準座付作者としての地位を楽しみ、演劇以外の映画やラジオにも縦横に駆けめぐっていた、まさしく〈マルチな男〉として絶頂期にあった安部は、その後どのような変化が生じて、七〇年以降の〈小説・演劇二極化〉時代へと移行したのだろうか。

筆者は、その変化の要因が、大きく以下の五点にあったと考える。

（1）〈俳優養成〉大学の教授に就任
（2）小説家としての成功と社会的ポジショニングの上昇
（3）左翼思想からの解放
（4）アングラ演劇†の隆盛
（5）舞台美術家としての妻・真知の成長

まず、最も大きな変化として、六六年、俳優座養成所を発展的解消するかたちで桐朋学園大学短期大学部芸術科・演劇専攻コースが創設され、そこに安部が教授として就任したことがあげられるだろう。これにより、彼は日々の講義のなかで持論をブラッシュ・アップする機会を豊富に得られるようになった。

†アングラ演劇――「アングラ」とはアンダーグラウンドの略語。一九六〇年代から一九八〇年代にかけて日本で活発に起きた舞台表現（主に演劇）の潮流。その運動の根底には反体制主義や反商業主義の思想があり、それまでの商業演劇や新劇とは一線を画して実験的な舞台表現で独特な世界を創り上げた。

〈俳優大学〉の創設

桐朋学園短期大学の演劇専攻コースの創設を、当時同短大の学長であり学園の常務理事でもあった生江義男《なまえよしお》に働きかけたのは、ほかならぬ安部公房だった。学園のある仙川の住民であり同校の講師も務めていた安部は、以前から生江と親交が深かったが、そもそもこうした話が持ち上がったきっかけは、俳優座の経営難にあった。一九四九年の創設以来、毎年生徒を選抜して三年間の専門教育を行い、多くの新劇俳優を輩出してきた俳優座演劇研究所付属・俳優養成所だったが、稽古場の不足や慢性的な経営難から当時存続の危機に瀕していた。これを知った安部は、生江の協力を得て養成所の組織をそっくり桐朋に移行させ、千田是也や田中千禾夫ら俳優座の指導者たちとともに、自身も同校の専任教授に就任した。当時の安部たち教員側の意気込みは相当なものであり、初期の学生たちに対して「日本のコンセルヴァトワール†を作ろう」と激励していたという。前述したように、これに対しては当時、賛否両論があったが、しかしとにかくも、人と人をつなげる能力に抜群に長けた安部の尽力によって、日本で初の〈俳優大学〉が誕生したのである。

六五年十二月一日『読売新聞』のなかで、千田是也は次のように話している。

教育面、研究面でももっと発展させたいと思っても、劇団と同居している現状では、もう手いっぱいのところにきていた。単なるタレント養成所ではなく、もっと本格的な知識と技術を与えうる学校をつくりたいと考えた……外国の俳優と比べて日本の俳優の最大の弱点だと思うのが、ことばをしゃべる力というものだ。小学校や中学校での国語教育は、漢字を教えることには熱心だが、国語を正しく話すという点では、至って弱い。戦後の国語教科書には必ず戯曲やシナリオがのっているのに、地方に行くとなまりの問題などもあって、ついはしょってしまう、といった現状だ。これを徹底的にやって、小、中学校での話し方の先生にもなれる専門家を育成しようというわけで、この点には文部省でも大賛成してくれている。私たち新劇運動の普及を願う立場からいえば、そういう人たちが一つの定職をもつことによって、地方の新劇活動を推進させていく基盤にもなると思うのだ。

†コンセルヴァトワール――フランス国立高等演劇学校コンセルヴァトワールのこと。フランス共和国において演劇の文化的価値を保持し教育する文化保全機関。

右の構想のなかで注目したいのは、おそらくは今日にまでつづく演劇指導人たちの切実なる願望だったと思われるが、俳優志望の学生たちに彼らの将来的なセーフティー・ネットとして初等・中等学校レベルの国語の教員免許を取らせようとしている点だ。たとえば、演劇先進国であるカナダでは、演劇という科目が音楽や美術などと並んで選択科目の一つとして設置され、高校には必ず〈ドラマ・ティーチャー〉が一人配属されている。日本も戦後は、演劇の教育的効果を尊重した連合国総司令部（GHQ／SCAP）の民間情報教育局（CIE）の方針によって、すべての新制高校に演劇部が設置され、国語教科書にも上演を前提とした脚本教材が多く採用された。四九年には日本学校劇連盟（現在の日本演劇教育連盟）も再建されたが、そうした政策の当然の帰結として、演劇人口のすそ野が広がり、学校劇をはじめとするアマチュア演劇が隆盛をきわめた。

そのこと自体は、戦前・戦中に激しい弾圧にさらされた新劇人たちにとっては、夢のような環境の好転にちがいなかったが、問題は演劇に魅せられ俳優になることを夢みて日夜修行に励む若者たちの将来の進路だった。演劇人の生活苦は、ある意味、今日でも常識となっているが、同校では、そうした必ずしも才能や運に恵まれなかった学生たちを「話し方のプロ」としての国語教師とすることで、彼らに将来生活を保障し、同時にアマチュア演劇の指導者の養成にもつなげようとしたのである。

同コースの一期生として入学したのは三十九人。本コースは二年修了だったが、その後さらに二年の専攻コースが設けられ、初の卒業生は三十二人だった。彼らの卒業後の進路は、俳優座に八人、民芸に三人、文学座・青年座・雲・四季・自由劇場・浪漫劇場に各一人ずつ入団が決まった。卒業公演は安部戯曲の『友達』で、演出は千田是也が、演出助手を大橋也寸が担当し、俳優座劇場で披露された。

また、演劇専攻コースの「ゼミ」というかたちではあったが、念願だったトータルな舞台創造を試行錯誤できる実践の場を手に入れることができた。

第二に、社会の安部への評価も大きく変わった。七〇年前後になると、すでに『砂の女』をはじめとした代表的小説の映画化（『砂の女』六四年、『他人の顔』六六年、『燃えつきた地図』六八年公開）と翻訳出版、さらには欧米での映画賞や翻訳文学賞の受賞によって、彼は海外にも熱烈な読者をもつほどの国際的な一流作家として認知されるようになっていた。しかも『砂の女』以降の小説はどれも売れに売れてベストセラーとなり、それはスタジオ設立後の『箱男』（七三年）や『密会』（七七年）に至っても変わらなかった。つまり、七〇年代初頭の安部公房は、小説家として〈名声〉と〈人気〉の両方を手中にしていたのである。

さらに六〇年代も後半になると、安部は劇作家としても売れっ子になっていた。六六年に俳優座内で行われたアンケートで、安部が「上演希望脚本や執筆を依頼したい劇作家」の第一位に選ばれたことは前述したが、当時、彼の下には俳優座以外の劇団からのオファーも殺到していた。実際、安部は六七年には戯曲『友達』を青年座†の成瀬昌彦†の演出で、戯曲『榎本武揚』を劇団雲†の芥川比呂志†の演出で上演し、前者では第三回谷崎潤一郎賞を、後者では芸術祭・文部大臣賞をそれぞれ獲得している。これによって、安部は自分が千田是也や俳

†青年座―一九五四年設立の日本を代表する劇団の一つ。劇団俳優座の準劇団員たちで立ち上げ、特に創作劇に力を入れ、椎名麟三の『第三の証言』で旗揚げ公演行った。その後は幅広い演目で人気を獲得し、大劇団へと成長した。西田敏行は長い間劇団の中心俳優として活躍した。

†成瀬昌彦―一九二四（大正13）～没年不詳　俳優、演出家。東京都出身。日大卒。一九四〇年代から俳優座系移動演劇団「芙蓉隊」に参加。戦後も劇団俳優座で活躍したが、創作演劇の上演を目指すべく脱退。一九五四年、劇団青年座を立ち上げ、初代座長として礎を築く。映画やテレビドラマにも数多く出演した。

†劇団雲―日本の劇団。一九六三年、芥川比呂志以下、「文学座」の中堅・若手劇団員により結成された。シェイクピア訳者

優座の助力なしでも一劇作家として十分に通用することを、広く演劇界に証明して見せた。

さらにその二年後、安部は自分の名前を看板に、自身がトータル・プロデュースした舞台を、紀伊國屋書店や西武グループをスポンサーにして公演できるまでになっていた。七二年の勅使河原宏との対談でも、安部は自身の集客力に強い自信を示していた。

（引用者注、映画の観客を増やすには）とにかく、じわじわと種をまいて、自分だけの観客を作りだせばいいんだ。五万〜十万という数は、全人口にとってどれだけの比率だ？微々たるものではないか！東京だけで、自分ひとりで五万人は作れるね。全然たいへんではない。たいへんだというのは、能力がないからなんだ。……たとえば、芝居で一万人集めるということは、難しいことではない。状況さえ作れば、小屋とか日数とかを計算していったら……さらにちょっと操作していけば、映画で五万人という数はそんなに騒ぎたてる数ではない。（全集23、328頁）

六七年三月、安部は戯曲『友達』を青年座に提供したが、このとき安部はかなり深くまで舞台制作にかかわり、実質的には成瀬昌彦と安部の共同演出だっ

の第一人者である福田恆存による舞台は高い評価を受け、シェイクスピア劇がレパートリーの支柱になった。翻訳劇だけでなく遠藤周作、安部公房らの書き下ろし作なども積極的に上演した。一九七五年解散。

†谷崎潤一郎賞―中央公論社が一九六五年の創業八十周年を機に、作家・谷崎潤一郎にちなんで設けた文学賞。発表は年一回、受賞作発表と選評の掲載は『中央公論』誌上で行われる。

†芸術祭・文部大臣賞―一九四六年に始まった文化庁主催の芸術賞。日本で毎年秋に行われる芸術祭にふさわしいと認められた参加公演・参加作品のうち、特に優れた成果をあげた者・団体に授与される。企画性に富み、意欲的な内容であることが選定基準とされる。

たと言われている（戸田宗宏談）。こうして試運転の期間を終えると、六九年の『棒になった男』、七一年の『ガイドブック』と、安部はいよいよプロの演出家としての道を歩みはじめた。

そして第三に、安部の政治的ポジショニングにも大きな変化があった。五六年以降、たびたび日本共産党と対立するようになった安部は、六二年、党から正式に除名処分を受けた。これが一つの区切りになったのか、左翼思想の呪縛からも解き放たれ、より自由な発想が取れるようになった安部にとって、〈政治的メッセージ〉も、大衆の意識改造や量的支持も、もはや主たる関心事ではなくなっていた。

むしろ、当時の彼の目は、世界に向けられていた。三島由紀夫亡きあとの七〇年代、彼が常に意識していたのは、ベケットやピンター、ウジェーヌ・イヨネスコ†（仏）やガブリエル・ガルシア＝マルケス（コロンビア）といった世界の現代文学・現代演劇の旗手たちの動向だった。彼にとって、そのような世界の、一流の芸術家たちと互いに刺激を与え合うこと自体が無上の喜びではあったが、しかし内心ではそれらの誰よりも先駆けた仕事を成したい！　というのが、安部の偽らざる本心だった。

小説においては、すでに一仕事を終えた。次に彼が求めるべきは、当然演劇での評価だった。しかも、単なる賞賛ではなく、世界の現代文学・現代演劇の

†ウジェーヌ・イヨネスコ――一九一二〜一九九四　フランスの劇作家。アンチ・テアトルの代表作家として世界的に著名になった。その作風は不条理演劇といわれ、シュルレアリスム的な幻想や夢が独得の手法で描き出された。代表作には『禿の女の歌手』（一九五〇）などがある。

動向にも目が行き届きいた、彼独自のチャレンジの意図を汲んだ高次の批評を求めたのである。

しかし、そのチャレンジは、現状のままでは到底不可能だと彼には感じられた。七四年、安部は自身がスタジオを結成するに至った理由を次のように説明している。

これだけ劇団がある中で、僕が今さら出ていってやることはないんだ。僕が出ていってやれば、それだけ赤字だからね、本当に。小説書いてりゃゆうゆうと何もしなくたって食えるのに、あんなところへ行って毎日毎日大変なロスなんだ。だけども、あえてせざるを得ないところへ行ったのは、あまりにも貧困で虚しいから、仕方なしに僕は始めたわけだ。僕には僕の理想があるわけだ。〔全集24、500頁〕

つまり、日本の演劇界の現状に悲観し切ったことが、自らスタジオを結成せずにはおけないところにまで彼を追いつめたのだと言うのだ。

では、そのように当時の劇界が安部を失望させた理由はなんだったのか。おそらく、一番の理由は、ほかでもない俳優座と千田是也にあっただろう。結局、安部と千田の共同制作は七一年九月の『未必の故意』（俳優座・第一〇六回公演）

を最後として袂を分かつことになったが（例外として、六五年一月に初演された『おまえにも罪がある』を八四年の俳優座創立四十周年公演として千田演出で再演している）、その直前の、七〇年当時の俳優座は、経済的な理由から労演のような団体観客組織に依存しがちになっていた。もちろん、俳優座と労演の関係は労演創設時にまでさかのぼられる長い付き合いだったが、とはいえ、やはり新劇の長い歴史のなかで、常にコアな支持基盤となってきたのは若者たち、特に大学生や高校生たちだった。その学生たちの足が、新劇の主要劇団からめっきり遠のいたのである。

その一方で、当時の俳優座が頼みにしていた地方や団体組織の観客は概して年齢層が高く、前衛的な現代劇よりも、筋をよく知った古典的翻訳劇を好む傾向があった。そのことを俳優座が強く意識し、特に地方労演の〈例会〉に呼ばれたいという意図から、〈名作路線〉に偏りがちになることに安部は強い不満を抱いていた。

無論、千田の側にも言い分はあった。たとえば七〇年一月の座談会のなかで、千田は安部に「シェークスピアやチェーホフを見たがる観客が現にたくさんいるわけだし、これはある意味では俳優座の歴史がつくって来たものだし、そういう観客も無視できない」（全集22、460頁）と主張している。たしかに、全国労演のなかでも最大規模を誇った大阪労演の七〇〜七二年の俳優座の観客動員数を見ると、『オセロ』（七〇年十二月、千田演出）が一〇、二六〇人、『ハムレット』（七一年四月、増《ます》見《み》利清《としきよ》†演出）が一〇、五〇〇人だったのに対して、現代劇のなかでは健闘していた方だったとは言え、安部の『幽霊はここにいる』（再演、七〇年四月、千田演出）は八、五六〇人、『未必の故意』（七一年十月、千田演出）は六、二〇〇人と、その差は歴然としていた。こうした数字を見れば、千田が多くの劇団員を預かる俳優座の代表として、結果を出せない台本をあえて選択しにくかったのもうなずける。

一方、安部の側にも言い分はあった。六九年十一月、彼は自らの名前を看板としたプロデュース公演『棒になった男』で団体客を一切取らずに、それなりの成功を収めたのだ。安部によれば、アンケート結果によれば、「観客の一番大きな特徴は、年齢層がとても若い」こと、「平均年齢二十二、三。十代が圧倒的に多く」、「団体ではないせいか、男の比率が多」かったという（全集22、464頁）。つまり、安部のプロデュース公演に足を運んだ観客層は、労演のような団体組織の推薦に頼って〈よき演劇〉を受動的に享受しようとするような観客層とは大きくちがっていたのである。そのため安部は、

ぼくだって、団体観客の中に、本当のぼくらの観客がいることを否定はしませんよ。でも、教養主義的な俗物がかなりの層を占めていることも否定は

†増見利清—一九二八（昭和3）～二〇〇一（平成13）演出家。鎌倉アカデミア演劇科を卒業し、一九五一年、俳優座に入る。千田是也の演出助手を務め、一九六五年『ザ・パイロット』で演出家デビュー。以後、シェイクスピア劇を中心に活躍した。

できない。つまり、教養のための見せものを求める層……そんな相手に芝居を見せてえらそうな芸術論をひねくったりしてるんじゃあまりに虚しいと思うんだな。〔全集22、459頁〕

と、千田や俳優座の団体客への依存傾向を激しく糾弾した。

前掲の鼎談で「今の世の中で大学生が来ない、高校生の来ない新劇なんてものはだめ」だと千田自身も述べていたように、最も前衛的感性に富んだ学生たちからそっぽを向かれるようでは、新劇に未来はない。実際、六〇年代後半以降のアングラの隆盛は、新劇の支持基盤を大きく変容させた。鈴木忠志《ただし》†・別役《べつやく》実《みのる》†らの「早稲田小劇場」（六六年）、佐藤信《まこと》†、串田和美《くしだかずよし》†らの「自由劇場」（六六年）、唐十郎《からじゅうろう》†らの「状況劇場」（六七年）、寺山修司の「地下劇場」（六九年）など、そのころの学生たちは熱に浮かされたかのように、過激な刺激に満ちたアングラ演劇の方へと圧倒的に引き寄せられていた。

そして、ある意味、安部の観客層はアングラ演劇の観客層と世代的に重なる部分があった。当然千田のなかには、俳優座が失った若い観客を、安部など若者からの支持の高い現代作家の力で取り戻したいという気持ちもあっただろう。ただし、学生の演劇熱は概して一過性であることが多く、総体的な演劇人口の増加にはなかなかつながらない。その意味ではかつての新劇も、当時のアング

†**鈴木忠志**—一九三九（昭和14）〜　演出家。静岡県出身。早大卒。一九七六年より富山県利賀村に活動の拠点を移し、それ以来、利賀山房など5つの劇場を舞台に作品を作り続けた。唐十郎、寺山修司らとともに、一九六〇年代におこった新しい演劇運動の代表的な担い手の一人。二〇〇〇年、演劇人の全国組織である舞台芸術財団演劇人会議の理事長に就任した。

†**別役実**—一九三七（昭和12）〜　劇作家、童話作家、評論家、随筆家。満州国新京特別市（現中華人民共和国長春市）生まれ。一九六三年、『マッチ売りの少女』『赤い鳥の居る風景』で第13回岸田國士戯曲賞を受賞。

†**佐藤信**—一九四三（昭和18）〜　演出家、劇作家。東京都出身。一九六六年 アンダーグラウンドシアター自由劇場を創立。一九九〇年までの二十年間、日本全国百二十都市におよぶ上演活動を中心に、常に日本の現代演劇界をリード。

†**串田和美**—一九四二（昭和17）〜　俳優、演出家。一九六六年、佐藤信、吉田日出子等とともに劇団自由劇場を結成。「アンダーグラウンド自由劇場」を本拠地とし、『上海バンスキング』（一九七九）などのヒット作を産み

ラも決して経営状態がよくなることはなかった。それにくらべて、より安定的な高齢層や地方の団体客へのアピールを高めることは、経営者的視点に立つならば、必ずしもまちがっているとは言いがたかった。

他方、方向性を定められずにいる幹部たちを尻目に、劇団員たちのなかにも迷いや動揺が生じていた。前掲の座談会で千田が、「一番ぐあいが悪いのは」アングラ演劇の「表面の景気の良さに気をとられて、内部の者がなんとなく自信をなくしてしまうこと」（全集22、463頁）だとぼやいていたように、アングラ演劇の活況は、主要な新劇団に所属する俳優たちの、それまでの価値観を根底から覆すのに十分な威力をもっていた。当時のアングラ演劇と若い観客たちとの関係性を、劇評家の大島《おおしま》勉《つとむ》は次のように活写している。

> それにしても、小劇場に集まる若い観客たちが闊達で寛容であり、同時に辛抱づよいのにはおどろくばかりである。かれらはテントの後を追ってどこまでも移動し、どんなに照りつける日であろうと、寒風吹きすさぶ日であろうと物ともせず、ほぼ一日を棒にふって何時間も前から行列をつくって待っている。……芝居がはじまると、かれらはさらにおどろくべき寛容さを示してみせる。およそこれ以上は汚しようがなく、これ以上下手にもやりようがないといった役者たちに向かって声援をおくり、どんなに日常的な言葉や動

出す。コクーン歌舞伎、平成中村座公演を始めとする歌舞伎公演の演出もした。

†**唐十郎**―一九四〇（昭和15）～　俳優・劇作家・演出家。一九六〇年代、状況劇場を主宰。いわゆる赤テントがアングラ演劇の旗手としてリードした。その後、唐組を旗揚げる。作家としても活躍し『佐川君からの手紙』（一九八八）で芥川賞を受賞。

†**劇団四季**―劇団創立は一九五三年（昭和28）。当初は、浅利慶太・日下武史らを中心として結成された学生演劇集団。現在では、年間三千ステージ超、俳優・スタッフ七百名以上を有する日本最大規模の劇団となっている。海外ミュージカル作品の上演だけでなく、オリジナルミュージカルも人気。日本にミュージカルを定着させるのに大きな役割を果たした。

†**浅利慶太**―一九三三（昭和8）～　演出家、実業家、劇団四季創設者の一人であり芸術総監督。東京都出身。一九五三年、慶大・東大の学生を中心に劇団四季を結成。ジャン・アヌイ、ジロドゥなどフランス戯曲を上演する。一九七〇年代以降、海外ミュージカルの翻訳上演をはじめ、演劇界では類を見ない集金力と集

作にたいしても、あふれんばかりの好意をさし出す。（七四年七月八日『読売新聞』）

こうした若者たちの熱狂から目を背けるかのように、新劇界の主力は、こぞって〈名作路線〉へと舵を切った。きっかけは劇団四季†の『ハムレット』公演のロングランだった。六八年に本作で芸術祭賞を受賞して以来、四季は『ハムレット』で全国をくまなく巡演し、七二年九月時点で延べ二十万人を動員する成功を収めていた。特に安部スタジオが結成された前年の七二年は、「シェイクスピア年」とも呼ばれたほどに、新劇界で古典劇が活況を呈した。七二年九月三十日の『読売新聞』によれば、秋の演劇シーズンに合わせて、劇団四季の『ハムレット』（浅利慶太†演出）、劇団雲の『マクベス』（荒川哲生†演出）、そして俳優座の『リア王』（千田演出）と、三大悲劇がそろい踏みとなった。同年一月から三月には英国からロイヤル・シェイクスピア・カンパニー†が来日して『オセロ』、『十二夜』、『ヘンリー五世』（すべてジョン・バートン演出）を上演していたのも合わせると、この年だけで四代悲劇がすべて上演されたことになる。しかも、その年の『ハムレット』はすでに四度目の上演であり（俳優座・増見利清演出／文学座・出口《でぐち》典《のり》雄《お》†演出／東宝）、そのほかにも、文学座が『ロミオとジュリエット』（木村光一†演出）や『トロイラスとクレシダ』（出口演出）、オンシアター自由劇

客力によって、四季を大劇団へと成長させた。

†**荒川哲生**―一九三一（昭和6）～二〇〇三（平成15）　演出家。東京都出身。一九五一年文学座に入団し、長岡輝子に師事する。一九六三年、文学座を脱退して福田恆存、芥川比呂志らと現代演劇協会付属の劇団雲を結成。同年、アメリカに留学。帰国後、劇団雲、その流れを汲む劇団昴で演出家として活躍した。

†**ロイヤル・シェイクスピア・カンパニー**―一八七五年に設立されたシェイクスピア記念劇場を前身にもつ、イングランドのストラスフォード・アポン・エイヴォンを拠点にする劇団。略してRSCとも呼ばれる。

†**出口典雄**―一九四〇（昭和15）～　演出家。島根県出身。東大卒。一九六五年、文学座に入団、小田島雄志による「シェイクスピア研究会」に参加。一九七二年、劇団四季へ移籍。一九七五年、劇団シェイクスピア・シアターを旗揚げ。一九八一年、一人の演出家としては世界初のシェイクスピア戯曲全37本の上演を達成。

†**木村光一**―一九三一（昭和6）～　演出家。千葉県出身。文学座入団後、一九六三年演出家デビュー。一九八一年、文学座を

場が『MACBETH（マクベス）』（串田和美演出）を上演していた。

そのようななかで、大劇団に所属することに迷いが生じた一部の俳優たちや、桐朋学園短大の教え子たちを対象に、安部公房は芝居の勉強会（第一回は一九七一年三月三日）を定期的に開催するようになった。田中邦衛《くにえ》†、仲代達矢《なかだいたつや》†、井川比佐志、新克利《あたらしかつとし》†、いずれも俳優座の主力の役者たちだった。彼らはそれぞれに新劇の現状を打破すべく、何かしら突破口を見つけ出そうと懸命だった。そうした彼らと稽古をつづけていくうちに、安部のなかで次第に〈独立〉への決意が固まっていったのだった。

結成された安部スタジオでは会員制度が取られたが、安部は会員たちに向けて次のようなメッセージを送った。

> 僕らが目ざしているのは、一般的なよき演劇ではない。ぼくが文学で邪道《じゃどう》を選んだように、演劇の世界でもやはり邪道を選びたい。それを必要とする人間にとってだけ価値がある、独自で固有な世界にこだわりつづけたい。だから会員は、会員という立場を選んだことによって、すでにスタジオの重要な構成部分なのだ。この信頼関係こそが、何にも替えがたいスタジオの財産なのだと考えている。〔全集25、395頁〕

退団。その後、演劇制作体「地人会」を主宰。一九八二年、紀伊国屋演劇賞を受賞。

†田中邦衛―一九三二年（昭和7）〜　俳優。岐阜県出身。一九五五年、俳優座養成所へ入所。その後俳優座座員に昇格し、中心俳優の一人として活躍。一九七三年、「安部公房スタジオ」に入る。その後フリーとなり、テレビドラマ『北の国から』で高い評価を得た。

†仲代達矢―一九三二（昭和7）〜　俳優。東京都出身。一九五二年、俳優座養成所へ入所。その後俳優座座員に昇格し、公演『幽霊』で抜擢され以後俳優座の看板俳優となる。また映画界にも進出し活躍した。一九七五年、妻の恭子夫人と「無名塾」を創立、後進の育成に努めた。

†新克利―一九四〇（昭和15）〜　俳優。東京都出身。俳優座養成所を卒業後、一九六四年、俳優座座員に昇格。一九六八年、TBSのホームドラマ『肝っ玉かあさん』に医師役でレギュラー出演して人気を博し、以降、舞台の傍ら、多くのテレビドラマに出演した。

「文学で邪道を選んだ」という言葉にも示唆されるように、スタジオ開設の直後に刊行された『箱男』は、六〇年代三部作とくらべてより難解になり、読者層が限定されるようになった。それと同様に、安部は演劇においても「それを必要とする人間にとってだけ価値がある」舞台を手がけていきたいと宣言したのである。ここからは、はっきりと、〈大衆作家〉であることに決別を告げた安部の意思を読み取ることができる。世界に通用する、より高次の芸術の創造を目指して再スタートを切った安部は、六八年十一月のラジオドラマ『男たち』（のちに戯曲『鞄』へと発展）を最後に、ラジオやテレビといった、より大衆性の高いメディアから撤退した。そして、以後の彼の関心は、小説と演劇に二極化することになった。

ニュートラル

一九七三年一月、演劇集団・安部公房スタジオを結成した安部は、自らの演技理論を「アベ・システム」と称して、演技体系の根本的改革をめざして俳優の肉体訓練まで陣頭指揮するようになった。では、具体的に安部は、俳優や学生たちにどのような訓練を行なっていたのだろうか。ここでは「アベ・システム」の中心概念をなす「ニュートラル」についての安部の説明を聞いてみよう。

演技におけるニュートラルという概念は、ぼくが思いついて命名したもので、かならずしも一般的なものではない。それだけに、誤解の可能性も大きいので、今回は多少こまかくその定義づけをしてみよう。……聞こえている多数の音の中から、比較的聞き分けやすく、持続的な音を選び出し、それに集中することで、他の感覚を排除する（読者もこの場で、ぜひ一度こころみていただきたい）――は、ニュートラルの重要な原型の一つではあるが、すべてではない。比喩的に言えば、ニュートラルにおけるゼロの状態、もしくは、ゼロのニュートラルにすぎないのである。……

俳優が自分の想像のなかで描いた理想の演技をなぞったり、再現したりするほど、無意味なことはない。いわゆる名優の名演技にしばしば伴う陳腐さは、もっぱらその手の自己模倣のせいなのだ。誤解を覚悟のうえで、あえて極端な例をひいてみよう。たとえば、処刑十分前の死刑囚の独房を、秘密の覗き穴からのぞく機会を得たとして、君はその十分間をけっして長くは感じないはずである。たぶん、いくら眺めつづけていても、見飽きることはないだろう。しかし、その同じ設定を、俳優が舞台で演じた場合、はたして十分間の凝視に耐えうるだろうか。つまり、ぼくが問題にしているのは、俳優の上手、下手ではなく、この死刑囚と俳優の間にはだかっているあまりにも深い溝のことなのである。……死刑囚の不動の沈黙が、なぜそれほど人の心を捉えるのか。実話的興味にひかれていることも否定は出来ない。だがそれだけではないはずだ。死刑囚の存在は、ほぼ完璧なニュートラルなのである。そしてニュートラルなものは、かならず人をひきつける。……誰でも一度はテレビで見たはずの光景。ナチスの兵士に引立てられている、ユダヤ人の囚人。ナチスの兵士が、非ニュートラルの一つの典型であり、ユダヤの囚人たちの姿勢や表情がおおむねニュートラルだと言えば、おおよその見当はつけてもらえるだろう。〔全集24、146～148頁〕

さて、七〇年前後の演劇状況の変化として、第四に、アングラ演劇の隆盛があった。前述したように、安部は、言葉（＝X）と、反言葉としての「俳優の肉体」（＝Y）とが互いに反発し合い、火花を散らし合いながらも、ぎりぎり統一されているような演劇（＝A）のかたちを理想像としていたが、実は、そうした傾向、つまり俳優の〈身体〉を前面に出すことで〈言葉〉中心のリアリズム演劇を乗り越えようとする試みは、一面において、六〇年代末から七〇年代にかけての前衛演劇全体の潮流でもあった。特にその傾向は、〈劇壇地図〉的には俳優座と対極にあったアングラ演劇に顕著だった。

たとえば状況劇場をひきいた唐十郎は、その著書『腰巻お仙』（六八年）のなかでそれぞれの役者の個性的な肉体が舞台上で特権的に「語りだす」ことを目指した「特権的肉体論」を唱えていたし、白石加代子†を看板女優とした早稲田小劇場の鈴木忠志の芝居でも〈演劇の現場性＝身体性〉が徹底して強調された。

また、ひとたび世界に目を転ずれば、それはポーランドの前衛演劇人グロトフスキィ†にも通じる主張だった。実験劇団を五九年に設立したグロトフスキィの演劇は、当時、リアリズムを是とする演劇界に広く流通していたスタニスラフスキー・システム†を超えるものとして注目を集めたが、彼もまた、〈劇的なるもの〉の構成要素を極限までけずり落としていくと、最後には「俳優の個人

†白石加代子―一九四一〇〜　女優。東京都出身。一九六七年早稲田小劇場に入団。一九七〇年『劇的なるものをめぐってII』（鈴木忠志演出）に主演して「狂気女優」として評判になり、以後、同劇団の看板女優となった。

†イェジー・グロトフスキィ―一九三三〜一九九九　ポーランドの演出家。一九五九年、実験劇場を創設。「貧しい演劇」を提唱、簡素で禁欲的な空間と徹底した訓練による俳優の肉体を重視した。

†スタニスラフスキー・システム―ロシア・ソ連の演劇人、コンスタンチン・スタニスラフスキーが提唱した演技理論。リアリズム演劇を徹底するために提唱された理論であり、紋切型の演技を否定し、「一貫した行動」「超課題」「身体的行動」などの理論を通して、俳優が役を真に

的肉体」だけが残る、すなわちそれが演劇なのだと主張し、俳優に対する厳しい身体の鍛錬法を説いた。特にグロトフスキィが六五年に結成した「演劇実験室」が日本の前衛演劇に与えた衝撃は大きく、前述の唐十郎の「特権的肉体論」も、寺山修司の「演劇実験室／天井桟敷《てんじょうさじき》」も、そして、ほかならぬ安部スタジオの試みも、そうした世界レベルでの同時代的潮流のなかで理解されるべきものだろう。

　そして、第五に、忘れてならないのが妻・安部真知《まち》の舞台美術家（装置・衣装）としての成長と活躍である。五八年、千田是也の抜擢により『幽霊はここにいる』ではじめて舞台美術を担当したのを皮切りに、以後、『可愛い女』（五九年）、『巨人伝説』（六〇年）、『乞食《こじき》の歌』（六二年）、『おまえにも罪がある』（六五年）、『友達』（六七年）などの安部作品で着実に経験を積んでいった真知は、六九年、清水邦夫作・西木一夫《にしきかずお》演出の『狂人なおもて往生をとぐ』（俳優座）と、安部の作・演出の『棒になった男』の装置で第四回紀伊國屋演劇賞†を受賞した。

　これによって実力派舞台美術家として認知されると、多方面からオファーが来るようになり、特に七一年は、俳優座（『オセロ』、『未必の故意』）、民藝（『神の代理人』）、文学座（『十二夜』）と三大劇団そろい踏みとなり、さらに安部の『ガイドブック』（紀伊國屋公演）での業績が高く評価されて、第五回伊藤熹朔《きさく》

生きるための精密な方法を探究した。一九三四年ソ連によって公認されて以降、二〇世紀の演劇人たちに広範な影響を与えた。

†紀伊國屋演劇賞―紀伊國屋ホールと紀伊國屋サザンシアターを運営する紀伊國屋書店が一九六六年に創設した演劇賞。毎年、東京において上演された演劇公演を対象に選出され、団体賞・個人賞から成る。

賞（六七年創設、日本舞台美術家協会主催）を受賞した。

ちなみに、「伊藤熹朔」というのは千田是也（本名は伊藤圀夫）の実兄で日本を代表する舞台美術家だったが、千田から真知は非常に才能を買われていた。夫の公房と不和になった後、おそらく千田の側には多少わだかまりがあったと思われるが、それでも「彼女ほどに戯曲を読み込める舞台美術家はいない」と周囲に漏らしていたとされ、結局、千田と真知との共同制作は、八四年の『貴族の階段』（田中千禾夫作）まで継続された。

このように、真知への評価は、「安部公房の奥さんだから」、といったレベルをはるかに超えていた。たとえば、紀伊國屋演劇賞を獲得した清水邦夫の『狂人なおもて往生をとぐ』（六九年）では、傾斜舞台に大きな穴を開けた独創的な舞台が演劇関係者の度肝を抜き「傑作」だと賞賛された（『読売新聞』六九年十二月二十三日）。また、七三年のベケット作『勝負の終り』（大橋也寸演出）では、ビニール張りのサーカス小屋のような空間のなかに、二人の男とその両親をゴミ箱に入れて配置するとい

『人さらい』イメージの展覧会（西武美術館　1978.6.3）
早稲田大学演劇博物館所蔵

うアイディアを出すなど、彼女の舞台の才能を「夫以上」と高く買う演劇関係者さえいたという。

そうした真知と公房との関係について、戸田宗宏は次のように語る。

一つには安部先生の作品において、真知さんの影響力ってすごく大きいんですよ。真知さんがいたから安部先生はあそこまで行ったんだと思っています。先生は小説でもなんでも、書いたものを全部真知さんに読ませて、彼女に指摘されたことを書き直して、また読んでもらう。その繰り返しでしたね。特に、安部スタジオを作った後の先生の美意識というのは、すべて真知さんからの影響だったと思っています。造形の部分、それをどういう風に舞台に形象化していくかって言うところは、すべて真知さんの感性のなかで作り上げられていったと思います。たとえば、『水中都市』†、僕はあの作品大好きなんだけど、空気のなかで生きているはずの人間が、反転して水のなかで生きているっていう設定で。それを布で表現しようと言い出したのは真知さんのアイディアなんです。『仔象は死んだ』†でパラシュート用の大きな白布を使おうと言い出したのも真知さんです。その意味で、安部スタジオ以降の舞台は、ほぼ二人で作っていたと言っていい。もちろん最初の発端は安部さんなんだけれど、それをさらに膨らましていくのは、やはり真知さんの力が大き

†**伊藤熹朔**―一八九九（明治32）～一九六七（昭和42）舞台美術家、美術監督。千田是也の兄。東京都出身。東京美術学校卒。在学中から土方与志の模型舞台研究所に参加。一九二四年『ジュリアス・シーザー』の装置で舞台美術家としてデビュー。その後、築地小劇場、築地座、新協劇団などの舞台美術を手がけ、日本の舞台美術の先駆者となる。

†**『水中都市』**―一九七七年十一月五日～二十七日、安部公房スタジオ公演（渋谷・西武劇場にて）。〔作・演出・音楽〕安部公房、〔美術〕安部真知、〔制作〕西武美術館。

†**『仔象は死んだ（イメージの展覧会Ⅲ）』**―一九七九年五月四日から二十四日まで、アメリカ各地で上演された。はセントルイス（エジソン・シアター）、ワシントン（ケネディ・センター）、ニューヨーク（ラ・ママ）、シカゴ（レオン・マンドル・ホール）の計四都市。〔作・演出・音楽〕安部公房、〔装置・衣装・小道具〕安部真知、〔制作〕戸田宗宏。

安部真知・主要舞台作品一覧（安部スタジオ公演を除く）

発表年月	作品名	制作／脚本家／演出家
58・6―7	幽霊はここにいる	俳優座／安部公房／千田是也
59・8	可愛い女	大阪労音／安部公房／千田是也
60・3―4	巨人伝説	俳優座／安部公房／千田是也
62・11	乞食の歌	フェーゲラインコール／安部公房／観世栄夫
65・1	おまえにも罪がある	俳優座／安部公房／千田是也
67・3	友達	青年座／安部公房／成瀬昌彦
69・3	狂人なおもて往生をとぐ	俳優座／清水邦夫／西木一夫
69・11	棒になった男	紀伊國屋書店／安部公房／安部公房
69年度	**第4回紀伊国屋演劇賞受賞**	
70・3	幽霊はここにいる（改訂版）	俳優座／安部公房／千田是也
70・5	あなた自身のためのレッスン	俳優座／清水邦夫／西木一夫
71・2―3	オセロ	俳優座／シェイクスピア／千田是也
71・4	神の代理人	民藝／ホーホフート／渡辺浩子
71・5―6	十二夜	文学座／シェイクスピア／出口典雄
71・9―10	未必の故意	俳優座／安部公房／千田是也
71・11	ガイドブック	紀伊國屋書店／安部公房／安部公房
71年度	**第5回伊藤熹朔賞受賞**	
72・1	るつぼ	民藝／アーサー・ミラー／渡辺浩子
72・6	誤解	民藝／カミュ／渡辺浩子

72・11	リア王	俳優座／シェイクスピア／千田是也
73・3	勝負の終り	ベケット上演委員会／ベケット／大橋也寸
73・5	影	民藝／シヴァルツ／宇野重吉
74・6	ワーニャ伯父	俳優座／チェーホフ／島田安行《やすゆき》
74・6	きぬという道連れ	民藝／秋元松代／渡辺浩子
74・6	ことづけ	民藝／秋元松代／渡辺浩子／伊東弘允
76・5	七人みさき	民藝／秋元松代／渡辺浩子
77・7	ルル	俳優座／ヴェーデキント／千田是也
78・11	ママに捧げる鎮魂曲	演劇集団円／アラバール／神山繁
80・2—3	まちがいつづき	演劇集団円／シェイクスピア／安西徹雄
80・6	古風なコメディー	民藝／アルブーゾフ／宇野重吉
80・9—10	コーカサスの白墨の輪	俳優座／ブレヒト／千田是也
81・3	マザー・マザー・マザー	劇団レクラム舎／別役実／赤石武生
81・5	桜の園	俳優座／チェーホフ／千田是也
81・7	廃屋のパーティ	民藝／エデュアルド・マネ／渡辺浩子
81	マクベス	シェイクスピアシアター／シェイクスピア／出口典雄
83・5	メアリー・スチュアート	俳優座／シラー／千田是也
83・6	こわれがめ	民藝／クライスト／宇野重吉
84・6—7	おまえにも罪がある	俳優座／安部公房／千田是也
84・12	貴族の階段	俳優座／田中千禾夫／千田是也
85・5	こんな筈では	民藝／ガーリン／宇野重吉
86・9	転落の後に	民藝／アーサー・ミラー／渡辺浩子

かった。よくスタジオの事務所で安部先生と真知さんがやり合っていました。真知さんも、こういうところはこういう風に変えなさいよって、ずいぶん言っていたと思います。仕事の上では二人は対等でした。〔二〇一〇年、戸田宗宏氏へのインタビューによる〕

仮に五～六〇年代の安部演劇が千田是也の感性に大きく依存していたとするならば、舞台人として真知が大きな飛躍を遂げた六〇年代後半以降の安部演劇は、トータル・アドバイザーとしての真知のアイディアと感性によって補完される部分が大きかったと言える。

いま一度確認すると、(1)〈俳優養成〉大学の教授に就任、(2)小説家としての成功と社会的ポジショニングの上昇、(3)左翼思想からの解放、(4)アングラ演劇の隆盛、(5)舞台美術家としての妻・真知の成長、と、以上の五点の状況的変化に促されるかたちで、安部は〈メディア五種目〉時代から〈小説・演劇二極化〉時代へと移行したとまとめることができる。特にアングラの隆盛は、千田と安部の方向性の相違を決定的に浮かび上がらせることになった。自前のスタジオを開設し、目標を〈世界〉に据え直した安部は、より孤独で困難な道を求めて再スタートを切ったのである。

三　〈トータル〉への欲望

大学の「ゼミ」という場で演出家としての実践を豊富に積んだ安部は、実際の舞台でも『棒になった男』（六九年）や『ガイドブック』（七一年）などでプロの演出家としてのキャリアを積んだ。そして特に『ガイドブック』における俳優たちの即興的演技を通して新しい演劇空間を構築する実験的な試みが評価されたことで（芸術選奨文部大臣賞受賞）、いよいよ自信を深めた安部は、これまで足場としていた俳優座を離れ、七三年一月、演劇グループ・安部公房スタジオを結成した。参加俳優は田中邦衛、仲代達矢、井川比佐志、新克利、山口果林《かりん》†、大西加代子、条《じょう》（西村）文子、宮沢譲治、伊東辰夫（達広）、佐藤正文、丸山善司、伊藤裕平らだった。このうち、田中、井川、山口、大西、宮沢、佐藤らは俳優座を退団しての参加だった。

安部が本格的に演劇活動をスタートさせるにあたっては、成城高校の後輩にあたる西武グループの堤清二が全面的にバックアップし、安部スタジオの専用劇場ともいうべき実験演劇の牙城を渋谷区宇田川町に建設した。これが客席数四五八席の西武劇場、今日のＰＡＲＣＯ劇場（八五年に改称）である。

スタジオ創設時の話として、戸田宗宏は次のように語っている。

†**山口果林**―一九四七（昭和22）〜　女優。東京都出身。桐朋学園短大卒。卒業後、俳優座に入団。一九七一年、ＮＨＫ朝の連続テレビ小説『繭子ひとり』でヒロイン役を演じて注目される。俳優座退団後、安部公房スタジオの旗揚げに参加し、以後看板女優として活躍。のちにフリーとなり、多くのテレビとドラマ、映画に出演した。

安部さんと知り合ったきっかけは、僕の場合、真知さんとの方が関係が早かった。舞台美術家としての安部真知さんと僕は何度か仕事をしていました。それであるとき真知さんから、実は安部が俳優座を辞めてしまって、自分でスタジオを立ち上げて舞台活動をつづけたいと言っている。そういう面でプロデューサーとしてかかわってくれないかという相談を受けました。理由については特別トラブルがあったとかではなくて、やはり自分の世界の解釈と千田是也さんのそれがどうも噛み合わない。それだったら自分で芝居を作ってみたいという気持ちにどんどんどんどん追い込まれていった、ということだったようです。そのときすでに、安部さんは桐朋学園短大の教授に就任していましたから、そこのゼミ生たち、一期生、二期生あたりが中心になって、最初は「研究会」というかたちではじめたのですが、やはり継続的にやっていくためにはどうしても経済的なバックボーンがないとやれません。そんなとき、たまたま西武の堤清二さんとお話して、それだったら、山手教会の下にある西武の使っていない倉庫があるから、そこを使ったらどうか、と言っていただきました。俳優座のなかでも、安部さんに一目置いていた俳優さんたちがいて、仲代達矢さんとか、田中邦衛さんとか、井川比佐志さんとか、そういう人たちが、その後、安部さんがそういう活動をするのなら自分たちも参加させてくれと言ってきました。旗揚げ公演は『愛の眼鏡は色ガラス』という安部先生の新作で、舞台美術は真知さん、音楽は武満徹さんという豪華な顔ぶれでした。

スタジオを作るとき、安部スタを単なる演劇集団ではなくて株式会社にしたいという安部先生の思いがありました。若い役者さんたちをできるだけ生活できるようにしてやりたいという配慮だったと思います。それで、安部先生を代表取締役にして、田中さん、仲代さん、井川さん、それから新潮社の出版部長をしていた新田敞《ひさし》さん、この方が非常に安部さんの理解者だったんですが、それから当時大映のプロデューサーだった藤井浩明《ひろあき》さん、そして堤さん、一応僕も入って取締役になりました。〔戸田宗宏氏へのインタビューによる、二〇一〇年〕

こうして安部スタジオは七九年に解散するまでの六年半、途中、仲代達矢、井川比佐志、田中邦衛、新克利ら熟練俳優たちの離脱や、七六年の安部の桐朋学園短大の退職をあいだに挟みつつも、

①『愛の眼鏡は色ガラス』（七三年、西武劇場オープニング公演）
②『ダム・ウェイター　鞄《かばん》　贋魚《にせざかな》』（七三年、紀伊國屋書店提携公演、紀伊國屋

ホール）
③『友達（改訂版）』（七四年、西武劇場オープニング一周年記念公演）
④『緑色のストッキング』（七四年、第六回紀伊國屋演劇公演、紀伊國屋ホール）
⑤『ウエー（新どれい狩り）』（七五年、西武劇場オープニング二周年記念公演）
⑥『幽霊はここにいる（改訂版）』（七五年、第八回紀伊國屋演劇公演、紀伊國屋ホール）
⑦『案内人（ガイドブックⅡ）』（七六年、西武劇場）
⑧『イメージの展覧会』（七七年、池袋西武美術館）
⑨『水中都市（ガイドブックⅢ）』（七七年、西武劇場）
⑩『人さらい（イメージの展覧会 partⅡ）』（七八年、池袋西武美術館）
⑪『S・カルマ氏の犯罪（ガイドブックⅣ）』（七八年、西武劇場）
⑫『仔象は死んだ（イメージの展覧会）』（七九年、アメリカ公演）

の計十二本の本公演を持つなど充実した活動を行った。このうち、②のなかの一作『ダム・ウェイター』はハロルド・ピンターの戯曲を安部の訳で脚色したものだが、残りの作品はすべて安部の脚本＋演出であり、さらに『案内人』以降の六作では作曲にも乗り出して、〈まだ誰も見たことのない新しい舞台表現〉の可能性が模索しつづけられた。ちなみに、これらを大きく二期に分類すると、すでに名の通った過去の代表戯曲を改訂したり（③⑤⑥）、音楽に武満徹を起用したり（①）、海外の前衛劇作家の翻訳劇にチャレンジする（②）など、新劇団としての話題性やレパートリーづくりに力が注がれた前期（①〜⑥）と、一定規模の観客の固定化に成功し、いよいよ実験的試みを前面に出していった後期（⑦〜⑫）とに分けることができる。

＊　　＊

まず注目したいのは、安部公房がスタジオを創設するきっかけとなった『ガイドブック』という作品である。安部は本作を契機として彼の目指すものが〈文学〉的演劇から〈反文学〉的演劇へと移行したと明かしており（全集26、213頁）、その意味では彼の個人史においても本作の果たした役割は大きい。

同年十月十九日の『朝日新聞』には『ガイドブック』の予告記事が掲載されているが、そのなかで安部はこの作品が「これまでの新劇のありかたを根本から変えた、世界ではじめて、スタニスラフスキー・システムにも比すべきアベ・システム」の成果だと高らかに宣言し、「これに失敗したら潔く新劇から足を洗うつもり」だと、かなりの自信を示した。その意味からも『ガイドブック』は〈メディア五種目〉時代と〈小説・演劇二極化〉時代とを分ける画期を成した作品だと言うことができるが、では具体的にそれはどのような特徴をもつ芝居だったのか。

世界の至るところから北を目指してゆくと、ゆき着く果ては北極という一点になる。それと同様に、この管理社会から逃れようとした果てにゆき着いたのは、管理社会の壁の外側に囲まれた小さな教室でしかなかった――というのが、当初安部が頭のなかで構想した脚本だったらしい。「らしい」というのは、本作において安部は、いわゆる脚本というものを準備しない異例の方法を選んだからだ。俳優には劇のシチュエーションだけを指示した〈ガイドブック〉が与えられている。そして、彼らはその指示に従いながらも、具体的にどう反応するか、何をしゃべるかは自由にまかされ、俳優たち自身が言葉を生み出していかなければならない。そして作者兼演出家である安部が俳優たちの即興のなかから言葉を選択して完全台本を作り上げるという、一種の集団創作のかたちをとった作品だった。

『新劇通信』（七一年十一月五日）は、そうした『ガイドブック』の稽古風景を次のように伝えている。

田中邦衛と山口果林と西村文子が、困ったような顔をして向いあっている。広さ二十畳ほどの安部公房スタジオ。五メートルほど離れたところで、その安部さんが机にひじをついて、三人の対話を見ている。この作品の稽古なのだが、常の稽古とはまるで違っている。三人には、台本はもちろん、彼らが何者なのかということも知らされていない。いや、彼らが何者なのかを明らかにするというのが、三人に与えられたテーマのようである。「ぼくは何者なんですか」と、田中邦衛が山口果林に尋ねている。「強盗でしょ」と、首をかしげながら果林がいう。「でも、この身体じゃ、そんな勇気はなさそうだし……」と西村文子がいっている。奇妙な稽古である。と、安部氏の声がとぶ。「誘拐犯人かも知れないぜ、殺人犯かも知れないぜ」その言葉に三人は暫く考えこんでいる。また、田中邦衛が果林に尋ねている。「ぼくは、誘拐犯人なんでしょうか?」

　台本があって、各自の役があって、お話があって――それが、これまでの芝居だとすれば、これは芝居だと呼びにくい。台本も、役も、話もないのである。厳密にいえば、ないのではない。従来のような形では《ない》のである。

より具体的にイメージするために、実際に安部が俳優たちに配った〈ガイドブック〉を読んでみよう。

A（女）　そのとき、君は本を読んでいた。ふと、気配を感じて顔を上げると、見馴れぬ男女が、部屋の中央ふきんに立っている。君は本を置く。ついに物語がはじまったのだ。もう本はいらない。そこの二人と一緒に、本物の物語をはじめるのだ。

B（女）　君は、ながい熟睡から覚めたように、とつぜん自分を意識する。部屋にも、その男にも、いま一人の女にも、まったくおぼえがない。君はなぜここにいるのだ？

ここで何をしているのだ？

C（男）　君もとつぜん、ここにいる。過去の記憶はない。一体ここは、何処なのだ。見臆（ママ）えのない部屋。見臆（ママ）えのない女たち。さあ、思い出せ。ここは何処か？　そして君は何者なのか？〔全集23、巻末36頁〕

このとき安部は、役者たちへの注意として、第一に、役を作ろう、芝居を作ろうと考えてはいけない、

『ガイドブック』（紀伊國屋ホール　1971.11.4）
早稲田大学演劇博物館所蔵

途中で役者自身に戻って討論しながら状況を作っていくようにと指導し、第二には、決まったルールがありながら、毎日ちがった演奏をするジャズのアドリブ演奏をイメージするようにと求めた。稽古の模様は適宜16ミリで撮影され、あるいはテープに録音され、それらのなかから言葉を拾って最終的に台本が作られるのだと彼は説明した。安部によれば、このような『ガイドブック』の試みは、近代戯曲史における〈俳優時代〉と、その後にきた〈演出家時代〉を同時に克服することが意図されているという。彼曰く、戯曲を文学の一部として自立させ演劇を芸術の域にまで引き上げることにより、俳優の即興的なイマジネーションや魅力を最優先にする〈俳優時代〉を乗り越えようとしたチェーホフ（露）は、そのために演出家という特殊技能者を必要とし、モスクワ芸術座の結成者でもあった俳優兼演出家のスタニスラフスキー（露）と手を組んだ。そして、その後にはメイエルホリド†（露）らによる〈演出家時代〉が到来したが、彼が『ガイドブック』によって目指したのは、さらにその後、つまり〈ポスト・演出家時代〉の方法論だという。

俳優が芯であるか、戯曲が芯であるかというと、そこに自己矛盾があるわけだ。俳優というのは、何といっても即興性、つまり二回置換えのきかない即時性が魅力だね。ところが戯曲というのはコースを引いてしまう――完全

†メイエルホリド――一八七四～一九四〇　ロシアの演出家・俳優。ロシアおよび革命後のソビエトにおいて、挑戦的ともいえる不断の演劇革新運動を展開した。現代演劇における最高峰の一人。

な矛盾だよ。この両者をどう統一するかがこれからの課題なんだ。……ぼくがやろうとしていることは俳優の魅力を引き出し、かつ戯曲に求められているものをちっとも失わないという、その両面をどう統一していくかというところに主題があるわけだ。〔全集23、252頁〕

つまり、『ガイドブック』は、〈戯曲〉という文字による確定と、〈俳優の即興性〉という合い矛盾するもの同士が、どちらも価値が損なわれないぎりぎりのところで「統一」されることを目指した試みなのである。前述したように、五〇年代の安部には、舞台メディアの〈作り手〉と〈観客〉との関係に〈集団創作〉のイメージを期待するような傾向があったが、この『ガイドブック』では、それが〈役者〉とのあいだに積極的に求められた。しかも、『ガイドブック』の創作方法には、単なる「イメージ」のレベルにとどまらない真の〈集団創作〉性があった。前掲引用文にも見るように、役者を誘導し言葉を引き出すのは安部だったが、しかし、そこからは彼の予想を超える新しい言葉や発想が次々と飛び出してきた。そして、そうした偶然性をきっかけとしたひらめきが、作品に新鮮な魅力を与えることになった。そのようなセレンディピティを呼ぶ方法として、〈ガイドブック〉はすぐれていたのである。

当時、日本の演劇界では、〈集団創作〉というものはほとんど行われていなかった。小劇場運動に詳しい風間研によれば、「稽古の間、劇団員があぁでもない、こうでもないと」「ワイワイガヤガヤと喋っているうちに台詞が決まり、芝居がひとりでにできあがる」という今日では必ずしも珍しくはなくなった創作方法が最初に試みられたのは、「七〇年代半ばに劇団を旗あげ」した「女性だけの劇団〈青い鳥〉」だったというが（『小劇場、みんながヒーローの世界』九三年）、安部が『ガイドブック』の稽古を開始したのは七一年八月であり、おそらく日本では先駆的な試みだっただろう。

もっとも、青い鳥の〈集団創作〉性はより徹底しており、彼女たちが稽古のなかから生みだした台本には、個人の作者名ではない「一堂令」という架空の名前が使われた。それとくらべると、『ガイドブック』はあくまでも著作者の欄に安部の名前がクレジットされており、その意味では、今日のワークショップ型の創作行為と似ている。

この「ワークショップ」という言葉は、「参加型・体験型・双方向型学習」などと訳されることが多く、一定の方向性が事前に主催者によって定められ、グループ分けされた参加者には〈コミュニケーション・ティーチャー〉と呼ばれる指導者が付き、進行役を担う。そして、その誘導にしたがって、グループ内の参加者全員で互いを知り合うためのコミュニケーション・ゲームをやったり、演劇についてのディスカッションが行われたりする。より本格的なワークショップでは、芝居の台本を作り、上演することもある。「ワークショップ」（Workshop）の原義は「工房」であり、ものをつくりだすという意味をもっており、現代の演劇人のなかにはワークショップを創作の手法として積極的に用いているケースもある。たとえば、最近では長塚圭史《ながつかけいし》†や松井周《しゅう》†らもそうした創作を展開している。

しかし、安部スタジオでは、あらかじめ安部の方で台本があらかた書き上げられていた。言わば、彼は〈コミュニケーション・ティーチャー〉の役割を担ったのであり、創作のためと言うよりは、どちらかと言えば演出家が自らの考えを俳優たちに伝える手法として考えられていた。それでも『ガイドブック』の試みが、ワークショップ型〈集団創作〉の日本での先駆的事例であったことはまちがいないだろう。

こうした〈ガイドブック〉的試みは、安部スタジオ開設後も、七六年の『案内人』、七七年の『水中都市』、七八年の『S・カルマ氏の犯罪』と計三回実施されたが、それ以外の日常稽古にも、安部はこの方法をスタジオ独自の指導方法として定着させた。七三年の座談会で、安部は次のように説明している。

　どういう方法かというと、本ができていても俳優にはみせない。そしてまずいろんな架空のシチュエーションを提示し、それを区切って、アドリブで

†長塚圭史—一九七五（昭和50）〜　劇作家、演出家、俳優。父は俳優の長塚京三、夫人は女優の常盤貴子。一九九六年　演劇プロデュースユニット「阿佐ヶ谷スパイダース」を結成。二〇〇四年の『はたらくおとこ』の作・演出、及び『ピローマン』の演出で、第4回朝日舞台芸術賞と芸術選奨新人賞を受賞。

†松井周—一九七二（昭和47）〜　劇作家、俳優、演出家。劇団青年団を経て、二〇〇七年に劇団「サンプル」を結成。二〇一一年『自慢の息子』で岸田國士戯曲賞受賞。

やる。幕があく前のシチュエーションを経験させるわけだ。それからディスカッションに入り、自然にエチュードに入っていく。これをくり返すわけだ。本読みは二、三回したが、指示はなるべく与えずにお互いの関係というものを探らせる。ポジションや動きじゃなく、あくまで他人との関係。〔全集24、344頁〕

他方、こうした稽古方法を、俳優の側も遣り甲斐あるものとして歓迎した。完成台本がただ与えられ、ひたすらセリフを体に叩き込み、役への没入を強いられる通常の舞台稽古とは異なり、『ガイドブック』で役者たちに求められたのは、より創造的・知的な作業だった。そのため、通常の芝居より多くの稽古時間が要求されたにもかかわらず、彼らは表現者としての充実感を味わっていた。

『ガイドブック』に出演した山口果林は、当時、NHKのテレビ小説『繭子ひとり』のヒロイン役との掛もち出演だったが、途中、寝る暇もない状態がつづくと、「テレビの方を降りる」と言い出し、いっときNHKと安部のあいだで険悪なムードが流れたと言う。七一年十一月一日の『読売新聞』は次のように伝えている。

舞台出演にしがみつく山口、実はテレビ出演をそれほど楽しいとは思っていないようだ。「毎日台本をもらって映像にして――という作業では、いま自分がこうだと想像している以上の演技はできません。演出家とも話さなくなるし、共演者同士でこうしたらいいんじゃない、なんていうとおこられるし、心を開いて仕事できないもの。」……

田中邦衛も「いままでの芝居の演技が、なにか行きづまったような気がしていたけど、こんどのけいこで、いくらか開けたような気がしているんです」ともらしている。

以上のような〈ガイドブック〉の独自性をマスメディアに宣伝する際、安部はしきりに「アベ・システム」という言葉を用いていたが、一般に〈スタニスラフスキー・システム〉の名でイメージされているような自己を追い込み、感情を爆発させ、役に憑依するような演技を、彼は「ヒステリーの構造に近い」前近代的ものだとして否定していた。そして、現代の俳優はあくまでも醒めた意識で、知的に、科学的に自己の肉体を操作できなければならないとし、そのための訓練法を一括して「アベ・システム」という名で呼んだ。

一方、〈ガイドブック〉にやや遅れるかたちで、安部はもう一つ新たな実験を、安部スタジオを創設してから進行させていた。〈イメージの展覧会〉と呼ばれる三部作である。〈ガイドブック〉が、現在「演劇ワークショップ」と呼ばれるような、演出家と俳優の新たなコミュニケーションを模索したものであったとするならば、こちらの方は、表現技法そのものの新しい試みであった。七七年の『イメージの展覧会』、七八年の『人さらい』、そして七九年にアメリカで初演された『仔象は死んだ』の計三回でこの新手法が試された。

では、それはどのような試みだったのか。ここでは最初の『イメージの展覧会』の場合を見てみよう。この舞台の再演に際して、安部は次のような〈宣伝文〉を『朝日新聞』（七八年三月八日）に掲載した。

現在は、世界的レベルで考えても活字メディアの力が大きい。その中にあって、舞台芸術はプリントのきかない肉体で何をやるべきか。私の一つの答えが「イメージの展覧会」だが、第一歩としては思いきった跳躍を果たせたと思う。文学ではなく、イマジネーションによる展開を。解釈の五十分（上演時間）でなく、未知の世界をともに体験する五十分だ。ただ、無心に観てほしい。……

あるのは一枚の白布だけ。十五メートル、二十メートル四方の綿ブロード地で、音と光、肉体と言葉、それらの総体をこのスクリーンの中にからめ、とかし込み、語りかけるよう試みた。イベントを意識したともいえる。ただし動きは精密に組み立ててあり、一歩誤ると大けがをしかねない。それだけに、俳優は体力の限界ギリギリの状態に追い込まれる。スタジオのステップであり、同時に完成度の高い舞台になった。〈全集26、159頁〉

「音＋映像＋言葉＋肉体＝イメージの詩」という副題のつけられたこのパフォーマンスアートは、七七年六月、池袋の西武美術館で初演された。〈美術館〉という場を上演の舞台に選んだことを、安部は「とにかく空間が変われば、観客と舞台との関係も自然に変わる」、「できるだけ従来の芝居の観客と舞台の関係でない関係をつくりた」〈全集26、261頁〉かったからだと説明している。そうした空間の選択にも窺えるように、『イメージの展覧会』は彼の持論だった〈反文学〉的演劇を象徴する内容となっていた。

安部自身、「この芝居は、床に置かれた白布のな

『イメージの展覧会』（西武美術館　1977.6.3）
早稲田大学演劇博物館所蔵

かを俳優たちが潜ぐって動きまわるだけの、別にプロットもストーリイもない芝居」（全集25、499頁）だと語っていたように、役者たちとの〈集団創作〉性を前面に出した〈ガイドブック〉系列の作品とは大きく異なり、ここでの役者たちには、創造的・知的な作業に参画する機会がほとんど与えられていなかった。むしろ、戸田宗宏が指摘していたように、『イメージの展覧会』は舞台美術家として大成した真知と安部との〈集団創作〉であり、彼らのイマジネーションを体現するための優秀な〈道具〉に徹することが役者たちには求められた。いや、安部の真意はともかく、役者たちのなかには、実際そのように受け取って落胆するものも少なからずいた、と言うべきかもしれない。

その最大の理由は、『イメージの展覧会』の台本には、たとえば『ウエー（新どれい狩り）』（七五年五月）の台本にはあったような、〈ウエーの女、ウエーの男、主人、息子、息子の妻、女子学生……〉といった個性を具えた登場人物が描かれなくなったことが挙げられるだろう。本作に登場する役柄は、〈A、B、C、D、E〉、そして〈男1、男2、男3……男11〉だけだった。しかも、台本に書かれていたのは、次のような指示だった。

（布の中からチャックをあけて五人の男登場、フジツボになる。男8〔ゴミ虫〕が登場し、舞台の端まで走りぬける）

A　人間は
B　引力とたたかい……
C　魚は
D　引力と和解した。
（ゴミ虫の合図でフジツボから男五人起き上る。スクラムを組んで、ゲジゲジ、そして分裂してゴミ虫、それをもう一回繰り返したら、ゴミ虫のまま退場）
（楽士ABC、布の中をいも虫で舞台の端までいく。口笛と手拍子）〔全集25、488頁〕

「フジツボ」、「ゴミ虫」、「ゲジゲジ」、「いも虫」というのは、安部スタジオのパフォーマンスによく用いられていたアクロバティックな個人ないしは集団で行う身体的演技だが、安部はそれらを「一種の生理的共鳴作用が観客との間におきることを期待している」のだとした。「例えば体が変な風にねじれてるのを見ると、よほど鈍感でない限り生理電気がおきる。すると大脳に逆流の内的刺激がおきる」。それが「狙い」なのだと彼は説明している。

また、芝居に用いられる白い布だが、彼はこれを、「一種の存在の原型といった意味で使って」いるのだという。極めて抽象的な説明だが、安部によれば、布は棒と同じくらい人間が古くから用いている道具の一つであり、その起源においては「人間の皮膚の延長として利用」された。そのような存在である布の最大の特徴は「可変性」にあり、「僕らがイマジネーションを展開する時にものすごく自由で、しかも身近」である。「このおもしろさが僕を布にひきつけた一番大きな理由」だと語っている。〔全集26、300・400頁〕

こうした『イメージの展覧会』の試みを、『朝日新聞』（七七年六月十日）は次のように好意的に伝えた。

床に敷かれた白い布の上で音と光、肉体と言葉が乱舞するかと思えば、風船の様にふくらんだ布の中でうごめく美しい肉体、内部から映された映像と外部から映された映像、さらに人体の動きが一体になって布に映り作家安部公房の頭脳をのぞいているような効果をだした。……美術館という空間で周囲からみる《鑑賞者》にとっては、布の動きは彫刻にみえ、そして一枚の画布にみえる。音にのって獅子舞いのように動く彫刻、さらに画布に走る映像と人体は明らかにアクションペインティング†のようなイメージを発散していた。……ゼロから育てた俳優を自らの肉体の一部にまで近づけた安部氏が公表したデッサンでありドローイングであるのかもしれない。美術館を布でおったのはクリストだが展示空間をイメージで埋めつくしたのがこんどの安部公房氏のユニークな仕事であった。美術館のイメージそのものを変えてし

†**アクション・ペインティング**――ジェスチュラル・ペインティング（身振りによる抽象絵画）ともいう。顔料を紙に注意深く塗るかわりに、垂らしたり飛び散らせたり汚しつけたりするような絵画の様式のこと。第二次大戦後、アメリカの抽象絵画運動の中で生まれた。批評家、ハロルド・ローゼンバーグの著作『アメリカのアクションペインターたち』にちなんだ呼称。

まうという同館の試みだが、「安部公房は絵も描くのかな……」ととびこんだ人もさして裏切られることのない展観であった。

批評から推察するかぎり、これは今日で言う現代アートでの〈インスタレーション〉†に近いものであり、七〇年代の日本では、小説家としてはもとより、日本の芸術家のあいだでもきわめて斬新な試みだったと言えるだろう。

＊　＊

劇場、稽古場、役者、スタッフ、スポンサー、そして目指すべき演劇の理想像……。安部が世界の前衛演劇に挑戦するための条件はほぼ整っていた、ように思われた――。

ところが、思わぬ誤算が生じた。安部が絶対的な自信をもってはじめた安部スタジオの試みが、観客として最も期待されていたはずの彼の文学のコアなファンたちから、彼の文学に対するようには熱烈に支持されなかったのである。

前述したように、七〇年代の安部の小説は刊行点数こそ少なかったが、安部スタジオ活動期間中に刊行された『箱男』も『密会』も、どちらも売れに売れた。七三年七月の小松左京†との対談のなかでも、『箱男』は「空前の大ベスト

†**インスタレーション**―一九七〇年代以降一般化した、絵画・彫刻・映像・写真などと並ぶ現代美術における表現手法・ジャンルの一つ。ある特定の室内や屋外などにオブジェや装置を置いて、作家の意向に沿って空間を構成し変化・異化させ、場所や空間全体を作品として体験させる芸術のこと。

†**小松左京**―一九三一（昭和6）

セラー」と言われた小松の『日本沈没』（七三年）に迫るほどの売れ行きだとされており、「『日本沈没』にはかないっこないよ」という安部に、小松が「毎日ベストセラーの伸びぐあい見るとオッカナくってしようがない。安部さんが『箱男』になって追っかけてくる夢をみる」（全集24、387頁）と切り返し、互いに健闘をたたえ合っていた。

そして安部は、戯曲の方でも成果を出した。スタジオ結成後、四作目となる『緑色のストッキング』で、彼は第二十六回読売文学賞（戯曲賞、七五年一月）を獲得したのである。読売文学賞は『砂の女』での受賞（六三年一月）以来、十二年ぶり、二度目の受賞だった。

前述したように、本作は五五年に発表された小説（『盲腸』）が、テレビドラマ（六七年『羊腸人類』）を経てさらに戯曲化されたもので、人口爆発による食糧危機を目前にした状況のなかで、その解決のための一案として、草を常食とする草食人間が手術によって実験的につくり出される、といった内容だった。草食人間にされるのは万引きぐせのある教師であり、演じるのは田中邦衛だった。安部は上演前のインタビューで、「はじめから、田中君の魅力と持ち味をフルに出したいというのが、戯曲執筆のねらいだった。ぼくの作品としても、これまでと違うテーマとテクニックを使った野心作で、われながら実にうまくいったという気持ち」だと、出来栄えに自信をにじませていた（『朝日新聞』七

〜　小説家。京都大卒。『SFマガジン』創刊号に書いた『地には平和を』（一九六二）が作家としての処女作となり、以後、広範な科学知識と巧みな構成力で日本のSF小説の先駆者となった。なかでも『日本沈没』（一九七三）はミリオンセラーとなり、映画化され社会的ブームを巻起こした。

四年十一月六日)。

その『緑色のストッキング』の公演中（七四年十一月九〜三十日)、米国の『ニューヨーク・タイムズ・マガジン』†では「安部公房特集」が組まれていた。そのなかで彼は「三島由紀夫亡きあと、日本で最も有名で最大の才能と独創力を誇る作家」であると賞賛されていた。『ニューズウィーク』†誌（七四年十二月九日）に掲載された『緑色のストッキング』の劇評（ドナルド・リッチ筆）も、「激賞」といってよいほどの好評価だった。

俳優はすばらしい。医者の岡田英次はどこの病院にもいるような一種の偏執狂であり、医学知識と虚栄心のとりことなっている。患者である男を演じる田中邦衛はあっぱれだ。……緑色のストッキングをめでながら、もし、これを失ったらとおびえ、それでも目下は満足している田中は、真の生き生きした、混乱した人間像を作りだした。かれと安部の協力は、現代人についての、新しい、より希望のもてる比喩を与えてくれる。（『読売新聞』七四年十二月十一日より）

それにもかかわらず、肝心の観客の入りが、前作『友達』とくらべてもはるかに悪かったのである。『友達』公演では安部の方針で団体客を一切取らなかっ

†『ニューヨーク・タイムズ・マガジン』——本紙ニューヨーク・タイムズ日曜版の別冊。一八九六年の創刊で、本紙に掲載しきれない長文の記事や、カラー写真を大きく掲載したフォト・ルポルタージュ（報道写真）で知られる。

†『ニューズウィーク』——一九三三年創刊。主に政治や社会情勢などを扱うアメリカの週刊誌。ニューヨークの本社のほかに、アメリカ国内に9つの支局、世界中に13の支局がある。

たが、西武劇場の有料入場者の割合は九三パーセントに達し、それに招待客を加えれば連日ほぼ満席となった。しかも、この公演で安部スタジオは初の地方公演を試み、大盛況に終わっていた（全集25、108・110頁）。気をよくした安部は、新作である『緑色のストッキング』にも一人でも多くの観客を呼びたい気持ちから、公演一か月前には新潮社主催の文化講演会に出席して、多くは彼の小説のファンに向かって熱心に芝居の宣伝をした。しかし、期待に反して客席は埋まらなかった。動揺した安部は、公演中のロビーで『夕刊フジ』（七四年十一月三十日）のインタビューに対して、次のようにぼやいている。

ガラガラなんですよ。まあ、それは言い過ぎだが、観客が少ない。ぼくが、こうあって欲しいというところまでいってないという意味でね。たとえば、ファンが、なんだか、ぼくの本もってきて、その、サインしてくれなんてくるんだよ。〔全集25、226頁〕

講演会には聴衆が集まるのに、しかも刊行された戯曲は〈戯曲作品は売れない〉という出版界の常識を覆すほどに版を重ねているのに、なぜか観客席が埋まらないのである。

追い打ちをかけるように、国内の〈批評〉の無理解も安部を苦しめた。なかでも『朝日新聞』の劇評欄は安部にかなり手厳しく（少なくとも安部周辺はそう受け取っていた）、「手法には魅力あるが／個性的演技あと一歩」（『ガイドブック』七一年十一月十三日）、「意欲的だが成功せず」（『愛の眼鏡は色ガラス』七三年六月十六日）、「安部システムいま一歩」（『案内人』七六年十月二十五日）といった見出しが毎回躍った。とりわけ『緑色のストッキング』（『朝日新聞』七四年十一月二十五日）の劇評は痛烈だった。

（引用者注、主演の田中邦衛の好演）にもかかわらず、この舞台が総体としてそれほど面白くないのは、あえて「演技」というに足るものを示しえているのが田中ただ一人であること、つまり結果的には自己完結的なストーリーと田中の独り舞台に終わっているためだ。……しかも今回の公演は、すべてが不安定に揺れ動きながらも俳優のかろやかな内発性の魅力だけは確実に輝いていた初期の公演「ガイドブック」（昭和46年）に比べ、安部スタジオの舞台がより「新劇化」してきた印象を与えるのである。

当時、アングラ周辺では、旧態依然たる新劇に対する軽蔑の意味を込めて、括弧をつけた「新劇」という語が用いられていた。つまり、『緑色のストッキング』の舞台は前衛演劇の名に値しないと言うのである。この記事は安部をひどく傷つけた。彼は数日後に発行された雑誌『波』†収録のエッセイのなかで、「それでも墓荒しの批評家たちがやってくる。なんという鈍感さ。もう沢山だよ！」（全集25、225頁）と、心情を吐露している。

次第に安部は周囲に対しても苛立ちを示すようになり、スタジオ五作目となる『ウエー（新どれい狩り）』の舞台前の講演会では、せっかく足を運んだ彼のファンに対してさえ、

> 大体あなた方も、そんなもの信用しないと口でいっても、新聞批評などに多少影響されるでしょう。新聞はよく書いてくれない。……本当の話、しゃくにさわる。そういうものが、もっともらしい「もう一歩のなんとか」とかいって新聞に出る。
> （全集25、252頁）

と、語気を荒げる場面があった。

当時、安部スタジオに所属していた役者たちの証

『ウエー（新どれい狩り）』（西武劇場　1975.5.12）
早稲田大学演劇博物館所蔵

言によれば、その一因として一部のアングラ周辺の評論家の西武グループに対する反発が大きかったという。たとえば筒井康隆†が安部を「戦後の文学界と演劇界における前衛精神の開拓者」であり、「その後、隆盛を見たアングラ演劇に影響を与え続けた」（『朝日新聞』九三年一月二十二日）と評しているように、当時の劇界全体の状況から見れば、肉体性を重視する姿勢においても、リアリズム演劇を乗り越えようとする実験的手法の点でも、むしろ安部とアングラ演劇とのあいだには共通点の方が多かった。安部も新しいものの萌芽を期待して、唐十郎や鈴木忠志の舞台にはしばしば通っていた（全集22、114頁）。

ところが、一部の批評家が、「いよいよ西武資本が演劇に乗り出した」（全集25、366頁）と、安部が資本と結託した〈大衆の敵〉であるかのように過剰に攻撃しはじめたと言う。彼らがまだ反体制的姿勢を鮮明に打ち出していたころのことである。そうした彼らの目には、新潮社や西武のような堅固なバックボーンをもった安部スタジオのような存在は、許容しがたいものとして、あるいは映ったのかもしれない。

無論、〈批評〉の無理解を理由に主義を曲げる気など安部には毛頭なかったが、しかし、観客が入らなければ、スタジオの役者を食べさせていくことはできない……。煩悶《はんもん》した安部は、次第に気弱な発言を漏らすようになった。

†『波』―一九六七年、新潮社が発行する読書情報誌。当初は季刊誌として創刊されたが、一九六九年から隔月刊へ、さらに一九七二年からは月刊誌となった。

†筒井康隆―一九三四（昭和9）～　小説家。同志社大卒。『虚人たち』（一九八一）で泉鏡花賞受賞し、その後『虚航船団』（一九八四）などで作家としての地位を確立。現代日本文学の新方向への開拓者の一人として注目される。差別表現への糾弾が過激化する社会風潮に抗議するとして断筆宣言（一九九三）した。

僕は、前から芝居をやっていて、かなりいい芝居をやっているつもりだけれど、なぜかお客が小説ほど集ってくれない。仮に、小説の読者の一割が芝居にきてくれるとしても、僕のところは悠々とやっていけるはずなのにね。なぜだろう。どうしても僕にはわからない。芝居を始めて四、五年になるけど、その問題には頭を悩ませつづけてきた。〔全集26、212頁〕

千田是也との最初の共同制作だった初演『どれい狩り』（五五年、俳優座）のときも、安部の芝居は演劇関係者たちから酷評されることが多かった。しかし、そうした〈批評〉とは別に、こと〈反響〉の大きさや〈集客力〉の点では、安部演劇は当時の俳優座の創作劇のなかでも群を抜いており、そのことが彼の心の支えにもなっていた。その意味で、〈批評〉での不調以上に、安部スタジオの興行的な不振は、彼にとっては大きな〈挫折〉として甘受されたにちがいない。

四　アメリカへの挑戦

しかし、転機は思わぬところからやってきた。七二年四月から二年間という長期にわたって、世界最大の旅劇団、ザクセン地方劇団（旧東独）によって、五〇年代の安部演劇の一つの達成であった『幽霊はここにいる』（五八年初演／七〇年再演／俳優座）が巡回公演されることになったのである。

　これは、前述したようなソ連での非常に高い安部人気を受けて、モスクワ国立演劇大学（現在のロシア国立舞台芸術アカデミー）の演出学部を日本人で初めて卒業した弱冠二十五歳の演出家・和田豊†と、同じくモスクワに学び帰国したばかりだった同劇団の演出家R・フォルクマーが共同企画・演出したものだったが、橋掛かりの作られた舞台や、黒子で舞台転換をはかるなどの抽象的な舞台装置、さらには洋装と和装が混在する衣装の斬新さなどが評判を呼び、「この芝居を見たあとではブレヒトもマルセル・マルソー†もアジアの演劇から学んだに違いない」とモスクワの地元有力紙からも絶賛されたという。

　他方、アメリカではドナルド・キーンの英訳による戯曲『友達』（六七年初演、『Friends』の刊行は六九年）の評価が高まっていた。六四年、『砂の女』を読み安部を知るようになったキーンは、翻訳を手がけたいと思ったが、そのときすでに安部の小説の英訳権はクノップ社とサンダース（E. Dale Saunders）にあった。小説が無理だと知ったキーンは、戯曲の英訳の許可をサンダースから得て、『友達』と『棒になった男』（六九年初演、『The man who turned into a stick: three related plays』七五年）の英訳を刊行した。

†和田豊―一九四七（昭和22）～　演出家。元パリ国立高等演劇院教授。東京都出身。高校在学中にロシアへ渡り、モスクワ国立演劇大学で演技と舞台演出を学ぶ。その後、オーストラリア、イギリスへ渡り、ピーター・ブルックと出会い、演出助手として活躍する。

†マルセル・マルソー―一九二三～二〇〇七　フランスのパントマイマー。チャップリンを見たことがきっかけで俳優を志す。一九四七年、彼の代名詞ともいえるキャラクター「Ｂｉｐ」を創造し、白く塗られた顔とシルクハットの扮装で広く社会に認知された。一九五五年、アメリカデビューを果たすと世界から絶賛され、「沈黙の詩人」とも呼ばれた。

キーンの名訳への評判とも相まって、『友達』は、七二年にはホノルル市コーマ劇場で、七八年には商業演劇の老舗ミルウォーキー・パフォーミング・アーツ・シアターによってそれぞれ舞台化された。

特に後者の成功に対する安部の喜びは一入《ひとしお》だった。本企画はイプセン†演劇をアメリカで初めて上演したことでも知られるミルウォーキー市で「ジャパン・ウィーク」と名づけられた現代演劇祭の一環として行われたもので、三十八日間、パフォーミング・アーツ・シアターで上演された。それまで海外で催される日本文化の紹介といえば、多くは歌舞伎や能など古典作品にかぎられ、たまに現代戯曲が上演されることがあっても大学の演劇祭などで数日披露されるといったことが多かった。それに対して、ミルウォーキー劇場の『友達』公演は、アメリカの商業劇団が〈ビジネス〉として、長期興行で日本の現代戯曲を取り上げた初の試みであり、日本円で四千二百万円もの大金が投資されたことなどが日米各紙で話題となった。

しかし、ミルウォーキー市と言えば人口七十万人足らずの全米十三位の田舎街に過ぎず、しかも同企画の立案者である演出家のジョン・ディロンはピーター・ブルック†の舞台監督をしていた経験があるとはいえ三十二歳の青年であり、ディロン自身は「ニューヨークからも客を呼び寄せてみせる」と企画に絶対的な自信を見せてはいたが、安部周辺では興行の失敗に対する不安をぬぐいきれずに

†イプセン――一八二八～一九〇六　ノルウエーの劇作家、詩人、舞台監督。近代演劇の創始者であり、「近代演劇の父」と称される。シェイクスピア以後、最も盛んに上演されている劇作家とも言われている。

†ピーター・ブルック――一九二五～　イギリスの演出家、演劇プロデューサー、映画監督。一九六二年から現在に至るまで、ロイヤル・シェイクスピア・カンパニーを基盤に活動。コンパニオン・オブ・オナー勲章（CH）と大英帝国勲章（CBE）の叙勲者。

いた。

しかし不安は杞憂に終わった。舞台初日を迎えると、悪天候と二メートルを超える積雪にもかかわらず、五百四席をもつ劇場は満員となり、しかもその後も連日盛況、地元メディアも「安部のドラマは現代人のかかえる孤独と不毛を見事に描き出し、あきることがない」と好意的な批評を載せたという（『朝日新聞』）。

実は、安部作品の舞台化の話は『砂の女』の外国文学賞受賞（六八年）の直後から欧米各国でたびたび企図されながら、なかなか実現できずにいた。六九年、ドナルド・キーン訳の戯曲『友達』がニューヨークのグローブ・プレスから英訳出版されると、ほどなくして『堕ちた天使』（四五年）、『悲しみよこんにちは』（五七年）、『栄光への脱出』（六〇年）などの映画監督として著名なオットー・プレミンジャー†（墺）が舞台での上演依頼を申し込んできた。また同じころ、ミュージカル『オリバー！』（六〇年）やシェークスピアの革新的演出で当時話題を集めていたピーター・コー（英）からも、『砂の女』の舞台化のオファーがあった。英訳出版された『砂の女』に惚れ込んだコーは、すぐさま同作を二幕仕立ての芝居にドラマタイズして、安部からも高い評価を得たという。ところが、どちらも契約を交わし、それぞれオフ・ブロードウェイ†やウエスト・エンド†の劇場を押さえるところまで話が運びながら、企画は実現せずに

†オットー・プレミンジャー――一九〇六〜一九八六　オーストリア＝ハンガリー帝国生まれの映画監督、映画プロデューサー。一九五〇〜一九六〇年代のハリウッドで活躍した。

†オフ・ブロードウェイ――マンハッタンにある比較的小さい劇

終わっていた。無論、それぞれには表に出せない諸事情があったのだろうが、たとえば後者の場合、コンテナ車五台分にも相当する砂の運搬や、毎回砂地獄に身を沈めなければならない俳優たちの健康問題などで話がこじれたのだという（『朝日新聞』六九年十二月十三日）。

こうした舞台化計画の数度の失敗を乗り越えてのアメリカでの成功は、安部に失いかけていた自信を取り戻させた。初日の公演を観客席で観た彼は、次のように語っている。

『友達』がどうして選ばれたかというと、たまたま演出家が図書館で『友達』の翻訳を読んで、これをやりたいというのでずっと温めてきたのが、やっと実現したということらしい。舞台の出来にしても、かなりの水準だと思った。……

芝居の舞台は完全にミルウォーキーに置きかえてやった。僕の意見でもあったし、演出家も賛成してくれた。作品の性質上そうあるべきだろう。前に僕の作品をヨーロッパでやったとき、そんなことする必要ないのに、日本の出来事として舞台を作るんだ。そして、右と左と間違えたような和服か柔道着みたいなものを役者に着せて芝居したりしてる。イヤな気がしたな。日本を誤解しているとかなんとかいうことではなく、そういうエキゾチックな環境

場で上演される演劇を指す。ブロードウェイにあっても劇場が小さければオフ・ブロードウェイと呼ばれる。目安としては五〇〇席未満の劇場をいう。

†ウエスト・エンド―イギリスの首都ロンドンにおける地区。行政、商業、文化施設などが集中し、劇場や歌劇場なども多く、ニューヨークのブロードウェイと対照させ、ロンドンのミュージカルをウエスト・エンドと称することもある。

を僕の芝居が必要としているかどうかということだな。だから今度は、完全にミルウォーキーが舞台で、最後の新聞を読む場面も、ミルウォーキーのその日の新聞を使うことにした。違和感はまったくなかったし、むしろ観客にはかなりの衝撃というか、刺激を与えたみたいだった。演出は違っても、ほぼねらいどおりの反応を観客に与えていたし、その意味では、成功した上演だったと思う。〔全集26、203・204頁〕

ここで安部が「日本の出来事として舞台を作」ったとしているのは、前述したザクセン地方劇団の『幽霊はここにいる』のことである。安部は、自分の作品が〈異国的〉、〈一風変わったもの〉として海外から扱われることを極度に嫌っていたが、そこには安部一流の〈現代劇〉観、〈翻訳〉観があった。

ぼくはいまスタジオ公演でハロルド・ピンターの『ダムウェイター』を舞台にかけている。これはミルウォーキーの『友達』とちょうど対照的で、舞台を川崎に置いてみた。これも僕の感じでは九十九パーセント忠実な直訳なんだ。ただ、イギリスの人間のサッカーについての話題とか反応は、日本人でいうとプロ野球だから、サッカーをプロ野球に置き換えたりはする。……もし、サッカーのままでやったら、これは翻訳劇になってしまう。……翻訳というものを広く文化の置き換えとして考えた場合、たとえば僕がピンターのものを訳したように訳すべきじゃないか。当然赤毛でやりたがる劇団もあるだろう。でも黄色いカツラをかぶって目の縁を青く塗ったりしてやってるのをみると、僕は本当にゲロ吐きそうになるんだ。言葉遣いだってそういう扮装をすることによって、非常にかたい、あり得ない会話がまかり通る。……そんなことまでして翻訳劇をやる必要があるかということなんだ。僕らにいま必要なのは現代劇であって、翻訳劇ではない。〔全集26、205〜206頁〕

アメリカ商業演劇の世界で成功を収めた安部は、自身の集大成ともなる次回作を、日本ではなくアメリカで、しかも商業演劇ではなく、今度はオフ・オフ・ブロードウェー演劇のパイオニアにして前衛演劇の聖地たる「カフェ・ラ・ママ」（六一年創立）の舞台に掛けようと決意した。そうして翌七九年五月、彼は「安部スタジオ」を率いて、作・演出・音楽を自ら手がけた『仔象は死んだ』（The Little Elephant is Dead）を、セントルイスを皮切りに、ワシントン、ニューヨーク、シカゴ、デンバーと米国五都市を巡演したのである。

ラ・ママでの上演はドナルド・キーンの口添えもあり、芸術監督のエレン・スチュアート†から〈快諾〉の返事を得た。ニューヨーク初のカフェ付き劇場であるラ・ママは、それまで商業演劇中心だったニューヨーク演劇界に、世界中

†エレン・スチュワート――一九一九〜二〇一一　アメリカの舞台芸術家。一九六二年に、ニューヨークに「ラ・ママ実験劇場」を創立。世界各国からアーティストを招き、舞台芸術の支援や育成を行ってきた。同劇場では、日本からは寺山修司の天井桟敷や、舞踏家の大野一雄などが公演を行った。

からアンダーグラウンドの前衛芸術家たちを呼び寄せることで革命を起こした。グロトフスキィをアメリカに紹介したのもラ・ママだった。日本人としては、すでに寺山修司が『毛皮のマリー』（七〇年）でラ・ママ進出を果たし、つづいて東《ひがし》由《ゆ》多《た》加《か》†率いる東京キッドブラザース†の『GOLDEN BAD』（七〇年）が後につづき、安部スタジオが『仔象は死んだ』を上演した前年には、朝倉摂《せつ》演出の舞台『人形姉妹』（七八年）が上演されていた。

　安部がラ・ママ実験劇場での海外公演に意欲を示したのには、一つには、ミルウォーキーでの『友達』公演の帰路、立ち寄ったニューヨークで観劇した、カフカ†の『審判』を脚色した『K』という芝居に触発されたことが大きかった。「オフ・オフ……オフが幾つつくかわからないぐらいのオフ・ブロードウェイ」で上演されていたというその芝居は、わずか百二十席の客席数にもかかわらず、自分を含めて二十一人しか客が入っていなかった。しかし舞台はすばらしく、しかも『ニューヨーク・タイムズ』で絶賛を浴びていたという（全集26、204頁）。このことは観客数の減少に気を滅入らせていた安部を勇気づけたと同時に、彼の対抗意識に火をつけた。たしかに芝居はよかったが、驚くほどのものではない。あれぐらいいなら、自分たちの試みのほうがもっと新しいはずだ！　と、彼は発奮したのである。

†東　由多加―一九四五（昭和20）～二〇〇〇（平成12）　台湾生まれ。日本の劇作家、演出家。東京キッドブラザース主宰。自らの作・演出によるミュージカル八〇作品を上演。一九七〇～一九八〇年代を中心に若者たちの支持を受けた。

†東京キッドブラザース―一九六八（昭和43）年設立。東由多加設立のミュージカル劇団。柴田恭兵、長戸勝彦、水谷あつしらが入団した。二〇〇〇年活動停止。

†フランツ・カフカ―一八八三～一九二四　チェコ出身のドイツ語作家。どこかユーモラスで浮ついたような孤独感と不安の横溢する、夢の世界を想起させるような独特な小説作品を残した。代表作に、『変身』、『審判』、『城』がある。

今、「スタジオ」のオリジナリティーをやっと表に出し始めたときで、「イメージの展覧会」がひとつのステップになり「水中都市」ではこれまで演劇としてなかった世界がつくれた。前例がないと言うか、あれに似たものを過去に探してもないというところにきた。舞台空間につくられた世界として、演劇史的に見て前例がない。そういう評価、日本では全然出なかったけれど、アメリカの演劇関係者はみんなそれを言う。ぼくはそれを言ってほしかったんだ。日本では新しいが、外国にはきっとオリジナルがあるんだろうという発想、これが一番しゃくにさわる。〔黛哲郎「国際作家の安部公房氏」七八年より抜粋〕

つまり安部は、安部スタジオの試みが演劇史的にみても先例のない、真にオリジナルなものであることを証明するために、演劇先進国であるアメリカでの公演を決意したというのだ。そして結果としてそこに、彼がずっと欲していた〈理解ある賛辞〉が待っていたの

『仔象は死んだ』（西武劇場　1979.6.29）
早稲田大学演劇博物館所蔵

である。では、それを『ワシントン・ポスト』†の劇評欄に確かめることにしよう。

一つの異国文化が昨夜ケネディ・センターを席捲し、本来こうした類いの出来事を阻止する立場にある高官たちを圧倒し、テラス劇場をハイジャックし、我々の知っている演劇に対して、目のくらむようなマルティ・メディアによる攻撃をしかけてきた。この異国文化の名前は安部公房といい、厳密にいうならば、彼は招かれざる客として押しかけて来たわけではない。彼の「仔象は死んだ」と題する「イメージの展覧会」は、日米両政府の主催によってアメリカを巡業中の日本芸術祭「今日の日本」の一環として訪れたものである。だが安部公房自身は自らを放浪者と見なしており、昨晩の観衆は、公演が終った時点で他にどのような感情を抱いたとしても、ほとんど一人残らず、あの場所であのようなものを見たことに対するショックを表わしていたのである。しかしそのショックは完全に快いショックであった。

階下のアイゼンハワー劇場では「ジン・ゲーム」の中でヒューム・クローニン†とジェシロ・タンディが旧式な長広舌をふるいあっている時、テラス劇場では俳優たちが他の媒体ととり組んでいた。それはサーチライト、シーツ、竹馬、テニスのラケット、映写機、りんご、そして彼ら自身の流動する肉体

†『ワシントン・ポスト』―一八七七年創刊のアメリカ合衆国・ワシントンD.C.の新聞。米国内での発行部数は第5位（66万部）。ボイスヒューレット・ジョーンズ・ジュニアが同紙の発行人及びCEOを務めている。

†ヒューム・クローニン―一九一一～二〇〇三　カナダオンタリオ州出身。俳優。一九四六年

であった。……昨晩の視覚的饗宴はわずかばかりの言葉の切れっぱしを伴ってはいたけれども、安部公房の作品は彼自身の言葉も批評家の言葉も、すべての言葉に挑戦している。マルティ・メディア演劇の歴史は不運な歴史であり、概ね「過ぎたるは及ばざるが如し」の格言を再三、再四確認する破目になっていた。安部公房はこの傾向を逆転させる決定的な力である。〈『ワシントン・ポスト』七九年五月九日、翻訳・岡崎涼子〉

右の劇評からも窺えるように、本作は〈文学〉的戯曲とはちがい、セリフが極端に少なく、袋のようになった俳優の衣装にキーワードとなる単語だけが英語で映写されていく。舞台にはいつもの巨大な白い布が一面に敷きつめられ、そこに安部が作曲したシンセサイザー音と、布に投射される映像、そして一風変わったモダンダンスのような即興的な俳優の身体の動きが加わることで、予期されないイマジネーションが次々と呼び起こされる。

スタジオ旗揚げ公演作だった『愛の眼鏡は色ガラス』や、読売文学賞受賞作だった『緑色のストッキング』などと比較しても、『仔象は死んだ』では言葉の比重が極度に抑えられ、逆に音や映像や肉体表現の比重が高くなり、舞台表現のジャンル特性が極限にまで突きつめられていた。こうした安部スタジオのパフォーマンスを『ワシントン・ポスト』が「目のくらむようなマルティ・メ

に舞台『ハムレット』でトニー賞を受賞。一九六六年アメリカの市民権を取得。

ディアによる攻撃」と形容し、すべての観客に「ショック」を与えたと評したことは、安部にとっては何にもまさる賛辞だったにちがいない。

他誌メディアも、「行動芸術家としての安部公房は演劇における偉大なパフォーマーであり、デザイナーである」（『ニューヨーク・タイムズ』）、「日本のカフカ、旅興行へ」（『ニューヨーク・マガジン』）、「ポーランドのグロトフスキィや英国のピーター・ブルックと同じように、安部は演劇の境界線で仕事をし、踊りや彫刻や映画などをオリジナルに練り合わせる」（『ザ・ワシントン・スター』）と、一様に好意的な批評を寄せた。

それに対して安部は、次のように感動を言葉にした。

観客はカーテン・コールで立ち上り「ブラボー！」を連呼した。公演の最中においても、突如、拍手が湧きおこった。涙をうるませている観客さえ見かけることができた。悲劇ではない我々の舞台に。ニューヨーク前衛演劇の砦であるラ・ママでの公演では、加速度的に観客が増えた。楽日には、通路から階段、果てはミキサー室にまで観客があふれた。各紙の劇評は、日本の芝居としてではなく、現代演劇としてここ数年ぶりの成果、としてそのオリジナリティを評価した。ピーター・ブルックやグロトフスキィが与えたような、決定的なショックを与えたといっていいのではないだろうか。〔全集26、401頁〕

舞台で行う演劇がおさめうる成功としては、多分上限に達しえたと思う。幸運な経験だった。〔全集26、427頁〕

五　〈リテラリー・アダプテーション〉の終焉

こうしてアメリカ興行は成功裏に終わった。

翌月には日本でも凱旋公演が行われたが、安部が期待したほどの評判は呼ばなかった。そして、結果としてそれが、安部スタジオにとっての最後の公演となった。アメリカで〈演劇がおさめうる上限の成功に達した〉と感じ得たことで安部のなかで一つの区切りがついたこと、また所属俳優たちの将来を考えるとそれぞれが独り立ちするよい時期に差しかかっていたことなどを主な理由として、当初は〈活動休止〉のかたちでいったん散会することになったが、メンバーたちが再召集されることはなかった。

そして、同年九月、脚本、原作、監督、音楽、編集を安部が担当し、舞台とは異なる、ニューメディアである〈ビデオ〉の特性を活かした自主制作映像『仔象は死んだ――肉体＋音＋言葉＝イメージの詩』（54分、西武美術館／新潮社）を完成させると、七〇年代の終焉とともに二十四年の長きにわたって展開された安部の演劇活動にも終止符が打たれた。

と同時に、前衛芸術の第一線をひたすら走りつづけてきた安部自身もまた、〈失速〉へと向かった。安部は五十五歳になっていた――。

もちろん、八〇年代以降も『都市への回路』（八〇年、インタビュー・講演集）、『方舟《はこぶね》さくら丸』（八四年、小説）、『死に急ぐ鯨たち』（八六年、評論・インタビュー集）、『カンガルー・ノート』（九一年、小説）、『さまざまな父』（九三年、小説）など、折々に作品を発表し、その都度メディアでも取り上げられた。ときには簡易着脱型タイヤ・チェーン「チェニジー」の発明によって国際発明家エキスポ†（八六年／ニューヨーク）で銅賞を受賞するといった、安部らしいニュースを提供することもあった。その後も、安部の戯曲は世界中で再演されたし（『友達』八一年、パリ／『幽霊はここにいる』八三年、ブカレスト・八四年、モスクワ／『水中都市』八六年、北京／『棒になった男』八六年、ニューヨーク／『榎本武揚』九一年、東京）、八九年にはスウェーデンと日本の合作映画『友達』（1時間35分、英語、シェル・オーケ・アンデション脚色・監督）が公開されている。本作は監督の要請を安部自身が行うなど準備期間に五年をかけた労作であり、八九年度の東京国際ファンタスティック映画祭†でも正式上映された。

しかし、八四年、『おまえにも罪がある』（初演は六五年、再演は六六年、とも

†国際発明家エキスポ―安部公房は、簡易着脱型タイヤ・チェーン「チェニジー」の発明により、第10回国際発明家エキスポ（一九八六）において銅賞を受賞している。

†東京国際ファンタスティック映画祭―TAKARAファンタ

に千田是也演出）の再々演に際して、同作に大幅な修正を加えたことを除いては、八〇年以降の安部が〈リテラリー・アダプテーション〉を行うことは、もはやなかった。自作を演出することも、映画やビデオを撮ることも二度となかった。むしろ彼は小説の執筆への没入を求めるかのように、仕事場を都心から離れた神奈川県箱根町の山荘へと移し、最盛期と比べるとメディアへの露出度はめっきり減った。

八〇年代以降の安部は執筆スタイル自体を大きく変えた。〈メディア五種目〉時代（五六〜七一年）の安部は、あたかも「獲物を逃さない漁師」のように、〈リテラリー・アダプテーション〉によって一つのテーマを納得のいくまで追いかけ、メディアを変えながら思索を練り直すという手法を自らの主たる創作方法としていた。〈小説・演劇二極化〉時代（七二〜七九年）においても、扱うメディアの数自体は減ったものの、演劇というメディアのなかで作、演出、作曲といった表現創造から、大学や劇団の運営を通しての演劇教育まで、〈作家＝書く〉という枠からの可能なかぎりの逸脱・跳躍をして見せた。

ところが、八〇年代以降の安部は〈リテラリー・アダプテーション〉をやめ、小説の執筆一本に専念し、納得のいくものが書き上がるまで発表しないというスタンスを固守するようになった。と、同時に、執筆の進度が極端に遅くなり、一作が完成するまでに七年、八年の時間を要するようになっていった。あまり

スティック映画祭を前身とし、一九八五年から二〇〇五年まで毎年秋に東京で開催されていた映画祭。ＳＦ・ホラーなどが主軸で上映された。愛称「東京ファンタ」とよばれ、東京国際映画祭協賛企画であった。

に新作が発表されないので、映画『友達』（八九年）が上映されたとき、若い映画人から「安部さんは、もう死んだのかと思った」と言われ、安部が笑いながら「やっぱり書かないと忘れられるな。これからはもっと書くようにするよ」と答える一幕さえあった（『朝日新聞』九三年一月二十二日）。

では、そのように安部を変えたきっかけはなんだったのか。

最大の理由は、彼がノーベル文学賞の受賞を意識しすぎた、ということがあっただろう。戸田宗宏によれば、安部はアメリカ公演の前年にノーベル文学賞の最有力候補にノミネートされ、「みんなのためにも僕はよい作品を書いてノーベル文学賞を取るんだ」と、相当の気合が入っていたという。しかも、アメリカ公演は予想を上まわる成功を収めた。これによって、安部の期待はますます高まった。しかも、相も変わらず、日本の劇評界の反応は冷淡だった。このことは、安部の目をますます海外へと向けさせることになった。

世界の安部への注目・評価の対象は、やはり、第一に〈小説〉というジャンルだったからである。特に新潮社の新田敞は、安部のノーベル文学賞受賞に高い期待を寄せており、安部が〈決定打となる小説の一作〉を早く世に出すことを切望していた。安部もまた、同じ気持ちだった。しかし、その気負いが、かえって彼を完璧主義に陥らせたのかもしれない。一度は完成した数百枚分の原稿を、丸ごと捨ててしまうことさえ、しばしばあったという。あるいは、〈リテラリー・アダプテーション〉による創作方法自体が、それまでの彼の旺盛な表現創造の起爆力であったとも考えられ、それを手放したことで彼の執筆態度から逆に余裕が奪われたのかもしれない。いずれにせよ、〈リテラリー・アダプテーション〉の終焉は、安部公房に〈失速〉をもたらしたのである。
また、前述したように、当初の安部はスタジオ活動をいったん〈小休止〉して、数年後に再開するつもりでいた。理由の一つには、アメリカでの演劇の成功を契機として、彼の関心が最先端の映像へと移りはじめた、ということがあった。そのための数年間の準備期間を彼は欲していた。その証拠に、安部はメンバーたちの解散後もスタジオの会員たちに「会員通信」を送りつづけていた。八〇年十一月、彼は会員に向けて次のようなメッセージを送っている。

印刷機の実用化なしに、読書の一般化はありえず、近代小説の文体の確立もありえなかったように、ディスクも単に映像の量産にとどまらず、内容的にも創造的文体の確立をうながすにちがいない。映画の発明、テレビの普及につづいて、映像作品はいよいよ第三の変革期を迎えようとしているのだ。ディスクは家電メーカーの巨大投資の対象である以上に、映像作家のメディアとして重大な意味をもっているはずなのである。……今後はこうした映像表現の追及を、スタジオの中心的な仕事として、さらに意識的につづけてい

きたいと考えている。〔全集27、58頁〕

驚くべきことに安部は、すでに五七年の時点で、「電波文化時代の最終完成形態」としての今日のDVD時代の到来を予見していた。五七年十二月に発表されたエッセイのなかで、彼は未来社会を次のように語っていた。

次の段階として考えられることは、もしかすると映画の単行本化かもしれない。様々な映画が、フィルム（あるいはテープ）販売店に、現在の書店のようにして売られるようになる。劇、記録、教育、音楽、美術、物語、あらゆる分野のものが売られており、個人的になるので現在よりもはるかに水準の高いものだろう。……そうなった場合、活字文化はどうなるか、とくに印刷文化期の花形であった、散文小説はどうなるか……まるで遠い未来の物語りのようでもあるが、しかし人工衛星をまつまでもなく、空想とその現実の距離が、おそろしいほどちぢまってしまった現代である。変化に耐える心構えだけはしておかなければならない。さらに、出来るならば、その変化に手をかすくらいの気持が必要だろう。〔全集8、11頁〕

〈その変化に手をかしたい〉と二十年以上も前から夢見ていたほどの彼であ

る。新しいメディアの勃興は、安部の性格上、それを誰よりも早く、巧みに使いこなしてみたいという欲望を掻き立てずにはおかなかったにちがいない。しかし、その後の安部が往年の〈メディア五種目〉時代のように、映像分野で華々しく活躍することはついになかった。それはなぜか。

一つの要因として、ノーベル文学賞を〈なかなか獲れなかった〉ということがあったのではないか。冒頭でも述べたように、安部は人一倍の夢想家であり、野心家でもあった。そのため、彼は全力でそれを狙いにいった。昨今、ノーベル文学賞候補としてたびたび名前の挙がる村上春樹は別格として、今日の作家のなかにノーベル文学賞を正面から狙いにいく野心を抱いた作家がどれほどいるだろう。しかし、三島由紀夫も、安部公房も、そして大江健三郎も本気で獲りに行った。あるいは井伏鱒二も、大岡昇平†も、遠藤周作も……と考えると、改めて戦後の日本文学の水準の高さを思わずにはおれないが、ともかくも、安部は本気でノーベル文学賞を獲りにいったのである。

箱根の山荘に居を移した後の安部の文章には、明らかにノーベル文学賞の受賞者たちの名前が頻出するようになった。演劇からも都会の喧騒からも離れ、時間的余裕を手に入れた彼は、近年の受賞者たちの著作を読みふけったにちがいない。無論、その目的は一つ、ノーベル文学賞を狙うためには、まず、世界でまだ誰にも成されていないことを正確に見定めなければならないからだ。前

†大岡昇平――一九〇九（明治42）～一九八八（昭和63）小説家、評論家。東京都出身。京大卒。戦争末期、暗号手としてサンホセに赴任。一九四五年一月、米軍の俘虜になり、レイテ島タクロバンの俘虜病院に収容される。一九四九年『俘虜記』で横光利一賞を受賞。一九五二年『野火』で読売文学賞受賞。一九七二年『レイテ戦記』で毎日芸術賞を受賞。

掲引用のなかで安部が、「演劇史的に見て前例がない」、「ぼくはそれを言ってほしかったんだ。日本では新しいが、外国にはきっとオリジナルがあるんだろうという発想、これが一番しゃくにさわる」と言っていたように、真にオリジナルなものの創造を目指す者たちにとっては、それがなにかを見定めることこそが、実はもっとも骨の折れる作業だったからである。

そうしているうちに、八一年のノーベル文学賞の受賞者が決定した。エリアス・カネッティ†というブルガリア出身でのちにイギリスに亡命したスペイン系ユダヤ人作家だった。相当な読書家であることを自負していた安部も、この作家の存在は知らなかったというが、そのカネッティの生きざまは、ある意味、彼の価値観を変えるほどの衝撃力をもっていた。安部によれば、カネッティは世界で最初にカフカ論を書いた男で、それほどの洞察力をもちながらも、その小説は（『眩暈《めまい》』三五年）はまったく売れず、芝居も書いたが客は上演途中にみな帰ってしまった（『結婚式』三二年）。そういう周囲の徹底した無理解のなか、極度の貧乏に耐えながら、孤独に、ひたすら文学の道を歩みつづけた作家なのだという。

彼がカネッティに尊敬の念を抱くようになったきっかけには、友人だった歴史家の萩原延寿《はぎわらのぶとし》†から次のような話を聞いた影響もあった。

†**エリアス・カネッティ**―一九〇五～一九九四　オーストリアの小説家。戦前は無名に等しかったが、近年再評価の機運が高まる。『眩暈』（一九三五）などの小説、『虚栄の喜劇』（一九五〇）などの戯曲のほか、大衆心理を扱った一連の社会学研究の成果『群集と権力』（一九六〇）がある。ノーベル文学賞受賞（一九八一）。

†**萩原延寿**―一九二六（大正15）～二〇〇一（平成13）　歴史家。

偶然だけど萩原延寿君がオクスフォードに行っていたころ、これも金がなかったから学校が終ると安いパブに行って、ビール飲んでパンでも食べていた。いつも隣り合わせに爺さんが一人いた。自分も黄色いアジア人で、孤独で、金もない。すぐその爺さんと友達になった。ずいぶん頭のいい乞食だなあと思って、試しにちょっと難しいこと言うと、向こうはそれ以上のこと知っている。名前を聞いたら、エリアス・カネッティ。さすがイギリスともなると立派な乞食がいるものだと名前は憶えていた。〔全集27、128頁〕

次第に安部は、世俗的な成功を性急に求め、その都度、一喜一憂してきた自分の半生に疑問を抱くようになった。安部によれば、カネッティには小説作品としては戦前に書かれた『眩暈』のほとんど一作くらいしかなかったという。代表作の一つである『群衆と権力』（六〇年）は、群衆について膨大な資料を踏まえて書かれた思想書とでも言うしかない、極めて特異な著作物だった。彼の作品には、小説とその他とを線引きするジャンル意識がほとんど不明瞭であり、まさしく〈カネッティの著作物〉としか言いようのない極めて個性的なものだった。すこぶる難解で、しかも寡作な作家だったカネッティを、それでもノーベル文学賞の選考委員たちは認めたのである——。安部は敗北感を感じずにはいられなかっただろう。

東大卒。米国ペンシルベニア大学・英国オックスフォード大学に留学。英国留学中、丸山眞男の知遇を得る。帰国後、著述活動に専念し、「中央公論」など論壇で活躍。同じ誕生日でもある作家石川淳を師に、安部公房を兄として敬愛していた。

カネッティのことを考えると、読者の数なんて問題じゃないと思うな。もちろんカネッティの読者は少なすぎる、もっと読まれるべき作家だよ。でも読者の数とは無関係に、カネッティは厳然と存在する。絶対に存在してもらわないと困る作家なんだよ。そういう作家が本当の作家だよね。……ごく少数の読者によってでも確実に読みつづけられればそれでいい。じわじわ燃えつづける泥炭の火みたいに、それはそれですごいエネルギーなんだよ。出た途端に何十万部ポンと売れるような物しか読まない読者だけを相手にしていたんではだめなんだ。〔全集27、176頁〕

最晩年の安部は、「じわじわ燃えつづける泥炭の火」のような「本当の作家」になることを切望したのではなかったか。彼は意識的に人中から身を遠ざけ、あたかも孤独を楽しむかのように小説の執筆に専念するようになった。そうした自身の〈引き籠り〉を揶揄《やゆ》してか、安部は八五年五月から同年十二月まで、エッセイ『もぐら日記』（生前未発表）をワープロのなかに残していた。

実妹である福井康子氏によれば、晩年の安部は隠しつづけてはいたが、周囲が想像していた以上に健康状態を損なっていたという。

兄は晩年、あっちの病院では癌《がん》だと言われ、こっちの病院ではそうではないと言われ、病院同士が対立するような状態にありました。結局、兄の病状は癌ではなかったのではないかと私は思っています。でも、最晩年のある日、兄から電話がかかってきて、自分は「言葉を失ったんだよ」と言われました。「何を言おうとしても、言葉が出ないんだよ」と。結局、兄は脳内出血で亡くなったんだと私は思っています。晩年の兄は小説を書くのが非常に困難になっていました。〔福井康子氏へのインタビュー、二〇〇九年〕

九三年九月二十二日、六十八歳で永眠した当日の『朝日新聞』夕刊には、生前故人と親しんだ友人たちの追悼文が寄せられた。

奥野健男《おくのたけお》†「世界共通の現代に迫る」
日本人離れした作家で、他の作家が日本的なところから書いていたのに対し、彼は世界共通の現代社会に迫っていった。……国際作家として三島由紀夫と張り合っていたころが、華だった。三島とともに日本を代表する作家だ。ソ連で「安部の友人だ」といったら、みんな驚いていたほどだ。

遠藤周作「新ジャンルを広げてくれた」

†奥野健男—一九二六（大正15）～一九九七（平成9）文芸評論家・化学技術者。一九五〇年代に服部達らと『現代評論』を、吉本隆明らと『現代批評』を創刊し批評活動を実施。一九六〇年代前半、「政治と文学」というプロレタリア文学以来の観念を批判し、民主主義文学を否定。自然科学・芸術文学などの広い視点から多摩美術大学の教員として30余年に渡り尽力した。

「砂の女」「箱男」などでもそうだが、日本のそれまでの小説とはまったく違った作品を書く人で、新しいジャンルを広げてくれる人だった。彼の実験的な試みは、成功することもあれば、逆に失敗することもあったが、その努力は大いに評価していた。

ドナルド・キーン「世界で尊敬された」

安部さんの作品は全世界で読まれ、芝居も各国で上演されている。何度もノーベル文学賞の候補になり、世界的に尊敬されている作家でした。どちらかというと、ひとりぼっちのような生活だった安部さん。その数少ない友達の一人としてつきあってもらえた私は幸運だった。

第二部

作品論への誘い

さて、ここからは個々の作品について詳しく見ていきたい。

第一部では、安部公房のきわめて多才な創造活動の全体像を俯瞰しやすくするために、極力個々の作品の内容（ストーリーやテーマ）に立ち入ることを控えた。〈作家＝書く〉という枠のなかには到底とどまり得ない、マルチメディア・アーティストとしての安部のスケール感を最優先して伝えたかったからである。安部公房という表現者は、演出家として、劇団主宰者として、映画監督として、ときには作曲家、写真家として、多くの個性ある仕事を世に残した。

とは言え、やはりなんと言っても、彼の本業は〈作家〉である。戦後文学賞を受賞した『赤い繭』（五〇年）、芥川賞を受賞した『壁―S・カルマ氏の犯罪』（五一年）、岸田演劇賞を受賞した『幽霊はここにいる』（五八年）、読売文学賞を受賞した『砂の女』（六二年）、谷崎潤一郎賞を受賞した『友達』（六七年）、再度読売文学賞を受賞した『緑色のストッキング』（七五年）など、彼が小説や戯曲の代表作をいくつももった一流の〈作家〉だったことはまちがいない。

したがって第二部では、個々の作品をより深く掘り下げ、文字メディアを通して安部が読者に何を伝えようとしたのかを検証していきたいと思う。「テーマを決めると、獲物を逃さない漁師のように本当にねちっこく、ねばり強く追い続ける人」（安部真知談）だったという安部公房だが、では、具体的にはそれは、どのようなテーマだったのか。あるいは、左翼作家時代の彼は〈社会変革の下支えとなる大衆の意識改造こそが前衛作家の使命である〉と考えていたが、では具体的に〈大衆の意識改造〉が意図された作品とはどのようなものだったのか。また、実際の効果のほどはどうだったのか、等々、興味は尽きない。

そこで重要になるのが作品選びだが、本書では小説から一作、戯曲から一作、映画シナリオから一作を選び、具体的には以下の三作を論じることにした。

（1）『壁あつき部屋』　映画シナリオ（五三年十一月撮了、五六年十月一般公開）
（2）『どれい狩り』　戯曲（五五年六月初演、俳優座）
（3）『砂の女』　小説（六二年六月刊行、新潮社）

まずは『壁あつき部屋』（110分、松竹、新鋭プロダクション）だが、本作は安部公房にとって映画界進出を果たした記念すべき最初のシナリオ作品である。と同時に、本作はすべての安部作品のなかで最初に〈リテラリー・アダプテーション〉が敢行された作品でもある。彼は実際に上映された映画（自主制作も含む）の脚本を生涯に九作執筆しているが、そのなかで本作は唯一、原作者が安部ではない。しかも、原作である『壁あつき部屋——巣鴨BC級戦犯の人生記』（理論社、五三年）は、BC級戦争犯罪†に問われた巣鴨拘置所†の受刑者二十四人の手記を収録したアンソロジー集だった。

本書の映画化の話がもちあがったとき、出版元である理論社は、手記集全体を踏まえることを条件として、安部に〈創作〉による台本執筆を依頼してきたという。つまり、安部にとっての〈リテラリー・アダプテーション〉の最初の試みは、第三者の著作からの翻案に基づくフィルム・アダプテーションだったのであり、しかも、原作は服役囚たちのばらばらの経験が語られた証言の集積に過ぎず、そのなかから安部自身がテーマを見つけ出し、個々のエピソードを嵌《は》め絵のように並べかえ、つなぎ合わせて、一つの輪郭を与えるという方法によって創られた作品だった。

ん？　この制作方法、どこかで見たような……。そのとおり。ある意味、これは、ラジオ・ドラマ『チャンピオン』（六三年二月、RKB毎日放送）の制作方法に似ているのである。『チャンピオン』のときにはボクシング・ジムの各所に長期間マイクが据えられ、そこに録音された選手たちの会話が材料として用いられた。同様の方法で、同年、船員たちの声や航海中の音を材料としたラジ

†BC級戦争犯罪—第二次世界大戦の戦勝国である連合国によって布告された国際軍事裁判所条例および極東国際軍事裁判条例における戦争犯罪類型B項「通例の戦争犯罪」、C項「人道に対する罪」に該当する戦争犯罪または戦争犯罪人とされる罪状に問われた一般の兵士ら。A級同様、B、Cは戦争犯罪の分類であり、罪の重さをあらわすものではない。

†巣鴨拘置所—かつて東京都豊島区巣鴨（現在の東池袋）に存在した拘置所で現在の東京拘置所の前身にあたる。通称は「スガモプリズン」。第二次世界大戦後、GHQによって接収され、極東国際軍事裁判の被告人とされた戦犯容疑者を収容した。戦後占領下日本で米軍が管理した唯一の戦犯刑務所であり、対日講和条約発効後は日本の管理下に移行した。

オ・ドラマ『審判』（六三年十一月、文化放送）も制作されているが、これに初期の『壁あつき部屋』を加えて、〈ドキュメンタリー三部作〉を成している。

では安部は、軍のなかでの所属も、階級も、出征地も、罪の軽重も、年齢も、出征前の職業もそれぞれに異なる二十四人の戦争犯罪人の証言を基に、どのような統一あるストーリーへと収斂《れん》させていったのだろうか。

また、『壁あつき部屋』を採り上げる第二の理由として、本作が与えた社会的反響の大きさについて論じたいという意図がある。前述したように、彼は上映にまで至った映画脚本を生涯に九作執筆しているが、そのなかで『壁あつき部屋』ほど、制作時にマスメディアから注目された作品はなかった。あまりの反響に恐れをなした配給元である松竹の大谷竹次郎社長が〈自主規制〉による公開中止を決定し、三年間、フィルムがお蔵入りとなったという〈伝説〉をつくった作品でもある。本書では、そうした社会的反響の原因を中心に探っていきたいと思う。なお、シナリオの内容については、「〈初稿形〉あらすじ」を参照されたい。

次に、戯曲のなかからは、初演『どれい狩り』（五五年、俳優座）を採りあげた。第一部でも論じたように、本作は十六年にもわたった俳優座・千田是也との共同制作の第一作であり、のちに彼が「『どれい狩り』なしには、今日のぼくもあり得なかった」と語ったほど、安部と演劇との結びつきを決定的にした作品である。このときの大阪公演で彼は、「お客が幕がおりたあと総立ちになって帰ろうとしない、一種不思議な雰囲気」を観客席で味わったと言い、そうした〈舞台と観客との交流〉をかけがえのないものとして受け止め、以後いっそう、演劇というメディアに惹きつけられていった。

しかし、そのこと以上に重要なのは、本作は、安部が「作者としてテーマを大切にすれば、いろんな表現媒体を使ってくり返し練り直すことが望ましい」（『朝日新聞』五九年十月二十三日）とした、その意味での〈リテラリー・アダプテーション〉の最初の試みだったという点である。戯曲『どれい狩り』（五五年六月初演）の成立に先立ち、小説『奴隷狩』が五四年十二月と五五年三月の二回に分けて雑誌『文藝』に連載されたが、端的に言ってこの小説は〈失敗作〉だった。当時、安部は、ちょっとしたスランプに陥っていたようで、中・長編の小説を企図しながらなかなか書き上げられずにいた。小説『奴隷狩』も同様であり、未完のまま連載を中断している。

他方、『奴隷狩』と並行して構想されていたもう一つの小説の方も、安部はなかなか書き出すことができなかった。そして、困りきった彼が「もしや戯曲ならば」という思いつきから一晩で書き上げたのが戯曲『制服』だった。ところが、その『制服』が図らずも劇界関係者の注目を集め、劇団青俳によって舞台にかけられたばかりか、その舞台がさらに俳優座の千田是也の目にとまり、俳優座から正式に台本のオファーを受けてしまった。
　このとき安部が思いついたのは、『制服』の場合と同様に、〈失敗作〉だった小説『奴隷狩』を、戯曲というジャンルに移し替えてテーマを練り直してみようというアイディアだった。こうして戯曲『どれい狩り』の〈一次稿〉が完成した。〈一次稿〉と書いたのは、その後それに、千田による大幅な削除・修正が施されたからである。当時、俳優座の演出部に在籍していた川和孝によれば、〈一次稿〉の三分の一くらいは千田によって削除されたという。それでも、安部の戯曲に、観客たちを「総立ち」にさせるだけの十二分の衝撃力があったことは前述したとおりである。以上の理由から、本書では、数ある戯曲のなかから初演『どれい狩り』を採りあげたいと思う。

　最後に、小説作品のなかからは『砂の女』を選んだ。言わずと知れた安部公房の代表作であるが、本作はまず小説として書かれ、国内で高い評価を得たのち、フィルム・アダプテーションされた作品であり、映画は国内で十個の映画賞、海外でもカンヌ映画祭審査員特別賞をはじめとする四個の映画賞を受賞し、彼を一気に〈世界のABE KOBO〉へと押し上げた。その意味で、安部にとって〈リテラリー・アダプテーション〉の最も成功した事例であったと言えるだろう。

このほかにラジオ・ドラマもあったが、ただし、小説『砂の女』と、その後のラジオ・ドラマ、映画台本とでは内容に大きな異同がある。本書では小説のみを採りあげ、世界中に読者を獲得してきた安部公房の代表作がどのような内容だったのかを確認したい。

また、本作は数ある安部作品のなかでも最も豊富な先行論をもつ作品でもあるが、そうした膨大な過去の『砂の女』論を乗り越える試みとして、本書では〈新たな読み〉の可能性を提示してみたいと思う。

第一章　『壁あつき部屋』論――罪責のゆくえを追う――

一　例外尽くしの戦犯映画

『砂の女』（六二年）、『他人の顔』（六四年）、『燃えつきた地図』（六七年）など、一九六〇年代の安部公房は自ら小説をフィルム・アダプテーションしたシナリオに基づく映画化によって世界的な名声を獲得した。ところが、意外にも彼のシナリオ第一作である『壁あつき部屋』（五三年一一月撮了、一般公開は五六年十月、制作＝新鋭プロダクション、配給＝松竹）の方は、今日ではすっかり忘れ去られてしまった感がある。

　しかし実際には、安部が生涯に手がけた九作の映画台本のなかで、『壁あつき部屋』ほど、制作発表から公開に至るまで一貫してマスメディアから注目を浴びつづけた作品はない。映画の企画が報じられると、〈自分を起用してほしい〉という若手スターの出演希望が殺到し、ついには、当時、日活スターだった大木実《おおきみのる》†が「役をくれれば無料でもいいと申し出た」（『時事新報』五三年九月十

†**大木実**―一九二三（大正12）～二〇〇九（平成21）俳優。大阪府出身。日活多摩川撮影所の照明助手を十年間務めた後、木暮実千代の推挙で俳優に転身。一九五一年、松竹『あゝ青春』で映画デビューを果たし、以降も硬派な二枚目俳優として数多くの松竹作品に主演した。

†**『君の名は』**―脚本家・菊田一夫の代表作。一九五二年にラジオドラマとして放送され絶大な人気を博した。これを一九五三年から五四年にかけて松竹が

八日）ことが報じられた。あるいは、『君の名は』†の公開直後で人気絶頂だった岸恵子†が、出演料を度外視して本作への出演を強く希望したにもかかわらず、得た役が二カットだけの端役《はやく》で、しかも「火夫《かふ》」（焼き場で死体を焼く仕事）の娘で「パンパン」の役だということがセンセーショナルに報じられた。
五三年九月十七日の『サンケイ新聞』は、岸の談話を次のように伝えている。

端役といっても私は私なりに大事な役と思って演っています。脚本を見たときから演りたいと思ったものですし、純情な娘時代と転落したパンパンガールをその間に何の説明も入らずに使いわける演技は私自身に大きなプラスを与えてくれると思います。

すると今度は、スターの出演費をカットした分を大道具費にまわして建設されたという巨大な、本物そっくりの巣鴨拘置所のオープン・セットや（全敷地四千

岸恵子　三島耕

『壁あつき部屋』早稲田大学演劇博物館所蔵

坪、拘置所の建物は五百三十坪）、富士山麓につくられた東南アジアの捕虜収容所のロケ・セットの豪華さが大々的に報じられた。一説に、制作費は三千万円（報知新聞、週刊東京）とも、五千万円（アサヒ芸能新聞）とも言われたが、しかしそれ以上に人々の関心を引いたのは、本作の制作過程そのものだった。〈本物そっくりの巣鴨拘置所のオープン・セット〉と一言に言っても、実際、大船撮影所の人間でその内部を見た者はいなかった。そこで、苦肉の策として、次のような方法が取られた。『週刊東京』（五六年十一月十日）はこう伝えている。

　巣鴨拘置所にほど近い、壊れたビルの屋上から望遠レンズをつけたカメラをすえ、撮影隊は、じっと目標を追う……。白い鉄カブトをかぶった監視兵が、小銃片手に人形のように突立って動かない。撮影隊の誰もが、息を殺してカタズをのむ。というのは、拘置所は撮影禁止になっているのだ。いつ、なんどき、先方の監視兵が発見して、発砲してくるかも知れないのだ……。こんな危険な状態が、巣鴨拘置所ばかりでなく、その周辺のロケーションでも長くつづいた。こんなこともあったという。拘置所内部を、大船撮影所に本物そっくりのオープンセットを組もうということになったが、誰も見てきたものがいない。苦肉の策として考えたのが、仮出所した本物の戦犯と入れ代ること。出所章と洋服を借りて、助監督のA君、美術助手のB君らが、ま

映画化（全三部）。主役の氏家真知子を演じた岸恵子は一躍スターとなり、「真知子巻き」と呼ばれたショールの巻き方が女性の間で流行した。

†岸恵子―一九三二（昭和7）〜　女優、文筆家。神奈川県出身。吉野公三郎監督にスカウトされ、大学入学までという条件で松竹に入社、『我が家は楽し』に出演したのを契機に映画界入り。映画『君の名は』三部作（一九五三〜五四）が大ヒットし、以降、松竹の看板女優として絶大な人気を誇った。

んまと拘置所内部を見て回り、その模写に成功したというが、けだし命がけだったに違いない。

このように、安部公房の映画界進出第一作である『壁あつき部屋』が、出演者・スタッフの意気込みにおいても、セットの規模においても、撮影方法においても、あらゆる点で例外尽くしの作品だったことは特筆に値するだろう。

＊　＊

そもそも『壁あつき部屋』という名を持つシナリオテクストには複数のヴァージョンが存在する。一九五三年九月四日に松竹社内での審査に通過した際の台本、これを〈社内審査用台本〉と呼ぶことにする。これが現在確認できる、完成形としての最も古いヴァージョンである。〈完成形としての〉などという言葉をなぜ用いるのかというと、これに先立ち、五三年六月十七日の日付をもつ松竹社内での企画審議会用につくられた〈梗概《こうがい》〉（物語のあらすじ）が残されているからだ。

ただし、この〈梗概〉は、〈社内審査用台本〉とは内容が大きくちがってい

『壁あつき部屋』
早稲田大学演劇博物館所蔵

る。審議のなかでさまざまなチェックを受け、それに基づき加筆修正されたものが〈社内審査用台本〉となったのだろう。そして、「CUT」、「見せては困る」、「ドキックなく」など、社内審査時に指摘を受けた十七か所の改稿が施された台本によって九月初旬から撮影がはじまった。この〈社内審査用台本〉と

『壁あつき部屋』〈初稿形〉あらすじ

巣鴨拘置所、六人部屋の雑居房（山下、横田、許、川西、木村）。夜。眠れない山下。彼にすべての罪をなすりつけた、かつての上官で同郷出身の浜田が、故郷に帰省したことを妹の手紙から知った山下の回想――。あたりはジャングル。山下は上等兵、浜田は同じ小隊の中尉だった。彼らの小隊はジャングルに迷い込んだ。食糧確保のため山下が斥候《せっこう》に出された。山下は、小屋で食事の支度をしていた土地の若者を発見し、一行はこの若者から一飯の恩を受けた。しかし浜田は若者がゲリラに通報することを恐れて、山下に殺害を命じる。山下は、心ならずも若者を殺害――。悪夢から覚める。

横田の弟・脩《おさむ》が面会にあらわれる。「戦争を起こした奴らが悪いんだよ、財閥と軍とその手先だ」、「俺は、BC級は戦犯じゃないと思ってるんだ」と主張する脩。横田は脩に、ヨシコを探してくれたかと尋ねる。ヨシコは横田の思い人で、かつて横田が配属していた捕虜収容所に隣接する焼き場の娘で、今は新宿の特飲街でパンパンに身を落としていた。横田は、彼女はガラスのように「汚れがつかない」女性だと主張。横田の回想――。

北国の米兵俘虜収容所。ビスケットを盗み食いした米兵俘虜に過重の体罰を与える下士官。俘虜

に同情を示した通訳の横田に腹を立てた下士官は、横田にも俘虜の制裁を命じる。俘虜は死亡。死体をそりに乗せて火葬場に運ぶ横田と俘虜三人。死んだ俘虜に猫柳の枝を手向けたいと持ってきたヨシコ。ヨシコの父が横田と俘虜たちに酒を振る舞い束の間の団欒《だんらん》を味わう。ヨシコを愛しはじめた横田——。急に特飲街のヨシコになる。一緒になりたいと言う横田の手紙の返事を求める脩を、ヨシコは笑って相手にしない。

　講和条約発効間近。山下の妹が面会に訪れる。浜田の嫌がらせで家を立ち退かなくてはならなくなったと告白。怒った山下は浜田を殺そうと思い立ったが脱獄に失敗。山下をかばう朝鮮人戦犯の許《きょ》。彼は雑居房で唯一人、冤罪《えんざい》で収監されていた。その許が、BC級は戦犯ではない、真の戦犯は戦争で金を儲けた奴らだとしてみなに団結を迫る。

　医務室で寝ている山下の下へ横田がやってくる。山下の回想——。日本人を殺せ！　と叫ぶ土地の者たちの怒号、日本人戦犯の銃殺刑、独房、取調室、拷問のシーンが立ち現われる。軍法会議の記憶、山下に殺害を命じていないと証言した浜田のせいで、山下は「重労働終身刑」を言い渡された——。再び病室。山下は、何度でも脱走して浜田に必ず復讐してやるのだと横田に宣言する。

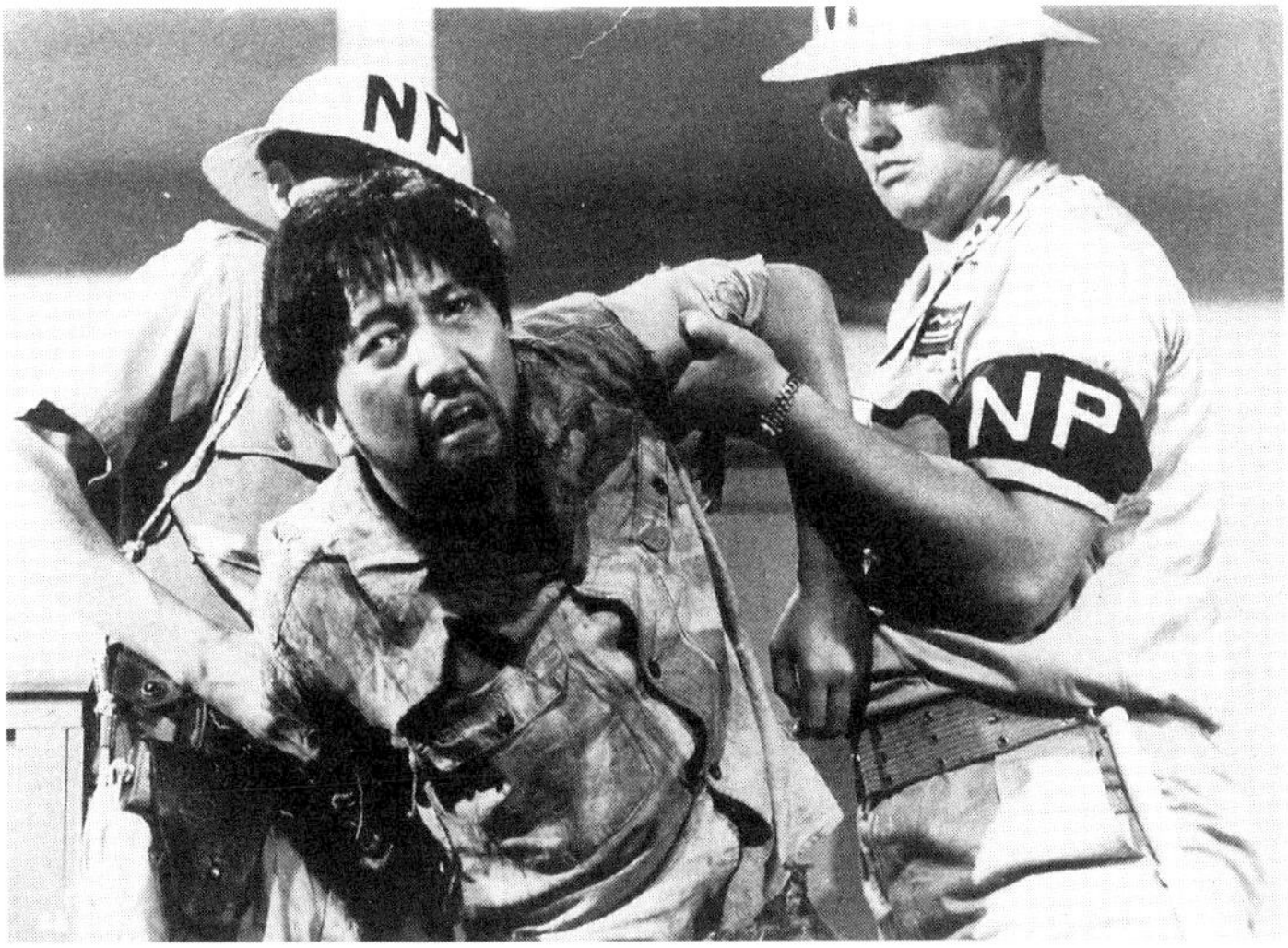

『壁あつき部屋』

早稲田大学演劇博物館所蔵

山下の話を脩に聞かせる横田。感動した脩は、そのことを社会に告発しろとけしかけ、横田は顛末を書いた原稿を脩に渡す。ほどなくして某左翼雑誌に、戦犯脱走未遂事件の記事が掲載された。拘置所の掲示板には告発者の名を知らせた者には謝礼として一万円が渡されるという紙が貼られた。怒った山下は横田と絶交する。

ホールに集まる受刑者たち。壇上にはすでに釈放されたA級戦犯某と保安隊の高級幹部の姿がある。A級某の演説。「私どもA級はいわば政治犯であり、BC級の諸君はいわば刑事犯とも云うべきであり、我々は共に戦争の犠牲者である事はいささかも皆さんと代りはないのであります」。これに対して許が立ちあがり罵声を浴びせる。「キサマは犠牲者じゃない責任者だぞ」。他の者たちも次々と罵声を浴びせ、場内が騒然とするなか、A級某と保安隊が逃げるように壇上を去る。そこへ刑務官が山下の母の急死を知らせにきたが、脱走騒ぎ直後の山下には一時出所は認められないと言う。雑居房の仲間が山下の一時出所を上に掛け合い、一日かぎりの出所の許可が下りる。

山下の実家。迎える妹。母の亡き骸にとりすがる山下。急に記憶がよみがえる。敗戦後の戦犯収容所に、自分が殺した青年の母親が棍棒を手に乗りこんできた。そして手当たり次第に日本兵俘虜たちを殴りつけた。「私の可愛い子供を殺したやつは誰だ！」不意に立ちあがり、山下は浜田の家に向かう。途中、M爺さんとすれ違う。爺さんは山下に同情を示した。そして、浜田のことを罵り「つまんねえ奴だ、うちの婆さんもおめェのこと聞いて、泣きよったぞ」と山下を慰めた。浜田の家の玄関。山下が名乗ると、浜田は奥に逃げ込んだが、ふたたび戻ってきて山下を客間に通した。長い沈黙とにらみ合いの後、「ゲスッ！殺してやろうと思ったが、殺すのが惜しくなったんだ……死ぬよりも腐る方が貴様には似合ってるんだ」と告げて立ち去る。妹との別れの後、時間どおりに拘置所に戻った山下の背後で鉄の扉が音を立てて閉まり、錠がかかる——。

表現上の多少の異同を含みつつも、ほぼ同系統の本文が『キネマ旬報』（五三年十一月一日）、『社会タイムス』（五四年一月二十二日〜二月二十一日連載）、『日本シナリオ文学全集10―椎名麟三・安部公房』（理論社、五六年）に掲載された。これらを、以下まとめて〈初稿形〉と呼ぶ。

ところが、映画には〈社内審査〉とは別に〈映倫審査〉というものがある。十月一日発行の『キネマ旬報』によれば、撮影開始から三週間後、この〈社内審査用台本〉に対して映倫から相当数にのぼる訂正・注意勧告があったという。しかも、十月三日の『東京日日新聞』によれば、「巣鴨BC級戦犯から『憎しみにみちた内容から誤解をまねき調査不十分なシナリオだ』と、シナリオの改正を申し込まれ」、急遽映画を一部「撮りなおすこと」になったと言うのである。

同紙には、小倉武志《おぐらたけし》プロデューサーの談話として、「シナリオが出来るまで再三再四巣鴨を訪ね、戦犯のみなさんから意見をきいたつもりだ。映画である以上妥協してほしい点もあるが、描かれる内容が国内だけでなく国外にも大きな影響があるのでこんど申し入れをお受けした次第だ」という一文も同時に掲載されたが、この事件によって映画の完成は一か月以上ずれ込むことになった。

そうしているあいだに〈社内審査用台本〉が、十一月一日発行の『キネマ旬報』に掲載された。すると今度は、同月八日の『スポーツニッポン』が、「このシナリオを読んだ巣鴨の人々が『私たちの苦悩をそのままつたえている』と感激、ぜひ遺家族にも見せたいと」「今まで公開されなかった戦犯者遺家族のリストを同政策本部に持ちこんだ。その名簿には約千二百名の処刑者と数千名の体刑者が各県別にギッシリ書き込まれてあった」ことをセンセーショナルに報じた。

つまり、BC級戦犯たちのなかに、『壁あつき部屋』の内容に反対するグループと賛同するグループとが出てきたというのである。騒然としたムードのなか、事態を重く見た松竹社長の命令で、急遽公開中止が言い渡されたというのが事件のあらましだった。

結局、一般公開までに三年の月日を必要としたが、しかし、フィルムがそのまま公開されたわけではなかった。実際の映画の内容は東京国立近代美術館フィルムセンター所蔵フィルムや早稲田大学演劇博物館所蔵の五六年十月の映倫審査に通過した際の〈完成審査用台本〉から知ることができるが、その内容は五三年九月時点での〈社内審査用台本〉とは大きく異なっていた。〈社内審査用台本〉における全179シーン中の35％に相当する62シーンで削除（完全削除は47、一部削除は15）された跡を見ることができる。

つまり、シナリオ『壁あつき部屋』には、安部の手になる〈初稿形〉と、実際に公開された映画の内容を示す〈完成審査用台本〉、さらには八〇年代に入ってから安部自身がシナリオに大幅な改稿を加えた〈流布形〉（このヴァージョンが決定稿として新潮社『安部公房全集4』に収録された）と、大きく三種が存在するのだが、ただし、その「安部の手になる」という語にも一定の留保をつける必要がある。

それまで映画界との接点を持たなかった安部が脚本を手掛けることになったきっかけは、安部の言葉に従えば巣鴨拘置所のBC級戦犯たちの手記集『壁あつき部屋――巣鴨BC級戦犯の人生記』（理論社、五三年二月、以下〈手記集〉）の映画化の企画に際して、理論社・小宮山量平から台本執筆の依頼を受けたことによる。他方、『読売新聞』（五三年七月十日）の伝えるところによれば、〈手記集〉の「映画化権を獲得した松竹が斬新な脚本家を探しもとめて」いたところ、「偶然安部公房から積極的に申し込みがあったのがはじまりで、某誌に載った同氏の巣鴨ルポルタージュが映画的な発想のもとに書き進められていることも、脚色を安心して委嘱するうえに与って力があった」とされる。ここで言及されている「某誌に載った」安部の「巣鴨のルポルタージュ」とは、五三年四月の雑誌『改造』に掲載されたエッセイ『裏切られた戦争犯罪人』のことだった。

いずれにせよ、シナリオ執筆には最初から〈手記集全体を踏まえたうえでの創作〉という条件が課せられていたのであり、安部は各々の手記をいったんエレメントにまで解体し、それを再度繋ぎ合わせて固有の物語へと収斂させた。

　しかし「安部の手になる」という言葉の使用に筆者が留保をつけたのは、シナリオが、いわゆる〈翻案〉という体裁を取るからではない。実際詳しく比較すると、設定上の変更があったり、〈手記集〉にはないエピソードが〈初稿形〉に導入されていたりと、後者には無数の改変が施されている。一例を挙げると、映画では中心人物の一人であるBC級戦犯の山下が巣鴨拘置所からの脱走を企て失敗するシーンがあるが、これは〈手記集〉にはないエピソードである。実はこのエピソードは、五三年三月二十一日に実際に巣鴨拘置所で起こったC級戦犯江藤博之（マニラの軍事法廷で終身刑の判決）の脱走事件の話を、安部が他のBC級戦犯たちから聴取し、ストーリーに組み込んだものだった。以上のことからも、安部の意図がオーソドックスな意味での〈手記集〉の範型化になかったことは明らかである。

　むしろ稿者が注目するのは、社内審査通過直後の次のような記事だ。

> 脚色には新進作家安部公房が当った。完成した脚本は撮影所首脳部の不安をふきとばし、木下恵介†、中村登†両監督も『専門脚本家には望めないフレッシュさがある』と太鼓判をおしているほど予想外の成功をおさめた。（『読売

†木下恵介―一九一二（大正1）～一九九八（平成10）　映画監督、脚本家。一九三三年、松竹に入社、四三年監督となり、デビュー作『花咲く港』で山中貞雄賞を受賞。以後、松竹を代表する映画監督となる。同年には黒澤明も監督デビューを果たし、終生のライバルとなる。

†中村登―一九一三（大正2）～一九八一（昭和56）　映画監督。東大卒。一九三六年、松竹大船撮影所の一期生として入社、助監督となり、島津保次郎、吉村公三郎に師事。四一年に映画『生活とリズム』で監督デビュー。『我が家は楽し』（一九五一）が出世作となる。端正かつ鮮やかな作風は「映画の教科書」と評された。

新聞』五三年九月四日）

　この脚本を原作の編集に当った芥川賞作家安部公房氏に依頼し、しかもその脚色には安部氏の幻想的な文体を遠慮なく盛りこむようにダメを押すなど大いに凝ったところを見せており……。（『サンケイ新聞』五三年九月十七日）

　本作はメロドラマ専門の観があった松竹大船撮影所が、リアリズム作品に新生面を開こうと月森仙之助（松竹）を代表に、企画委員として風見章《かざみあきら》†（会長）、安部、椎名麟三、野間宏、南博†、佐々木基一らを迎えて発足した新鋭プロダクション第一弾として企画されたものであり、記事にも見るように、台本執筆は企画段階から一貫して松竹の指導下にあった。しかも監督の小林正樹（松竹）が、「左翼の人が手がける映画は政治色が強くなってカタヨリができやすいので、ボクが一つ思い切って真実を描いてみたいと思いたった」（『アサヒ芸能新聞』五三年十月一日）と明かしているように、党員作家・安部公房の台本執筆に大船側では当初少なからぬ危惧を抱いていたらしい。しかし完成した映画は大船の不安を払拭し、「試写の席上高村氏（引用者注、高村潔松竹大船撮影所長）は作品の出来栄えを激賞していた」（『日東新聞』五四年一月七日）とされる。

　つまり、企画・〈梗概〉執筆・審査・〈社内審査用台本〉執筆・審査・修正・

†風見章—一八八六（明治19）〜一九六一（昭和36）政治家。茨城県出身。早大卒。一九二三年、信濃毎日新聞主筆となったが三〇年、衆議院議員（立憲民政党）に転身。第二次近衛内閣では司法大臣に就任。戦後はGHQによって公職追放の処分を受けたが、五一年の追放解除後、五二年衆議院議員（無所属）に復帰。その後は社会党議員として活躍した。

†南博—一九一四（大正3）〜二〇〇一（平成13）社会心理学者。東京都出身。京大卒。アメリカのコーネル大学大学院博士号を取得したが、日米開戦後は敵性外国人として軟禁状態にあった。帰国後、日本女子大学教授に就任するとともに、東京商科大学（現一橋大学）でも教鞭を取り（五八年教授就任）、一橋大学に国立大学で初めて社会心理学の講座を設けた。

撮影……という映画の完成に至るまでの一連の流れのなかで、安部の着想と松竹の関与とを厳密に区別することは不可能であり、むしろ五三年初頭の『ひめゆりの塔』（東映、今井正監督、製作費四千万円）が一億八千万円という驚異的配給収入をあげて以来の「反戦映画」待望の気運のなか、安部の政治的主張と松竹の興行的野心とが幸運な一致を見た、その結果が五三年十一月時点における映画『壁あつき部屋』の完成だったと言えるのである。

しかし、当初十一月下旬の封切を目指していた本作が実際に一般公開に至ったのは、前述したように完成から三年後の、五六年十月のことだった。この間の事情を新潮社『安部公房全集4』は〈一九五三年十月完成、試写も行われたが同プロ解散のため配給できずフィルムは親会社の松竹映画に売り渡された。松竹映画は戦犯問題などに配慮して3年後の一九五六年十月に一般上映した〉と説明しているが、当時の紙誌を眺めると、事態がより込み入っていたことを知ることができる。

たとえば五四年一月二十日『日東新聞』は、十一月上旬完成、「即時映倫†審査もパス」し、当初同月下旬ロードショー、年内封切という大作扱いの上映スケジュールであった本作が「一向公開される気配がない」ことに反発した松竹労働組合が、「十二月十日越年要求の団体交渉の席上、高村所長に質問状を発し」、「作家グループも万一上映不可能になった場合は『重大な決意』をすると

†**映倫**——映画倫理委員会の略称。主に映画作品の内容を審査し、レイティング設定を行う日本の任意団体。一九四九年に「映画倫理規程」が制定され、その実施、管理のために業界内部組織

いっているから、成行き如何によっては」「新鋭プロそのものも崩壊するのではないか」と伝えている。つまり、「同プロ解散のため配給でき」なくなったのではなくて、逆に松竹（同紙によれば「営業関係者」）が配給を差し止めたためにプロが解散の危機に追い込まれた、と言うのである。

ではなぜ松竹は配給を差し止めたのか。前述したように、大船首脳部は安部のシナリオ、および完成映画に対して、当初極めて高い評価を下していた。前掲『日東新聞』によれば、安部や小林正樹は「試写の席上高村氏は作品の出来栄えを激賞していた。高村氏が積極的に延期説をとなえるはずがない」と主張していたという。にもかかわらず、一転、社内会議で延期の決定が下された理由を、たとえば松竹映像本部映像渉外室編『キネマの世紀』は、「折柄《おりから》占領直後の基地風俗を描いた他社の某作品が、占領米軍を批判的に取り上げたとして、在日アメリカ人の間に非難の声が上ったので、この作品も公開を遠慮すべきだとの意見」が提出されたためとしている。

いずれにせよ、二週間ごとに二本立ての番組が組まれていた当時にあって、三か月、三千万円（一説に五千万円）とも言われる〈超大作〉扱いの労費を投じて作った映画を、松竹は自らの裁断でお蔵入りにしたのである。

こうした特徴をもつシナリオ『壁あつき部屋』について、本稿では以下の二

として映画倫理規程管理委員会（旧映倫）が発足。一九五六年、委員を外部の有識者に委嘱し、運営を映画界から切り離す組織改編が行われ、現在の映倫が発足した。

点の解明に主眼をおいて検証を進めたいと思う。ここまで確認したように、本作が一般公開を三年間も延期された経緯について、これまで書誌・先行論が十分な検討をしてきたとは言い難い。少なくとも「同プロ解散のため配給できなくなった……」というような説明では不十分であり、また映画完成までの過程に大船首脳陣が深く関与していることからも、政治的主張を優先する安部と興行的成功を優先する松竹との思惑の対立、といった単純な図式で説明することも困難である。

一方、松竹大谷図書館†には映画『壁あつき部屋』に言及のある紙誌記事を集めたスクラップ・ブック二冊が保管されているが、それらを見ると本作が企画段階から様々な話題を集め、次第に社会問題化するに至った経緯がわかる。そうした同時代資料を端緒として、映画『壁あつき部屋』をめぐる一般公開までの経緯を、可能な限り解明することが筆者の第一の関心である。

他方、第二の関心は、安部にとっては映画化第一作として決して小さからぬ意義をもっていたはずのテクスト（初稿形）に、執筆から三十年以上経過したのちに、なぜ彼は大掛かりな修正を施さねばならなかったのかという点にある。試写を見た野間宏が「これは一番進んだいい反戦映画だ」（全集5、267頁）と絶賛したとされるように、映画の評判は概して高く、監督の小林正樹はこの映画で五六年度・平和文化賞（日本文化人会議主催）を受賞している。何より安部自

†**松竹大谷図書館**―松竹株式会社の創立者の一人・故大谷竹次郎が一九五五年に文化勲章を受章したのを記念して、一九五六年に設立した、演劇と映画の専門図書館。松竹株式会社が、収集・所蔵してきた資料を広く一般に公開し、研究者や愛好家の利用に供して、芸術文化の振興と、社会文化の向上発展に寄与することを目的として設立された。

身、五五年九月の会見では、上映の目処すら立っていなかった本作に対して「考えれば考えるほどいいできばえだった」（全集5、267頁）と並々ならぬ自信を窺わせていた。そこには当然、松竹側の自主規制をシナリオの先鋭性の証しと見る、安部なりの自負があったものと思われる。

にもかかわらず、松竹は、完成映画のどこに不都合を認めたのか。あるいは八〇年代の安部は、〈初稿形〉のどこに大幅な修正の必要を認めたのか。それらの問題を解明するためには、〈初稿形〉と〈完成審査用台本〉、さらには〈流布形〉との詳細な比較検討を行なう必要が生じてくる。

二　釈放運動から階級闘争へ

そもそも五三年、理論社から刊行された〈手記集〉とは、どのような特徴をもつテクストだったのか。試みに執筆者二十四人の各種統計をまとめてみた。

①所属〔陸軍13／海軍4／憲兵4／軍属3〕
②階級〔士官級12（大尉2・中尉6・少尉2・見習士官2）／下士官級6（曹長1・軍曹5）／兵隊3（上等兵1・一等兵1・二等兵1）／軍属傭人3〕
③職業〔会社員8／学生8／農業3〕
④敗戦時の年齢（平均年齢24・8歳）〔一〇代1／二〇代21／三〇代2〕

⑤刊行時の年齢〔平均年齢32・7歳〕〔二〇代3／三〇代19／四〇代2〕
⑥大学進学者〔確実4／可能性大2〔仏露文学に通じる1・通訳1〕〕
⑦罪状〔B29搭乗員殺害4／俘虜虐待4〕。

統計に見るように、軍隊内の階級では下級将校を多数派とし、出身階層では都市部・知識階層が多い。しかも敗戦時の彼らの年若さを思えば、執筆者の類型として〈都市・有産・知識階層の子弟たち〉といった形象が浮上してくる。

また本書の構成を確認すると、外地収容所で嘗めた辛酸を詩・短歌・俳句で綴る第一章、巣鴨での日常を報告した第二章、犯罪の経緯、その後の煩悶、反省の過程をたどる第三章、そして今大戦の意味、「真の戦犯」の告発を主たる内容とする第四章、こうした構成には〈まず〈自罰〉、そして〈他罰〉へ〉といった本書のコンセプトがかなり明瞭にあらわれている。

対日平和条約†・日米安全保障条約†の発効にともない被占領が終了した、五二年四月末から五三年にかけて、戦犯の手記の出版ラッシュがあり、この〈手記集〉もそれらの企画の一つであったことはまちがいない。にもかかわらず、とりわけ本書は当局から警戒視されていた。被占領中、戦犯の恩典付与や仮出所の審査を行う地位にあったヘーゲンによれば、戦犯に関するプロパガンダには二種類あり、一つは単純に戦犯への「同情」を示す場合、そしてもう一つは、

†**対日平和条約**――一九五一年九月八日、第二次世界大戦におけるアメリカ合衆国をはじめとする連合国諸国と日本国との間の戦争状態を終結させるため、両者の間で締結された平和条約。サンフランシスコ平和条約ともいう。

†**日米安全保障条約**――一九五一年、対日平和条約と同日に締結された。旧日米安保条約ともいう。日本における安全保障のため、アメリカ合衆国が関与し、アメリカ軍を日本国内に駐留させることなどを定めた二国間条約。

†**ハーグ第四条約**――一八九九年にオランダ・ハーグで開かれた

「左翼」が「反アメリカ宣伝に使っている」場合であるとされ、彼は後者の例として『壁あつき部屋』を名指し、当局に何らかの措置をとるよう要請したという（内海愛子『スガモプリズン』二〇〇四年）。

　では一体、本書のどこに「反アメリカ宣伝」的要素があったというのか。ここではその思想的特徴を浮き彫りにする目的から、本書と同時期に刊行され、巣鴨の戦犯二十四人の手記を収めている点で形式的にも近似した、『われ死ぬべしや』（亜東書房、五二年）との比較を行ってみることにする。

　『われ死ぬべしや』のもっとも大きな特徴は、執筆者たちが徹頭徹尾、自己を〈被害者〉として規定している点にあった。周知のとおり、日本軍には「命令は謹《つつし》んで之《これ》を守り直《ただ》ちに之を行なうべし。決して其の当不当を論じ其の原因、理由等を質問するを許さず」と定めた軍隊内務令や、「上官の命令に反抗し又は服従せざる者」に対し最高で死刑まである陸軍刑法があった。そのためハーグ第四条約、ジュネーブ条約†などに反する行為であっても、ひとたび上官から命令が下れば、部下は直ちに実行に移さなければならなかった。そればかりか、多くの場合、国際条約の存在すら下級将兵は知らされていなかった。しかし敗戦後、連合国戦争犯罪委員会†は、たとえその行為が命令に基づくものであっても個人の責任は免れないという法概念を適用したため、命令者よりも実行者の方が重刑に処されるケースが続出した。

第1回万国平和会議において採択された「陸戦ノ法規慣例ニ関スル条約」並びに同附属書「陸戦ノ法規慣例ニ関スル規則」のこと。交戦者の定義や、宣戦布告、戦闘員・非戦闘員の定義、捕虜・傷病者の扱い、使用してはならない戦術、降服・休戦などが規定されている。

†ジュネーブ条約―戦時国際法としての傷病者及び捕虜の待遇改善のための国際条約。第1回条約は一八六四年に締結された。その後、一九〇六年・一九二九年にジュネーブで締結された条約も含む。

†連合国戦争犯罪委員会―一九四三年設立。第二次世界大戦の連合国の戦争犯罪に関する調査機関。証拠資料の収集・記録、戦争犯罪人リストの収集・製作、法律問題の討議、関係政府への勧告などを行った。

また、現地戦犯刑務所で連合軍から受けた報復的虐待が、戦犯たちの被害者意識を増大させたため、本書でも執筆者二十四人中、実に十三人が明確に冤罪を主張している。

これに対して〈手記集〉『壁あつき部屋』に際立っていた特色は、手記の多くが自身の罪責をめぐる認識の変化に焦点を当てている点だった。彼らも当初は連合軍の判決に対して強い不満を抱いていたが、煽られた戦争熱が歳月の経過とともに沈静化するにつれ、敵国俘虜やアジアの民に対して自らが犯した罪の自覚が醸成されていったのだった。

そうした認識の変化の最大の契機となったのが、対日講和条約の発効と同時に公布された平和条約第十一条の存在だった。そこには戦犯の刑の執行を日本政府が引き継ぐことが盛られ、日本国家が戦犯たちに侵略戦争の責任を問う事態となったのである。この新局面が戦犯たちに与えた衝撃は甚大であり、これによって彼らは、一体自分は何を犯し、誰に罰せられるのかという問題を根本から問い直さざるを得なくなった。

そして彼らの出した解答の一つが、〈道徳上の有罪、刑法上の無罪〉という論理だった。彼らによれば、自分の犯した罪は重大で、一生をかけて償うべきものだが、しかし自分を罰すべき相手は国家ではない。それどころか国家は、自身を罪人に落とした張本人であり、国家による戦犯の拘禁は憲法違反だ、というのである。

加えて彼らの発想に特徴的だったのは、過去の戦争と現在進行している再軍備問題とを連続的に捉え、それらを包括した「真の戦犯」を告発する意図をもっていたことである。執筆者の一人だった河上浩が、「こんどの戦犯裁判は、連合国による一方的裁判ではなくて、日米帝国主義者の共謀による侵略（売国）裁判だった」と主張したように、執筆者の多くが戦犯裁判を国家間の闘争を超えた階級闘争として捉えていた。

彼らによれば、「真の戦犯」である「独占資本家と天皇」はＡ級やＢＣ級にすべての罪を押しつけ、今度は「アメリカ帝国主義の手先」となり、日本を再び戦争へと駆り立てようとしているのだという。言いかえれば、〈手記集〉では「憲法違反」という政治的見地からＢＣ級釈放の論理的正当性が訴えられ、同時に、「平和を愛する国民」の手による戦犯裁判のやり直しが求められていたのだ。

こうした両書のちがいには、当時の戦犯釈放運動の隆盛が深くかかわっていた。敗戦直後には日本軍の行った数々の残虐行為が報じられ、ＢＣ級は「人道の敵」†として世論の集中砲火を浴びたが、五〇年代に入ると彼らへの同情の声が高まり、五二年には戦犯釈放要求が署名一千万人を超えた（全集3、448頁）。

一方、巣鴨拘置所では、世論の同情をさらに喚起して強固な釈放運動へと発

†**「人道の敵」**―毎日新聞を見ると、一九四五年九月十五日号では「比島戦における日本兵士の暴行」として米軍俘虜虐殺、生体解剖、アジア民衆の大量虐殺、日本軍内での傷兵の殺害が、九月二十一日号では「痛恨の涙を以て報道せねばならぬ事実」として「南京暴行事件」が報じられ、「汚辱」の「正視」と「贖罪」の必要性が説かれている。

展させたい思いから、自身らの手で手記や遺書を編纂刊行しようとする動きが活発化した。一例を挙げると、巣鴨法務委員会編『戦犯裁判の実相』（五二年）、巣鴨遺書編纂会編『世紀の遺書』（五三年）などであるが、全体的に哀訴嘆願調の強い『われ死ぬべしや』にも同様の意図を見て取ることができる。

しかし他方では、釈放運動の勢力のなかに自身らを新国軍形成に利用しようとする動きを疑い、危機感を募らせる者たちがいた。巣鴨内「社会科学研究会」の面々であり、その彼らに強い関心を寄せたのが武力闘争下にあった日本共産党だった。党は、獄中非転向六年の経験の持ち主で、当時、巣鴨で熱烈な支持を得ていた林田茂雄†を面会に赴かせ、彼の指導下に「プリズン細胞」を組織させようと考えた（前掲『スガモプリズン』166～168頁）。

実は〈手記集〉『壁あつき部屋』は、その林田の下に集まった者たちによって編まれた〈手記集〉だった。つまり、『われ死ぬべしや』が釈放運動の原動力となる世論の同情の喚起を目的としたのに対し、『壁あつき部屋』には世論に湧き上がった釈放運動を、同情の域から、より大きな階級闘争へと促そうとする日本共産党の意図が伏流として存在したのである。

原稿はその後、林田茂雄から臼井吉見†に託され理論社から刊行された。そして、その理論社からシナリオ執筆を託されたのが、芥川賞を受賞した異色の党

†林田茂雄―一九〇七（明治40）～一九九一（平成3）評論家。熊本県出身。一九二四年上京、出版社党の仕事をしながら鳴海四郎のペンネームで戯曲や小説を発表するとともに左翼活動を行う。三一年『第二無産者新聞』印刷部員となり地下活動に入る。三二年検挙、六年間非転向のまま下獄。戦後は社会・文芸評論家として活躍した。

†臼井吉見―一九〇五（明治38）～一九八七（昭和62）編集者、評論家、小説家。長野県出身。東大卒。一九四六年創刊の総合雑誌『展望』（筑摩書房）の編集長を務め、文芸評論家としても活躍した。

員作家（主流派）として一定の認知を得はじめていた安部公房だったのである。

三　〈有罪〉性の自覚

いま一度確認すると、〈手記集〉『壁あつき部屋』の特色は、①日本国家によるBC級戦犯の拘禁は「違憲」であるという認識、②BC級問題を階級問題として捉える視点にあった。以下本稿では〈手記集〉のこれらの特色が、〈初稿形〉、〈完成審査用台本〉、〈流布形〉において、それぞれどのように扱われたのかという点に着目して検証を進めたいと思う。

まず、〈手記集〉から〈初稿形〉への設定上の改変として注目されるのは、前者の執筆陣が尉官級†を多数派としたのに対し、後者では主要登場人物であるBC級戦犯六人中、階級の明示された山下・横田・許（朝鮮人）がすべて最下層の兵隊・軍属として設定されていること、そして山下・横田の場合に顕著な加害行為の加重化である。

山下の場合、沢田陽三の手記が、横田の場合、鶴谷睦二の手記が主として下敷きにされているが、シナリオでは両者の加害性がより重い形に改変されている。たとえば、手記ではジャングルでの敗走中、「土民」から一飯の恩を受けながらゲリラへの通報を恐れたK軍曹が「土民」殺害を提案する。しかし部下

†尉官――士官の最下級であり、一般に大尉・中尉・少尉の三階級からなる。下士官・兵を率いて最前線で直接戦闘を行う。

の沢田が恩義へのそのような報いは罰があたると進言したために、軍曹は断念し事なきを得た。シナリオではこの話が、「土民」殺害の提案を山下上等兵に反対され逆上した浜田中尉が、「上官の命令は陛下の命令だ」と強弁して「便衣の処置」（民間人に扮したゲリラの殺害）を命じ、山下がそれに従うというかたちに改変されている。

他方、横田の場合、手記では日本人下士官の犯した米兵俘虜暴行致死事件に通訳として居合わせただけであるとされていたのが、シナリオでは俘虜への同情を示した横田に腹を立てた軍曹が罰として彼に俘虜への鞭《むち》打ち制裁を命じ、心ならずも彼が鞭を振るった後、俘虜が死に至るという設定に改変されている。言わば安部は、一方で抗命権などないに等しかった兵隊・軍属へと問題をスライドさせ、しかし他方では無抵抗者の殺害という、もはや不可抗力という言い分の通用しない重罪を彼らに課したのである。

〈手記集〉刊行の裏に階級闘争の高揚をねらう共産党の意思が働いていたことは前述したが、党の描く見取り図では、BC級は軍上層部の奴隷として使役された挙句に違法行為を強いられた究極の受動的存在でなければならなかった。しかし、実際には執筆者の多くは軍隊内の中堅幹部に位置し、一方で彼らは部下に違法行為を強いた上官でもあった。恐らく安部はこうした矛盾を解消するために、主要登場人物の階級を最下層に設定し、さらには不可抗力の罪悪を強要されたBC級の問題が階級問題そのものであることを強調するために、加害行為の加重化を行ったものと判断される。

映画が一般公開された五六年、安部公房は『アサヒ芸能』（刊行月日不明、スクラップ・ブック）に『平和を叫べる』（書誌未載）という一文を寄稿しているが、そこで彼は次のように述べている。

戦犯の問題をかんがえるとき、二つの見方があると思います。一つは人間悪ということ、自然現象のように戦争がおこって、その中で悪いことをするやつはどうしても悪いことをするもんだ。というかんがえ。それに付随して、人間をかんたんに好戦主義者、厭戦主義者と区別することもこれに入ります。もう一つは戦犯をつくり出すような社会の仕組みを、なおすことで、戦犯という悲しい存在をなくすように心がけるという立場です。わたしは後者の見方でこのシナリオを書いたので

『壁あつき部屋』
早稲田大学演劇博物館所蔵

すが、まだまだ複雑な点を見のがしていたかも知れません。

また、階級闘争という観点からいま一つ注目したいのが、朝鮮人戦犯・許の存在である。周知のとおり、敗戦後十年間の日本共産党は、北鮮系在日朝鮮人と緊密な関係にあった。特に朝鮮戦争勃発前後には、日本共産党と在日朝鮮人に対する連合軍側の弾圧攻勢が強まり、両者は前後して武力闘争路線に転換し共闘関係を維持した。

『読売新聞』を見ても、特に五二年度には朝鮮人の暴力事犯が連日のように報道され、たとえば七月十七日記事では、国内約三万人と言われた「北鮮系過激分子」の連続テロを「内乱一歩手前」の事態と見た政府が、朝鮮人に対して「積極的に予備隊を出動させて鎮圧する」方針を決定したことを伝えている。

そうした事情を踏まえたうえで、〈手記集〉から〈初稿形〉への設定上の改変として注目されるのが、許の加害行為の減軽化だ。〈手記集〉の執筆者には朝鮮人戦犯・金起聖が含まれていたが、内海愛子によれば、敗戦後、植民地出身者で戦犯の罪に問われた者は朝鮮人が148人（死刑23人）、台湾人が173人（死刑26人）存在したが、このうち朝鮮人の大半は俘虜の監視員として集められた軍属だった。金もその一人であり、時に軍犬、軍馬にも劣ると軽んぜられた軍属として殴られずくめの教育を受けた彼は、自身もまた暴力をもって俘虜の管理にあたったことを理由に死刑判決を受けた。しかしシナリオでは、許は俘虜を使った建設工事の運転手をしていただけであったのに、日本人の嘘の密告で冤罪に陥れられた人物として造形された。言わば安部は、許を刑法上のみならず階級的・民族的にも純然たる被害者とすることで、BC級一般の問題（加害者であると同時に被害者）とは一線を画したヒーロー的役割を彼に付与したのである。

その許が、A級戦犯を護衛する保安隊員に「その服ぬけ《(ママ)》！」と詰め寄り、隊員が制服を脱ぐに至る場面は注目に値する。以下は、BC級戦犯よりも先に釈放されたA級戦犯が、保安隊員に護衛されて巣鴨刑務所に慰問に訪れたシーンである。

　突然、一人の受刑者立って
「発言！」
　驚くA級某を尻目に
一人「おたずねしたい、米国ではなぜあの様な屈辱的条約をおしつけてきたのか？　我々はもはや、日本政府に我々を監禁する権利はないと思っております、あなたはどう考へていられるのか？」
　狼狽するA級某。

声「上官づらするなア」
声「俺たちを再軍備と戦争協力の引換切符に使おうとするのか」
うつむいている保安隊員。
別の声「そのアメリカの服を着た日本人、答えろ！」
保安隊員、驚いて立上り、（中略）「我々は、誠心誠意、信頼と和解の精神をもちまして……ええ……先日のメーデーのごとき、暴徒が、アア、まことに恥づ（ママ）べきことでその為にも申訳ない、皆さんの苦難を無駄にするような、その……」
声「俺達は、軍国主義者と違いますぞ」
保安隊員「ハア、私ども、誠心誠意……」
許「予備隊、その服ぬけ！　ふさけるな！ぬけ！」
西村のひやかしの声。／西村「アラマア……その服、ぬいで頂戴なア！」／爆笑。
保安隊、蒼くなって服をぬぎながら壇をおりる。

朝鮮戦争の勃発以後、マッカーサーは短日月の間に警察予備隊を創設、五一年八月にはＢＣ級の上官だった一万千人の旧陸・海軍正規将校の追放が解除され、その多くが予備隊に吸収された。そうした事情に留意するならば、当場面は、本来は「再軍備と戦争協力の引換切符」に使われる恐れがあるという点でBC級と近しい境遇にありながら、階級上層部の楯として使役される保安隊員が、階級的同士からの非難を受けてBC級の側に寝返る場面であったと解せるだろう。

逆に結末部、母の葬式に出るために一時出所して帰省した山下を尾行する巣鴨職員が、「ああいう狂犬を死ぬまで檻から出しちゃ困る」とぼやく浜田の側に加担する場面が描かれるが、ここではBC級戦犯の釈放を阻もうとする勢力が結託する様子を示したものと考えられる。

以上のように、〈初稿形〉では〈手記集〉の特徴の一つだった階級闘争的性格（②）がより伸長されたのに対し、いま一つの特徴だったBC級拘禁を違憲とする主張（①）については、むしろ形骸化された観が否めない。〈手記集〉では本来はベクトルを異にする自罰への志向（過去の自己の断罪）と他罰への志向（「真の戦犯」の糾弾）が、日本共産党の指導下、半ば強引に止揚されるというスタンスが取られていた。そしてその根拠とされたのが〈道徳上の有罪、刑法上の無罪〉という論理だったが、実際には殺人を含む大罪を犯した彼らの〈刑法上の無罪〉を正当化するということは極めて困難であったことは想像に難くない。手記の執筆者の一人だった興津君夫が「BC級裁判はこうであった、と書こうとすると、裁判の不当をつくの余り、なにか無反省に自己弁護を試みているかのような印象を与えるのではないかと懸念されるのだ、それで書きにくいのだ」と吐露していたように、たとえ自罰を前提としたにせよ、「させられた」「命じられた」という被害者意識を基盤としてなされる他罰を突き詰めれば、ひいては自己の無罰化に繋がることは必然の結果であった。こうした問題を解消するために、シナリオ化に際して安部は〈戦犯自身による「真の戦犯」の断罪〉という困難な課題を回避しようと試みたものと思われる。

具体的に確認しよう。安部は主要登場人物であるBC級戦犯である山下を、犯した罪の重大さに比して極めて脆弱な罪意識しか持たない人物として造形した。山下がそれほど強く罪意識を意識せずにいられたのは、〈自分は反対したのに上官の浜田が聞き入れなかった〉という思いがあったからである。しかし最愛の母の死に接し、彼が母の遺骸に取りすがった時に脳裡を巡ったのは、収容所に侵入して俘虜たちを棍棒で殴りつけた、あの「土民」の老母の姿だった。子を失った母の狂態の記憶と、自身の母を失った激しい痛苦とが一瞬オーバーラップしたことで、このときはじめて山下は、自身の犯した殺人という行為が、被害者側にとっては不可抗力という言い訳など通用しない、取り返しのつかない行為だったことを悟ったのである。

山下の〈有罪〉性の自覚は映画ではいっそう明瞭に描かれ、山下が浜田の首に手を掛けようとした刹那、浜田の顔が「土民」の顔へと変貌し、山下の殺意を萎えさせてしまう。

さらに、山下の認識の変化にいっそうの拍車をかけたのは周囲の理解だった。一時帰省した山下に、村民は非難するどころか深い同情を示し、逆に浜田の側を罵り彼を驚かせた。「世論が殺人を支持する」かのような印象を与える当箇所は、〈流布形〉（八六年）ではほとんど削除されたが、少なくとも初稿形や映画のラストでは、「社会的制裁」というかたちで浜田に罰が下ることが暗示されていた。言わば、〈手記集〉が〈道徳上の有罪、刑法上の無罪〉という論理を根拠にBC級拘禁の違憲性を訴えたのに対し、シナリオでは〈道徳上〉〈刑法上〉を問わぬ明白な〈有罪〉性を自覚した男が、自らの意思で巣鴨に舞い戻り、と同時に、その戦犯を大衆が心情的に免罪し、大衆の心情において「真の戦犯」に罰が下される、というかたちに軌道修正が図られたのである。

四　階級闘争的要素の消去

一九五三年九月四日に松竹社内審査を通過した〈初稿形〉は、およそ以上のような特徴をもつシナリオだった。

ところが、前述したような経緯で完成映画は松竹の大谷社長命令で公開中止が言い渡された。映画のプロデューサーだった小倉武志は、のちに当時の経緯を「釈放運動を阻害する結果となっては申しわけないし」「会社案をウノミにするより手がなかった」（『週刊東京』五六年十一月十日）と説明している。

すでに見たように、映画が制作された五三年は、戦犯釈放運動がもっとも隆盛を見た時期にあたり、巣鴨拘置所内には、どのようなかたちであれ、釈放を第一に優先するグループと、「真の戦犯」への追及がなされぬままの〈なし崩し〉的な釈放、BC級が再び軍事に利用されるようなかたちでの釈放には応じられないとするグループとのあいだに、深刻な対立関係が生じていた（前掲『スガモプリズン』161〜164頁）。おそらく、映画の撮り直しを要求した一団は前者に、感銘を受けたとする一団は後者に属するものと推測されるが、かつての上官への仇討ちに固執する戦犯、罪を自覚して自ら拘禁に服する戦犯像を描いた本作は、図らずも両者の対立を顕在化させる結果となったのである。

翌五四年一月三日の『報知新聞』によれば、解決方法は三つある。一つは公開中止、一つは大幅カットによる公開、いま一つは作品をそのまま独立プロに売却して公開することだというが、一と三は、すでに三千万円以上の制作費がかかっていただけに、現実問題として不可能であり、残る二の案も「もし千フィートもカットされればこの作品を作った意味はなくなり、そのときは覚悟せねばなるまい。いっそダメなら公開中止にしてもらったほうが気持が良い」とする小林監督の強硬な反対にあい、現時点では難しいだろうとされていた。

結局、映画の一般公開には三年の歳月を有し、しかも全179シーン中、62ものシーンに削除が加えられたのだったが、では〈完成審査用台本〉と〈初稿形〉は、具体的にどこが大きくちがっていたのだろうか。

まず両者を比較して大きく印象が異なるのは、〈初稿形〉にはあった以下の三点、

（A）連合軍が日本人戦犯に残虐行為を振るう場面
（B）保安隊員が許らに詰め寄られ制服を脱ぐ場面
（C）尾行者が浜田の側に加担する場面

が公開された映画では削除されている点だ。とりわけ注目したいのは（B）（C）の削除である。当箇所が本作の階級闘争的性格を伸長させる役割を担っていたことは前述したが、特に（C）の削除によって〈初稿形〉に色濃くあった結末部の暗さが希薄化する結果となった。五六年十一月六日『社会タイムス』での座談会で、下川儀太郎《しもかわぎたろう》†が「映画の後味が実によい」と、佐藤観次郎《かんじろう》†も「最後のシーン」に「希望と明るさがある」と評したのに対し、小倉武志が「そこは（中略）商売人だから」と答えているように、（C）の削除は後味の悪い幕切れを商業的デメリットと判断した松竹側の意向だったと考えられる。

†**下川儀太郎**―一九〇四（明治37）～一九六一（昭和36）詩人、映画原作者・企画者、政治家。静岡県出身。『前衛』『戦旗』などに詩を発表。詩集に『ビラ』『富士と河と人間と』などがある。戦後は日本社会党の代議士としても活躍した。

†**佐藤観次郎**―一九〇一（明治34）～一九七〇（昭和45）ジャーナリスト、政治家、エッセイスト。愛知県出身。早大卒。大学卒業後、中央公論社に入社し、一九三三年『中央公論』の編集長となる。一九四七年から日本社会党の代議士として活躍した。

しかし、そのために映画の結末は、何かしら「明るい」感じを観る者に誘発することになった。留意したいのは、前掲『キネマの世紀』のなかで西村安弘が、本作を「勝者が敗者を裁くことに異議申し立てた野心作」だと要約している点である。〈手記集〉、〈初稿形〉には、戦犯裁判を階級闘争として捉える視点が共通にあり、当時の新聞広告にも「戦犯裁判は戦勝国の復讐であったか？」という〈反語的〉な宣伝文句が付されていたが、にもかかわらず、西村が映画に〈勝者への異議申し立て〉を読み取ったとすれば、フィルム・カットの結果、〈初稿形〉に色濃くあったはずのそれが希釈化したためではないかと考えられる。

しかし、結局安部は〈流布形〉に至り、その階級闘争的性格を自ら切り捨てることになる。前述したように、山下を罪の自覚に至らせた直接の契機は〈母の死〉と〈周囲の理解〉にあったが、安部は〈流布形〉で後者に相当する箇所を悉く削除したのである。

たとえば〈初稿形〉には、兄から山下の逸話を聞いた横田の弟が「素晴らしい話だった、感動した」と語り、その話を「左翼雑誌」に投稿するよう促す場面があった。「世論が、殺人を支持するかな？」とためらう兄に、弟は「正しい世論の前では、そのカサカキの将校なんぞ、殺す値打ちもないものになってしまう」と反論するが、〈流布形〉ではこうした場面はすべて削除された。

また〈初稿形〉には、帰郷した山下に妹が、記事を「読んだのよ」と打ち明ける場面、村の年寄りが山下の側に同情を示し浜田を罵る場面があった。これにより読者もまた、山下と浜田の事情がすでに村中に知れ渡っていることを知り得たのだが、〈流布形〉ではこれらがみな削除されたために、〈周囲の理解〉という読み自体が成立しなくなった。山下と浜田の対決の場面でも「殺すのが惜しくなった」「死ぬよりも腐る方が貴様には似合いだよ」という〈初稿形〉のクライマックスとなる山下のセリフが〈流布形〉では削除され、山下が無言のまま立ち去るかたちに変更された。

さらには、前述、階級闘争的性格を伸長させる役割を担っていたはずの（B）（C）の場面が、〈流布形〉では正反対のかたちに、つまり、許たちBC級戦犯から野次られても保安隊員は制服を脱がず「A級某」と共に逃げるように立ち去り、また無言のまま浜田の前を立ち去った山下に、尾行者は「よかったですね。一発なぐるくらいなら、見のがすつもりでしたけど」と、むしろ山下の側に与するような態度を表明する。換言すれば、安部は〈手記集〉にあった二つの特色（①BC級拘禁を違憲とする主張、②階級闘争的性格）のうち、〈初稿形〉では①の形骸化、②の伸長というかたちで軌道修正を試みたが、〈流布形〉に至り、②の要素をも悉く削除したために、結果、殺人の罪責を自覚した男が罪の贖いを求めて巣鴨に舞い戻る、というプロットだけが残されたのである。

ではなぜ八〇年代の安部は、五〇年代のテクストから階級闘争的要素を消去したのか。そこに、テクストを受容する社会の側の価値観の変動があったことは言うまでもない。すでに変化は制作から一般公開に至る、わずか三年の間に現れており、公開映画の客足は関係者の予想に反して伸び悩んだ。その要因を、鳥羽耕史《とばこうじ》は、「軍国主義的なのをA級戦犯にばかり押しつけちゃって、全部平和運動の方へBC級を持って行ったという単純な割り切り方」をしたために「説得力が少なくなっ」たとする奥野健男の言を引き、シナリオの「あまりに単純で明快なその図式」が「安部の意図通りの共感を得るには至らなかった」(『運動体・安部公房』二〇〇七年) ためと分析している。しかし、たとえば撮影中 (五三年十月一日)、監督の小林正樹が

内灘†ではほんとうに大地に足をつけてガンバったのは左翼でも右翼でもない生活に直面する土地の人々だと思う。政党とか労組は内灘について根の生えた戦いをしたとは思われない。この映画でも、刑務所生活中脱獄しても昔の上官にウラミをはらそうという山下が、そういう大衆を代表する行動力のある人物として中心に描かれる。左翼的な横田、右翼的な木村は地についた行動力にかける。〔『アサヒ芸能新聞』五三年十月一日〕

†**内灘**―石川県の中西部に位置する町。町域のほとんどが砂丘であるが、戦後一九五二年から砂丘地の大部分が米軍に接収され、米軍砲弾試射場が建設された。そのためこの地で、反基地運動の先駆けとなる内灘闘争が起こり、一九五七年、米軍は撤収した。

と言及していたように、シナリオおよび映画において、大衆を代表する山下は、一貫して平和運動に関心を示さず、また平和運動に傾く横田は青白きインテリとして描かれ英雄視されてはおらず、そうした点からも「全部平和運動の方へBC級を持って行った」とする見解は当を得ていない。むしろ、「スシも握りたてがうまいと同じに、映画の場合も、三年という時間のズレは決定的な欠点」（『週刊東京』五六年十一月十日）となったと三島由紀夫が述べたように、釈放運動の絶頂期にあった五三年と、すでに日本共産党・在日朝鮮人の共闘関係も解かれ、戦犯たちの多くが出所、または外出の自由を得た後の五六年では、BC級戦犯および階級闘争への世論の関心が決定的に変質していたことが、興行成績の不振に直結したものと判断される。

しかし、その一方で留意すべきは、公開映画を見た十返　肇《とがえりはじめ》†が「B・C級の戦犯が全部、無実の罪で服役してきたようにえがかれているのは納得できない」（『アサヒ芸能新聞』五三年十月一日）と述べたように、いまだ五〇年代前半においては、不可抗力の殺人を余儀なくされた山下や横田のようなケースは〈無罪〉と見る認識が優勢であったということである。しかし当然のごとく、そうした認識は、もはや八〇年代の日本社会では共有され得なかった。

また五〇年代と八〇年代の安部を比較したとき、その最たる相違は五〇年代の彼が党員作家だったという点である。特に〈初稿形〉の執筆は、安部がもっ

†十返肇——一九一四（大正3）～一九六三（昭和38）　文芸評論家。香川県出身。日大卒。在学中の一九三二年『近代生活』に掲載されたコント『ある肖像』でデビュー。戦後、一九五三年『朝日新聞』に「文芸時評」を連載、これを機に文壇ジャーナリズムの第一線に出た。

とも先鋭だった時期にあたり、そこに、山下の話に「感動した」と感想を漏らすような暴力容認的な、殺人者である山下に村民が「ヒャクショウや職工にたいした悪もできめえよ」と語るような、大衆礼讃的な要素が色濃く反映していたことは否めない。それら「殺人を支持する」かのような印象を与える箇所を、八〇年代の安部が不都合に感じたのも当然だっただろう。

結局、〈他罰〉を本旨とした戦犯たちの〈手記集〉『壁あつき部屋』は、安部公房という作家を介し、三十年という歳月を費やして、ついには〈自罰〉の物語へと変貌を遂げたのである。

第二章　戯曲『どれい狩り』論——「主役」としての肖像画——

一　〈家〉のドラマ

ワニの咆哮《ほうこう》とともに幕があがると、そこは一種奇怪な雰囲気をかもした富豪の屋敷の大広間。舞台正面には度外れに大きな肖像画†が掲げられ、カイゼル髭†を蓄え、眦《まなじり》を吊り上げた、軍服姿†のいかめしい男が額縁の中から舞台をにらみ据えている。上手には天井にまで達した重々しいエレベーターと、巨大な掛け時計が三時を打つ——。一九五五年六月から八月にかけて劇団俳優座で上演された安部公房作・初演『どれい狩り（五幕十八場）』の開幕の場面である。

人間そっくりだが人間ではないという「ウエー」なる珍獣が登場することで知られるこの戯曲には、これとは別に同名タイトルの小説が一つ（『奴隷狩』五四〜五五年）、さらに戯曲二つ（『どれい狩り（改訂版・七景）』六七年／『ウエー（新どれい狩り・十二景）』七五年）が存在する。そのため先行論でも、初演（五五年）と改訂版（六七年）とが比較されることが多い。たとえば、大笹吉雄《おおざさよしお》は

†**肖像画**―初演『どれい狩り』で演出助手を務めた川和孝によれば、この巨大な肖像画は、絵を描くのが得意だった千田是也が「御真影」をイメージして描いたものだという。

†**カイゼル髭**―伸ばした口髭を油で固めて左右を上へ跳ね上げて逆「へ」の字にしたもの。プロイセンの皇帝ヴィルヘルム2世が蓄えていたことからその名がついた。

†**軍服姿**―興行終了後の九月十五日、青木書店より刊行された

「劇的な衝撃力」という点から初演時には「時代の暗い欲望の、象徴」足り得たウエーが、改訂版では「もはや寓意というより、陳腐なもの」に堕したとし（『どれい狩り』七四年）、逆に高橋信良は、「異化効果の発揮」という点から改訂版の方に技術的成功があるとしている（『安部公房の劇場』二〇〇四年）。

一方、両舞台の演出を手掛けた千田是也は、両者の相違を〈風刺〉から〈笑い〉への転換と位置づけ、「社会の仕組みの暴露」を意図した初演に対して、改訂版では「暴露を突きぬけて、今ではこの作者がウエーのもたらすナンセンスな状況のおかしさを笑いとばしたあげくに、自分が大変ウエーに似ていることを見物に気づかせる魔法をねらっ」たのだと述べている（『どれい狩り（改訂版）』六七年）。

このように、「ウエー」という素材に強い執着を示した作者によって、『どれい狩り』は二十年という長きにわたって改稿されつづけたわけだが、大笹も指摘するように、特に注目されたのは〈初演形〉であり、安部はこの年、劇界進出第一年目にして本戯曲で岸田演劇賞（新潮社）、新劇戯曲賞（白水社）の最終選考にまで残っている。その〈初演形〉には、のちの〈改訂版〉には引き継がれなかったいくつかの特色があったが、本稿では特に、この巨大な肖像画の機能について着目してみたい。

『どれい狩り・快速船・制服』に収録されたテクストには、冒頭ト書きに「燕尾服をきた祖父の巨大な肖像」とあるが、映像資料により実際の舞台に掲げられた肖像画は誇張された肩章と詰襟の軍服の正装であることがわかる。

この肖像画の男は、当屋敷の前の主人で、かつては勲一等を受けたほどの高級軍人だったが、二十年ほど昔、息子の嫁に手をかけ不義の子を孕《はら》ませたために、事実を知った息子に謀られて毒殺された。無論、しょせんは絵画に過ぎず、肖像画の男に動きやセリフがある訳ではないが、しかし初演と同時に発表された〈初出形〉(『新日本文学』五五年七月)には、飼育係役の俳優が「主役(と肖像を指さし)はあの勲章のオジチャンさ」と述べる場面があった。そのことからも、安部がこの巨大な肖像画に、舞台装置として以上の役割を付与していたことは明らかである。

ところが、管見のかぎりでは、この肖像画に着目した先行論はなく、開幕から閉幕まで、舞台上に起こるすべての出来事を額縁のなかから凝視し続けるこの肖像画の男の役割は、長く看過されてきたと言わざるを得ない。

こうした問題意識から、まず本稿では初演『どれい狩り』を肖像画の男を「主役」と見る視点から捉え直

『どれい狩り』(俳優座　1955.6.17)
早稲田大学演劇博物館所蔵

すことで、新たな読みの可能性を提示したいと思う。前述したように、〈初演形〉にはのちの〈改訂版〉には引き継がれなかった、いくつかの特色があったが、たとえばその一つに家族崩壊のプロットがある。後述するように、初演が上演された年の言論界では、前年に引きつづき家族制度復活の是非をめぐっての、特に反対派の主張が勢いをもっていた。

〈初演形〉上演直後の合評会で、安部が「家族というものの必然的な崩壊過程と、それから、古い社会制度の一般的な崩壊過程と、その交錯する場所としてあの舞台をつくった」（全集5、279頁）と述べているように、〈初演形〉創作の意図と、当時の家族制度復活反対の主張とは、不可分の関係にあったものと推測される。

ところが、のちの〈改訂版〉で、その家族崩壊のプロットが悉く削除されために、先行論では〈初演形〉の〈家〉のドラマとしての側面を軽視してきた観がある。これに対し筆者は、肖像画の男（先代の主）、「閣下」（当代の主）、芳子（肖像画の男の娘、戸籍上は「閣下」の娘）という、三世代にわたる〈家〉の興亡に焦点をあてることで、初演『どれい狩り』を〈家〉のドラマとして再考してみたいと思う。

二　「閣下」の不可解さ

れました。〈幕が開いたのを見て慌てて引っ込む〉と指示があるんですけれど、千田さんは、もっと慌てろと言うんです。千田さん扮する舞台監督というのは、僕の記憶では舞台に出ないで、舞台袖から「引っ込め！」と声だけでやっていたように記憶しています。（川和孝氏へのインタビューによる、二〇〇九年）

また、当時の雑誌『文藝』（五五年八月）の劇評欄には

　はじめと幕切れに演出家が出て来て芝居のトチったのを責めてみたりするので、本物のトチリと勘違いし、「しっかりしろ」と怒鳴った客がいたのは御愛嬌

とあるが、川和孝によれば、これは「仕込み」ないしは「サクラ」と呼ばれる、今日の芝居ではよく用いられる演出方法で（当時においては斬新だった）、怒鳴った客は俳優座の団員だったという。

ところが、次の放送局員とのやりとりに移ると、〈現実〉の統率者だった監督の立脚点までが怪しくなってくる。監督は放送局員に「なんだい、君たちは？」と尋ねたが、仮に彼らが劇中劇の登場人物であったならば、既知の俳優に監督

がそのような言葉を投げかける必要はない。しかし、仮に彼らが〈現実〉世界の真の放送局員であったならば、なぜ監督は彼らの劇中劇への侵入を阻止しなかったのか。そもそも〈現実〉の放送局員が〈虚構〉内の「閣下」へ取材を申し込むこと自体が論理矛盾である。つまり、〈現実〉の統率者たる監督自らが、〈虚〉〈実〉判別不能の不審者の侵入を容認してしまうことで、観客の眼前で、舞台が〈虚〉〈実〉半ばするグレーゾーンの空間へと変貌を遂げるのである。

そうして、舞台はそのまま劇中劇（第二場）へと滑り出し、「閣下」が登場する。彼は巨大な父の肖像画を頭上に見上げ、「ちがう。何か足らんぞ。この絵かき奴は、大体、勲一等と勲二等のちがいも知らんとみえるな。それだけじゃない。この勲章には、大体精神がこもっとらん」と絵かきを激しく非難する。

ここで立ち止って考えたいのが、〈「閣下」が亡き父の肖像画に勲章を書き足す〉という行為の意味である。前述したように、肖像画の男を毒殺したのは彼だった。にもかかわらず、自ら手にかけた父の肖像画を広間に掲げ、その胸に勲一等勲章を書き足すという行為は理解に苦しむ。そもそも、この息子の行動には不可解な点が多い。高級軍人を輩出した名門家を守る意図からか、彼の父殺しは当時〈過失〉として処理された。しかし、「閣下」の妻は夫を恐れて出入りの獣医と駆け落ちし、ほどなくして他界した。そして、妻が残した娘は、獣医が親代わりとなって育てた。そして敗戦――。

その昔、駆け落ちした獣医が日本にはじめて紹介したという「動物磁気」なる説からヒントを得て、私設動物園の経営に乗り出した息子は、まず家畜を集め、次に父の娘（異母妹）とともに獣医（＝飼育係）を連れ戻して、これに管理をさせ、さらに秘書、女中、運転手を従えて、陸軍大佐に終わった彼には本来は用いる資格のなかった「閣下」（それは彼の父の呼称にほかならない）を名乗り、戦前さながらの〈家〉を再興して次代の長の座に就いた。そして今は、頭の悪い秘書を娘婿に迎え、内実は彼女を妻にして自身の子を産ませようとしている——。

この一見して常軌を逸したかのような息子の一連の行動は、いったい何を意味しているのか。ここではそれを、執筆された一九五五年当時の家族制度復活反対派の言説とのかかわりから検証してみたいと思う。

三　体制復古の儀式

そもそも、五五年当時の家族制度をめぐる議論とは、いかなるものだったのか。

敗戦とともに日本では、実に四〇〇〇万人（！）を超える労働者が職を失い、そこへ海外からの引揚げ者六一四万人が加わって、総勢八〇〇〇万人がせまい国土にひしめき合うなか、失業問題は苛烈を極めた。状況は戦後十年を経てもなかなか好転せず、当時の完全失業者数は七一万人、潜在的失業者に至っては七〇〇万人とも言われていた（戸頃重基†『崩壊期の家族制度とその道徳的診断』五五年）。

周知のとおり、日本国憲法の実施にともなう民法改正によって、戦前の家族制度は成文法上廃止された。しかし、それによって社会生活の実際面における〈家〉の制度が、ただちに駆逐された訳ではなかった。それでなくても敗戦後の生活困窮者の激増は、自分の行く末を案じる親世代の不安を増大させた。そうした社会不安の声の高まりに後押しされて、早くも被占領終結の前後には、〈家族制度復活〉の気運がマスメディアにおいて広がりはじめた。

五一年九月十日の『朝日新聞』は、時の首相・吉田茂†が「改正民法が家族制度にメスを加えたのはよい面もあるが行き過ぎもあった」と述べ、「社会秩序の一つのより所として《家》を重視」する姿勢を示したと、講和条約の翌日には早くも報じている。そして、五四年三月十二日、ついに自由党内に憲法調査会が発足し、同月二十七日には同会会長だった岸信介†が家族制度復活の意向を述べた。

しかし、十月十六日、「子の親に対する孝養の義務」の一文のある同会「改正試案」が発表されると、婦人界を中心に猛烈な反対の声が上がりはじめた。たとえば、立石芳枝†は、旧民法では「相続人だけが権威をもち、他の者はドレ

†戸頃重基—一九一一（明治44）～一九七七（昭和52）　金沢大学教授、文学博士。東京都出身。東北大卒。日本思想史、倫理学専攻。

†吉田茂—一八七八（明治11）～一九六七（昭和42）　日本の外交官、政治家。一九四六年五月～一九四七年五月および一九四八年十月～一九五四年十二月、内閣総理大臣として、優れた政治感覚と強いリーダーシップで戦後の混乱期にあった日本を盛り立て、戦後日本の礎を築いた。

†岸信介—一八九六（明治29）～一九八七（昭和62）　日本の政治家、官僚。一九五七年二月～一九六〇年七月　内閣総理大臣として、新日米安保条約の成立等に尽力した。また、総理大臣を退任してからも、日韓国交回復にも強く関与するなど、影響力を行使した。

†立石芳枝—一九一〇（明治43）

イ」、特に妻は「法律上は盲人、狂人と同じに無能力者」、「イヌやネコも同然に扱」われてきたと主張した（『読売新聞』五四年八月十二日）。田邊繁子†も、家族制度は「命令と服従の支配関係、階級的関係」、自由意思を奪われた「妻及び子供たち」は「奴隷的人間」であると批判した（『世界』五五年三月）。

〈家〉の制度を人権蹂躙と見なすこうした認識は、特に都市部・若年・婦人層に広く普及したが、家庭と勤労婦人百万の署名を集めた五四年十一月の「家族制度復活反対総決起大会」では、「再び絶対服従のオリに追い込まれない、過去の無能力者に立戻るまい、の決意」が宣言文に盛り込まれた（『読売新聞』五四年十一月十五日）。

その一方で、〈家族制度復活〉と〈再軍備〉問題との繋がりを指摘する論調もあらわれた。たとえば、「家族制度は親孝行の制度だ」とする意見に反駁《はんばく》した久米愛†は、「家族協力の名のもとに社会保障費を減らして再軍備を増強しようと」していると批判し（『読売新聞』五四年六月二十九日）、加藤シヅエ†も「かつての日本軍隊を夢見る者にとっては、主従関係、命令系統をはっきりさせるということがまず必要」、「家も社会も、上から下へスイーとなびく世の中。こう考えてみれば家族制度復活の声と再軍備問題とのつながりの濃さがわかる」（『読売新聞』五四年十一月十五日）と主張した。

ところが五四年十二月七日、自由党吉田内閣が総辞職、日本民主党鳩山一郎†

〜一九八三（昭和58）法学者。東京都出身。明大卒。日本の女性法律家の草分け。一九四四年、明治大学女子部教授となり民法を担当、のちに明治短期大学長に就任した。

†田邊繁子―一九〇三（明治36）〜一九八六（昭和61）法学者。京都府出身。同志社大卒。穂積重遠に師事して家族法をまなび、戦後、家族制度の復活に反対した。一九五六年、専修大学教授に就任。著作には『女性の地位』、『妻の財産』などがある。

†久米愛―一九一一（明治44）〜一九七六（昭和51）弁護士、女性運動家。大阪府出身。明大卒。一九四〇年、日本初の女性弁護士となる。一九四六年から六六年まで明治短期大学教授として活躍。五〇年、日本婦人法律家協会を設立、会長に就任した。

†加藤シヅエ―一八九七（明治

内閣が成立し、翌年三月までに総選挙が行われることが決定すると、自由党は一転「家族制度復活反対」を表明し、各党もこれに倣い、こぞって「復活反対」を公約に掲げはじめた。こうした風潮に、『読売新聞』（五五年一月二十五日）は、「総選挙がまえの政界はこのところ婦人に受けの悪い家族制度復活の声を、すっかりひっこめてしまった」、「巧妙な宣伝戦」だと批判した。

結局、五五年二月二十七日の衆議院選挙では、反対派が改正阻止に必要な三分の一議席を確保したが、以後も反対派の言論攻勢はつづき、『どれい狩り』上演月にも、たとえば戸頃重基が、

> 「再軍備は自衛上止むをえないが、家族制度の復活は御免である」というようなことは全く論理にならないのである。再軍備→天皇制→道徳教育→社会科解体→家族制度復活→人権剥奪→労働強化→徴兵→戦争、これは新ファシストたちの日程に上った一連の筋書きだ。（『思想』五五年七月）

と主張していた。あるいは西村信雄†は、家族制度の思想的根幹に「祖先崇拝の信仰」があるとして、そこでは「祖先の霊」は「不滅」にして「常に『家』と共にあり、『家』の存続と発展を守護」するもの、「家長は現世において祖先の霊を代表する者」と信じられていると、その非・科学性を糾弾した（『日本にお

30）〜二〇〇一（平成13）婦人解放運動家、政治家。東京都出身。一九四六年、敗戦後初めての総選挙である第22回衆議院議員総選挙に当選し、日本社会党に入党。この時、初の女性代議士39名のなかの一人だった。一九四八年の優生保護法の成立に深くかかわった。一九五〇年から七四年まで参議院議員として活躍。

†鳩山一郎―一八八三（明治16）〜一九五九（昭和34）日本の政治家、弁護士。一九一五（大正四）年に衆議院議員に当選して以来、政党政治家として活動。一九五四年一二月〜一九五六年一二月の首相在任中、保守合同を成し遂げて自由民主党の初代総裁となり、日本とソビエト連邦の国交回復を実現した。

†西村信雄―民法学者、立命館大学法学部教授。

ける家族制度復活の動き』五五年九月)。

以上のような同時代言説を念頭に置き、いま一度、初演『どれい狩り』を「閣下」の〈家〉のドラマとして読み直してみたいと思う。

＊　＊

結論から言うと、この戯曲における肖像画の男は、もはや絵画の範疇《はんちゆう》にはない。家族制度の思想的根幹をなす祖先信仰を体現した存在だと考えられる。

そもそも「祖先」とは何か。夫婦を単位として一代ごとに消滅する「ファミリー」とは異なり、血縁・非血縁をも含み、親子的統属関係を擬制しながら、永続への絶対的意志をもつ超個体組織である〈家〉の、祖先は創設者および先代以前の者たちを言う。「信仰」の語にも窺えるように、祖先の霊は神仏に見立てられ、子孫にはそれへの崇拝の念が義務づけられる。西村信雄が述べているように、「家長は現世において祖先の霊を代表する者」であると信じられ、そうした価値認識が「万世一系」とも謳われた天皇の神格化を容易にする土台ともなっていた。

初演『どれい狩り』は亡父の肖像画の軍服の胸に勲章が書き足される場面からはじまるが、たとえば福沢諭吉†が「位階勲章はただちに帝室より出ずる」と述べたように(『学問の独立』)、「閣下」がこの肖像画に勲章を書き足す行為に

†福沢諭吉――一八三五(天保5)～一九〇一(明治34)　日本の武士、蘭学者、著述家、啓蒙思想家、教育者。慶應義塾の創設者。

は、本来、祖先への恭順の念と同時に、天皇への忠誠心の顕示が意図されていたはずであり、そのような眼で再度眺めると、この亡父の肖像画はあたかも「御真影」のようだ。しかも先の第二次世界大戦終了までに、軍人に与えられた勲章はおよそ八十万個。勲章は軍国主義のシンボルとしてのイメージを拭《ぬぐ》いがたく纏《まと》っていたために、敗戦後、父親に授与された勲章を売ったり、廃棄したりする者が続出したとされる（大薗友和『勲章の内幕』）。

換言すれば、〈祖先〉〈勲章〉〈軍服〉という諸記号の結合から成る本行為には、日本帝国の消滅とともに失効した〈家族制度〉〈天皇制〉〈軍制〉という旧体制の復古を祈念する儀式的役割が担われていたのである。

今日、早稲田大学演劇博物館には『どれい狩り』初演時の映像資料が残されているが、それを見ると、舞台では巨大な肖像画の真下に一脚の椅子が置かれ、そこに舞台登場後の「閣下」が着席する。すると、大きく跳ね上がった髭を類似記号として、頭上の堂々たる肖像画の男と、その真下にちんまり畏《かしこ》まって腰かける「閣下」とのコントラストによって、あたかも「閣下」が肖像画の男のミニチュアであるかのように見える視覚効果が発揮されるのである。

実際、この息子の戦後の行動は、父「閣下」の分身的役割を自ら演じて見せているかのようだった。暴君的家長に妻を奪われ尊属殺人を犯したこの息子は、〈父の家〉という「絶対服従のオリ」の破壊者だが、その一方で〈軍隊〉という自己の縄ばりにおいては、号令一つで自由に動かすことのできる、生き死に自由の兵隊や異民族を所有する、自らもまた暴君にほかならなかった。しかし、敗戦によってその広大な縄ばりを一瞬にして失うと、一転、今度は〈オリ＝家〉の再建という逆コースをひた走り始めたのである。植民地の縮図のような奴隷的家畜を集めた私設動物園、旧態依然の〈家〉の再建と主従関係に基づく構成員の招集、さらには「御真影」と見紛う巨大な亡父の肖像画を〈家〉の守護神に見たて頭上に奉り、自身は父の呼称だった「閣下」を名乗り、亡父に代わって支配の座に就いたのである。そして、一度は塗りつぶさせた天皇への忠誠の証しを、いま再び掲げ直し、復古の儀式を完遂させる――はずだった。

ところが一点、男は致命的なミスを犯した。映像資料にも明らかなように、「へっぽこ絵かき」のミスによって旭日大綬章らしき勲一等勲章が正章（「大綬」と呼ばれる飾り紐つき）・副章（バッジタイプ）ともに、左右逆に書き足されてしまったのである。

登場早々、勲章の仕上がりに違和感を抱いた息子は、

ふうん、どっか、何か足らんぞ。……この勲章には、大体精神がこもっとらん。へっぽこ絵かき奴が。近頃の絵かきには、勲章の精神なんてものは全然わかっておらんのだ。明日、もう一度書き直しをさしてやらにゃ

と毒づくが、結局、閉幕まで絵の勲章が修正されることはなかった。軍人にとっての最高の栄誉であるはずの一等勲章を逆に書き足すというこの冒瀆行為は、復古主義の権化のように振舞う「閣下」の、内実の形骸を如実に示すものであり、このことは当然のごとく〈肖像画の男／祖先の霊〉の逆鱗《げきりん》にふれることになる。

しかし、舞台では「閣下」のこの不完全な儀式の遂行が呼び水となって、前述したような〈現実〉／〈虚構〉のヒエラルキーの転倒、そしてこの後、さらなる転倒した事態が次々と招来されることになるのである。

四　ドレイとはなにか

それから程なくして、「閣下」の〈家〉に「ウエー」なる珍獣が舞い込んできた。言葉を持たず、三年で子の親となり、孕《はら》んで六か月で二匹から三匹の子を産み落とすが、見かけは人間そっくりな珍獣を所有するという探検家（実は強盗団のボス）が、「動物磁気クラブ」を経営する「閣下」が、精神病に効くとされる「ゴリラと人間のアイノコ」を探しているとラジオで言ったのを聞きつけ、ウエーがそれであると売りつけにきたのである。

多くの生き物の中でもとりわけヒトによく似た姿形をもつゴリラは、飼育が非常に困難であるとされ、『どれい狩り』初演当時には世界でまだ四十数頭しか捕獲されていなかった。日本上陸は五四年十二月二十三日だった。極東貿易株式会社が輸入したもので、三歳のつがいが日本動物園という大規模の巡回動物園に買われ、翌年正月元旦より顔みせ巡業を開始した。

俳優座の「ウエー」興行は、まさにその裏で打たれたのである。初演時の演出助手だった島田安行によれば、二幕五場で稲葉義男《いなばよしお》†・菅井きん†の演じる、オリに入れられた原始人さながらのウエーが中央に運ばれると、観客のどよめきが大きな笑いとなって舞台裏にまで届いたという。

ところが、登場から数場と経たずに、ウエーがニセモノであることが観客に暴露される。屋敷の住人たちが寝静まった夜半、うす暗い舞台で突如、オリのなかのウエーたちが人間の言葉で話しはじめるのである。彼らの正体は、駆け落ち結婚した果てに零落して、詐欺師のボスに雇われ珍獣に仕立てられた夫婦の末路だった。しかし、押し込みの計画は何度も失敗し、予期せず長逗留する破目になった夫婦は、「閣下」の〈家＝オリ〉の愛憎劇をオリ越しに一部始終目撃することになった。

ここで改めて考えたいのが、『どれい狩り』という戯曲のタイトルついてである。上演直後の雑誌『新劇』の合評で、日下令光《ひのしたよしみつ》は「「どれい狩り」という題が巧いな」と評したが、これを受けて安部はこのタイトルの由来について、

†**稲葉義男**―一九二〇（大正9）〜一九八八（昭和63）俳優。東京都出身。日大卒。一九五〇年俳優座に入る。映画やテレビでも活躍した。

†**菅井きん**―一九二六（昭和1）〜　女優。戦後、東京芸術劇場研究所を経て俳優座へ。一九五一年に『風そよぐ葦《あし》』で映画デビューの後、多くの映画やテレビで活躍した。

あれはアリからヒントを得たんですよ。そういうアリがいるんですね。百科事典を引くと出ていますよ。働きアリを自分で産まないで、ほかのアリのところに行って働きアリを集めてきて、それに働かしてるアリがいるんですね。それから題をつけたんです。〔全集5、281頁〕

と解説した。つまり、「奴隷狩り」性という一部のアリに見られる習性に由来しているというのだ。よく知られているように、アリは高度な社会を形成する数少ない昆虫であり、階級をもち、分業し、戦争を繰り返す点でも、ヒトと酷似すると言われている。アリの奴隷狩性について、久保田政雄『アリとあらゆるアリの話』（講談社、八八年）は、以下のように説明している。

サムライアリは大挙してクロヤマアリ（平地の場合）の巣を襲撃、そこの幼虫の繭を奪って、自分の巣に持ち帰り、やがて繭からクロヤマアリに育ったのを、奴隷として使役している。といっても、サムライアリはその名のとおり、牙が鎌のように鋭くとがっていて、戦国武将の兜《かぶと》を思わせるが、略奪に出かけることと、ブラシのような前肢で自分の体の掃除（グルーミング）をする以外、何もできない。目の前にある餌でさえ、自分では食べられない、という有様である。したがって、略奪してきた繭を育てるのも、前からいる奴隷のクロヤマアリが担当する。常識的には、種属の異なるアリが同じ巣のなかでは共存できないのだが、幸か不幸かクロヤマアリは、生まれる前からサムライアリの巣に生活しているので、自然になじんでしまっているのだろう。

別の箇所で、安部はアリについて「あれほどすぐれた生活技術をもちながら、ついに本能のワクから抜け出せず、そのために過去をくりかえすだけで、決して新しい未来を発明することが出来ない」（全集7、157頁）とも言及している。つまり、作者がアリから想起したのは、使役する側・される側を問わず、どんなに生活技術が高度化しても〈階級〉という負の本能を断ち切ることのできない、進化から取り残された人間像だったのである。

では戯曲において、「どれい」とは具体的に誰を指していたのか。仮に今日の観客が初演舞台を観覧したならば、藁《わら》じきのオリに閉じ込められた薄汚い男女が登場するや、「どれい」とはつまり、彼らのことだと判断するにちがいない。実際、ウエーを入手した「閣下」は、西部太平洋水域の島に無数に棲息するということの珍獣を訓練して百姓や職工、果ては兵隊代わりに使役することを思いつく。

これに対し、同時代の観客は舞台をどのように見たのだろうか。生みの親（祖父）、戸籍上の親（「閣下」）、育ての親（飼育係）と三人の父親をもつ娘が、実は異母兄である「閣下」から昼夜問わず追い回され、しかもその娘は「出し入れ自由の、うすっぺらい郵便貯金の通帳」のような乱れた異性交遊に堕し、「閣下」から逃れたい一心から飼育係に色目を使う。そのような光景は、「Family」とはほど遠い、さながら一匹のメスザルを奪い合うオリのなかのサル山の群れのようであり、先に見たような家族制度の是非をめぐっての喧《かまびす》しい議論が飛び交っていた当時であれば、戦前家父長制の露骨なカリカチュアと見た者も多かったのではないか。

たとえばそれは、三幕七場、「なに、このフウテン病院のような家をみてりゃ、誰だって気分が悪くならァ」（男）／「本当に金持の家って、気味の悪いもんだねえ」（女）という、ウエー夫婦のセリフからも窺い知れる。つまり、屋敷の住人たちはウエー夫婦を見て嫌悪し、ウエー夫婦の側でも屋敷の住人たちを見て嫌悪するという、互いが互いの生のあり方に「どれい」的醜悪さを見ていたのである。

さて、ここでいま一度想起したいのが、「閣下」が経営していた「動物磁気クラブ」なるものについてである。「閣下」によれば、「動物磁気、すなわちアニマル・スピリッツは」「体ではなくて目から出る」とされ、人間と動物が

「じいっと正面からにらみあって」いると、「たがいの目と目の間に磁気の通路が出来」、「その通路を伝わって動物の力が人間に流れて来る」。その力によって「人間のよごれ」が「拭き、清め」られ、人間の病気が治るというのだ。

「動物磁気」という言葉から想起されるように、こうした「閣下」の手法は、一八世紀末から一九世紀初頭にかけて、ウィーンやパリの医学界・社交界を席巻したフランツ・アントン・メスメル†の「動物磁気説」に基づく精神治療の方法に酷似している。かつて人間と自然とのあいだに存在した完全に調和的な関係を回復することに健康回復の鍵があると考えたメスメルは、一部の人間に生まれながらに備わる、患者を見つめたり触ったりすることで治癒効果をもたらす流体を「動物磁気 animal magnetism」と名づけ、主に上流階級の精神疾患者にこれを施すサロンを経営した。これとよく似た方法で、「閣下」もまた、動物磁気を各界の名士たちに施す会員制サロンを経営していたが、一点、前者と大きく異なったのは、メスメルの「動物磁気」が実際には「人間」を指し、より全き人間の磁気がそれを損なった者に作用することで治癒効果を発揮すると考えられたのに対して、他方の「閣下」のそれは、文字どおり「動物」を意味し、肺病にはライオン、婦人病には熊、肝臓病にはメスのアリゲータ……といった具合に、珍獣猛獣の「スピリッツ」が人間の病を治癒すると考えられた点にある。

†フランツ・アントン・メスメル——一七三四〜一八一五　ドイツの医師。「動物磁気」と呼ばれるものの提唱者。のちにそれは「メスメリズム」と呼ばれた。メスメルの概念と実践が発展して、一八四二年、ジェームズ・ブライドによって催眠術が開発された。

アニマル・スピリッツは人間のよごれを拭き、清めるんだ。ジャン・ジャック・ルソオ†先生も申されておるが、天然自然にかえれという、あれだな。自然は美しいなあ。

言うまでもなく、ルソーの思想の背後には、人間の生得的善性を大きく変質させたのは社会であるという文明批判があり、その意味で、ルソーの「自然に帰れ」という言葉は、人間の生来の善良さに立ち帰れという意味で理解するべきものである。ところが、あろうことか「閣下」は、この意味を転倒させて、人間に弱肉強食の未開状態への先祖帰りを促す意として捉えているのだ。

しかし、「閣下」がどのような学説を唱えたにせよ、野性をすでに喪失したオリのなかの獣たちが、サバンナの野獣のような「天然自然」の磁気など発し得ないことは言うまでもない。そればかりか、エサの時間が狂っただけで神経を尖らせるような都会の動物園の家畜たちの病んだ吠え声は、かえって健康な娘を神経衰弱に、生まれたばかりの赤ん坊を「猿の干物みたい」に憔悴させてしまうのだ。無論、日々その家畜たちとそば近くに暮らす屋敷の住人たちも例外ではない。

†ジャン・ジャック・ルソー——一七一二〜一七七八　スイス出身の哲学者、政治哲学者、教育哲学者、言語哲学者。啓蒙思想の時代にあった一八世紀フランスで活躍した。代表的著作に『社会契約論』『エミール』『告白』『孤独な散歩者の夢想』などがある。

ちがった生活なら、なんだって素晴らしいと思う。そして違った生活があるっていうことが確かなのに、何故わたしはここにいなければならないの？

と、娘は飼育係に詰め寄ったが、飼育係も娘も、そして養子である秘書も、「閣下」の支配を心底嫌悪していながら屋敷に留まりつづけるのは何故なのか。「この家のメシを食っているあいだに、わたしは、抜殻になってしまった」と飼育係が吐露したように、オリのなかの安寧をむさぼる奴隷的家畜たちの磁気に日々晒されている彼らには、〈家＝オリ〉の外の自由を求めるだけの気概がすでに失われているのである。

留意すべきは、今は〈オリ〉の主である「閣下」も含め、その妻、獣医／飼育係、娘、秘書、そしてウエー夫婦までもが、一度は〈オリ〉からの脱出を試みた抵抗者たちだったということである。父を殺した息子、夫から逃れた妻、人妻と落ちのびた獣医、養父に逃亡をもちかけた娘、義父に殺意を抱く養子、駆け落ち結婚した夫婦──。

しかし結局はみな、〈オリ〉の外の自由を生き損ない、戦後の息子は〈オリ〉の再建へと向かい、生活に窮した獣医・娘はその〈オリ〉に収監され、夫婦は珍獣を装い文字どおりオリの住人となり、今また養父に拒絶され絶望した娘が、自身の胸の中に拵《こしら》えたもう一つの〈オリ〉に閉じこもろうとしている。

つまり、一見富豪と乞食ほどにちがってみえる屋敷の住人とウェー夫婦も、「新しい未来を発明することが出来ない」、「過去をくりかえすだけ」の〈オリ〉の住人、という点では、どちらも大同小異だったのである。

他方、留意したいのは、「動物磁気」の語の英訳が実際には「animal magnetism」であるにもかかわらず、安部がその和訳として「アニマル・スピリッツ」の語を当てていることだ。実はこの「アニマル・スピリット（Animal Spirit）」（単数形）の語には、いま一つ有名な用例があった。経済学者ケインズ†が『雇傭・利子および貨幣の一般理論』（一九三六年）のなかで使用した術語で、企業家が事業を起こしたり投資を行ったりする際の「企業家の血気」を意味する言葉である。一般に「起業」というものは、むしろ失敗する例の方が多く、事業における投資のリスクは数字で計測できるようなものではない。にもかかわらず、多くの起業家が将来の収益を期待して事業を拡大しようとする。その合理的思考では説明のつかない彼らの熱いビジネス的情熱、不確定な心理が経済市場を左右しているとして、ケインズはその心理を「アニマル・スピリット」と呼んだのだ。

ではなぜ安部は「動物磁気」の訳語に、この明らかな〈誤訳〉を当てたのか。想起したいのは、『魯迅《ろじん》†作品集』（竹内好訳、筑摩書房、五三年）にも収録された「野草」のなかの小編『賢人と馬鹿と奴隷』について、訳者である竹内が言及

†ケインズ—一八八三～一九四六　イギリス生まれの経済学者、ジャーナリスト、思想家、投資家、官僚。二十世紀経済学史において最重要人物の一人とされ、有効需要に基づいてケインズサーカス（若手学者集団）を率いてマクロ経済学を確立させた。

†魯迅—一八八一～一九三六　中国の小説家、翻訳家、思想家。

した以下の一節である。

ドレイは、かれみずからがドレイの主人となったときに十全のドレイ性を発揮する。なぜなら、そのときかれは主観的にはドレイでないから。魯迅は「ドレイとドレイの主人はおなじものだ」といっている。「暴君治下の臣民は暴君よりも暴である」ともいっている。「主人となって一切の他人をドレイにするものは、主人をもてば自分がドレイに甘んずる」ともいっている。ドレイがドレイの主人になることは、ドレイの解放ではない。しかしドレイの主観においては、それが解放である。

右の言説に準《なぞら》えるならば、かつて亡父の治める〈家＝オリ〉のドレイに甘んじた息子が、仮に今自らの〈オリ〉を得てドレイの主人となり、さらにはドレイ貿易の親玉にまで成り上がったとしても、所詮は「ドレイとドレイの主人はおなじもの」であるに過ぎない。同様に、ドレイの〈ドレイ根性〉をいよいよ掻き立てる「動物磁気」と、ドレイの主人の〈ビジネス的情熱〉をいよいよ掻き立てる「アニマル・スピリット」は、〈階級〉という悪なる構造の延命維持に、上下別々の方向から貢献するという違いがあるのみの、結局は「おなじもの」だと安部は捉えたのではなかったか。

本名は周樹人。代表作に「阿Q正伝」、「狂人日記」などがある。弟に文学者・日本文化研究者の周作人、生物学者の周建人がいる。

ところが第四幕（一二場）を境に、舞台に大きな変化があらわれる。ウエーのオリには紙垂《しで》をつけた注連縄《しめなわ》がつるされ、その前に祭壇が設けられた。つまり、「閣下」や大臣らによって、ウエーが新たな〈神〉に祀《まつ》り上げられたのである。

五　階級の不可視化

戦前の大日本帝国には、ヒト（霊長目ヒト科）という種のあいだに〈天皇＝現人神《あらひとがみ》†／臣民†＝支配民族／どれい＝被支配民族〉という厳然たる階級が存在し、しかも臣民のボスたる為政者たちが〈神の代弁者†〉として臣民を手足のように酷使することがゆるされた。しかし、敗戦によって状況は一変した。コロニーの喪失によって、どれいは「にんげん」へと還元され、臣民も基本的人権法の制定により「にんげん」へと昇格、神までが「にんげん」への仲間入りを宣言して〈一億総にんげん〉という事態が生じたのである。

ではなぜそうしたことが生じ得たのか。一方では「天皇の祖先は天照大神《あまてらすおおみかみ》だ」という言説が罷《まか》りとおり、他方では「人間の祖先はサルだ」という言説が常識だと見なされる。そもそも「にんげん」という概念自体が、ヒトという高等動物が神と他の動物とのあいだに自己を階級づけるために発明した、実体の

†現人神―第二次世界大戦終結以前には、主に天皇の呼称として用いられた。たとえば石原莞爾『戦争史大観』（中央公論社、一九四一年）には「現人神たる天皇の御存在が世界統一の霊力である」という言及がある。

†臣民―君主国において、君主に支配される者としての人民を指す語。戦前日本では、大日本帝国憲法に「臣民」という語が用いられ、天皇と皇族を除いた国民を指して用いられた。

†神の代弁者―〈神の代弁者〉たちによる抑圧移譲の構図は、五〇年代の安部公房が好んで描いたモチーフだった。『壁あつき部屋』（五三年）では、「土民」殺害の提案を部下に反対された上官は「上官の命令は陛下の命令だ」として反論を封じた。ま

ない抽象概念だったからである。

〈名づけ〉という行為の無根拠性の事例は、何も「にんげん」ばかりではない。先代の主にとって息子の「妻」はヒトという種のメス＝「女」以上のものではなかったし、それは「異母妹」を「娘」と偽り「妻」に据えようとした「閣下」の場合も同様である。「大佐」から「閣下」への昇格、「獣医」から「飼育係」への降格、「ウエー」というヒトと動物とのあいだに転落した夫婦、逆にそれへの転身を夢想する娘──。「ややっこしすぎるのよ」と娘が嘆いたように、ヒトが〈ことば〉という道具を用いて行う〈名づけ〉という行為がいかに不確実であるかということを、『どれい狩り』は繰り返し観客に突きつけるのである。

一方、〈一億総にんげん〉という事態に困り果てたのは、むしろ為政者たちだった。「ウエーという動物はだな、とにかく実際におるんだよ」、「ウエーは、いたら役に立つ。だからウエーはおるんだ」という大臣の発言にあらわれているように、どれいの喪失によって手足をもぎとられた為政者たちにとって、ウエーの出現はまさしく神の恩寵であり、ウエーが真実「にんげん」であるか否かなど、最初から問題ではなかった。

彼らにとっての目下の急務は、サボタージュも賃上げ要求もしない〈労働どれい〉、アメリカの再軍備要求に応えるための〈傭兵どれい〉を創出し、掻き

た戯曲『制服』（五五年）では、元巡査が下層日本人に「巡査は法律の番人だぞ！」と豪語する場面が描かれた。

集めることであり、さらなる野望は、国家事業としてどれいを大量生産して世界に輸出し、日本を「昔通り」の「一等国」に押し上げることにあったのである。

周知のとおり、二〇世紀前半の日本はアジア有数の移民送出国であったが、敗戦により「侵略国」「敵国」国民のレッテルを貼られた日本人を受けいれる国は皆無に等しくなった。しかし前述したように、過剰人口対策は戦後日本の最大の懸案事項であり、政府は国民の不満を解消するためにも「海外雄飛」「新天地」という夢を掲げる必要に迫られていた。

五三年に再開された移民事業は、五五年、日本政府によって「日本海外移住振興会社」の設立へと発展した。しかし移住政策に熱心なあまり、日本政府の交渉は受けいれ国の意向重視に傾きがちとなり、かつてヨーロッパ移民が逃げ出した移住地に、日本人が導入されるケースも多く、「棄民」と非難を受けた所以《ゆえん》だった。

上演直前のインタビューで、安部が

人間が商品化されているでしょう。この体売りますなんてのが出てくる。ウエーはつまりこの体売りますでしょう。人間の価値が安くなっている時代、同時に政治がそういうことに拍車をかけている時代でしょう。その人間が安いと

いうことが現代のゆがみですよ。人間の価値が安く換算されるという状況から、
それを絞って煮つめてゆくとウェーというものが出てくる。（全集5、82頁）

と言及していたように、「ウェー」貿易という着想の背後に、戦後の移民政策への痛烈な批判の意が込められていたことは疑い得ない。「気狂」「ツンボ」「唖《おし》」「囚人」「貧乏人」らを活用したウェーの人工飼育の「妙案」を、「戦時中、捕りょの始末に考えとったこと」だと大臣は明かしたが、結局、戦前・戦後を問わず彼らが一貫して欲したのは、「にんげん」の待遇を必要としない「にんげん」の代替物だったのである。

他方、娘は「閣下」らとはまったく異なる動機からウェーに魅了され始めていた。ヒトやアリが社会性を獲得した希少な高等動物であることは前述したが、これに対し娘がウェーをとおして夢想したのは、種としてははるかに下等な貝の世界だった。駆け落ちを持ちかけてきた娘に飼育係は「自由だって?とんでもない、吐き気がする」、「この家のメシを食っているあいだに、わたしは、抜殻になってしまった。わたしは、死んだ貝殻だよ」と述べて拒絶の意をあらわしたが、その養父の発言に触発されるかたちで、娘は飼育係が「貝」に込めた負の意味（「抜殻」）を〈閉ざされた貝の内の自由〉という正の意味へと転倒さ

せて、ついには「人間であることに、疲れた人々」に「自分は貝なのだと思ってみるのです。ゆっくり、殻をとじてみましょう……あなたはいま、ウエーの世界にいるのです」と訴える、ウエーイズムの教組となったのである。

動物社会学者のアルファーデス†によれば、社会種の動物には同種のものに愛着するという特殊な本能が備わっているが、孤独種の動物にはこの本能はない。したがって、彼らは外部的条件によってどんなに多数が寄せ集まることがあっても、他の個体を求めることはなく、それぞれが極端に孤独な生活を送る。とりわけ腔腸動物†、たむし、下等の蝸牛類《かぎゅうるい》、海産貝類、被嚢類《ひのうるい》、魚類など、下等な孤独種に至っては、雌雄が実際の肉体的交合をしないで受精を行うという。

留意したいのは、娘に求婚を迫る場面で「閣下」が、「お前が希望するなら、人工授精でもいい」と言及していることである。周知のとおり、「人工授精」は人間や家畜が貝のような孤独種のように、雌雄の肉体的性交なくして受精を行うことであり、日本では一九四九年八月に最初の成功例が報告されたばかりだった。そのため『どれい狩り』が初演された五五年当時は、まだ一般的認知を得ていなかった。

しかし、そうした貝のような方法で子孫を残そうと提案する「閣下」、そして自身を「死んだ貝殻」に譬える飼育係、さらには〈家＝オリ〉の外の自由を希求しながら、それとは真逆の〈閉ざされた貝殻の内〉に自閉してしまった娘。

†アルファーデス―一八八九〜一九五二　ドイツの動物社会学者、ハレ大学教授。『動物社会学概論』（第一書房）の著者。一九三八年、賀川豊彦・西尾昇によって共訳された。本書でアルファーデスは、「人間の飼養下に入った家畜には、もはや社会的組織は存在しない」と述べている。

†腔腸動物―クラゲやサンゴ、イソギンチャクを含む刺胞動物と、クシクラゲを含む有櫛動物をまとめた動物のグループ。

そのような目で再度「閣下」の〈家〉を眺め直すと、娘を中心に、戸籍上の親、育ての親、婚約者と、一見疑似家族を装いながらもその実体は、どんなに多数が集まっても極端な孤独生活を送るという、貝のような孤独種の群れのように映じはじめる。

「私、人間がこわくって仕方がないのよ」という娘のセリフにも窺えるように、「ウエーイズム」とはつまり、ヒトに生まれながら同種への愛着という社会種の本能を喪失した者が、〈ことば〉という最強の社会的武器を放棄することで、孤独種同様の他者を喪失した世界、すなわち狂気の世界へと逃亡を図ることを意味していたのである。

〔狂人〕（叫んで）アラベ、アラベ、クンス、パラッチン。これは、火星語だ。火星語を言う奴は、スパイだ、（立ちどまって）しっぽの生えた饅頭は、一番あやしい。あやしいぞ、　あやしいぞ。と言っているうちに、夏が来て、冬が来る。

第四幕第十二場で、突如闖入してきた「狂人」に対して、娘が「うらやましいわ、いまの気狂い」、「きれいな眼、ウエーみたいな眼をしていたわ。私をじいっと見ていた……まるで、仲間に出会ったみたいに、安心しきった眼で」と、ウェーとの類似性を指摘し彼に憧憬を抱いたのも、「狂人」が〈ことば〉という他者への回路を喪失した〈孤絶〉的存在だからにほかならない。

留意したいのは、前述したような〈一億総にんげん〉といった戦後の表面的な変化と、「ウェー」というニセ珍獣の出現によって暴露された〈階級〉の歴然たる現存との落差である。この〈階級〉という悪なる構造は日本帝国の消滅によっても失効することはなく、むしろ以前は可視的であったものが不可視となった分、より精緻な構造へと進化したとさえ言える。

「この世のことは、なんだって、ぜんぶ思ってるだけなのよ」、「人間だって、いると思っているだけで、本当はいないのよ」と娘が語ったように、世界は依然として使役する側とされる側とから成り立っており、その負の構造が断ち切られないかぎり、「にんげん」とは結局、それらの総体を指し示すだけの抽象概念に止まるか、さもなければ、使役する側が自己とどれいとを区別するために用いた主観的・自己認識でしかないのである。

六　電話の主の正体

そうして舞台はいよいよ大詰めを迎える。新たな神となったはずのウェーが、第五幕に至り「にんげん」であると主張しはじめると、娘は発狂し（オリのなか、始終ライトを点滅）、血迷った「閣下」はみなに銃口を向ける。そこへ警官を伴い駆けつけた大臣が、国家事業としてのウェーの人工飼育を提案し、秘密を知るものは少ない方がよいとして一家のものすべてをウェーとしてオリに収監してしまう。しかし最終場ではその大臣までが、謎の電話によるさらなる上位者の指令によって同じオリに収監されてしまい、一人、別のオリにいた娘だけが警官の制止を振り切って旅立っていく（閉幕）――。

前述したように、当時の言論界では家族制度復活と再軍備との結びつきがたびたび糾弾されていた。そのことを想起すれば、〈オリ〉のうちの安寧に留まりつづけた者たちが、ついには国家の「どれい」に仕立てられていくという、本戯曲の結末に込められた意味も見て取りやすい。

ところで、『どれい狩り』とは結局、誰が、誰を、「狩」ることを指していたのか。すでに見たように、屋敷の住人もウェー夫婦も、未来を発明しそこなった〈オリ〉の住人という点では、さしたる違いはなかった。しかも最終場では大臣までが〈オリ〉の住人となってしまう。では本戯曲に登場するのは「狩」られる側のみで、「狩」る側は存在しなかったのだろうか。ここで改めて問い直したいのが、初演形最大の謎でもある、大臣の収監を命じた電話の主が誰だったのかという問題である。まずは本劇最終場（十八場）を確認しておこう。

この場は一家のものたちが悉く収監され大臣はいったん退場、幕が降りかかった刹那、小道具であるはずの電話が突如鳴り出し、驚いたように幕が止まり、警官が受話器を取るところからはじまる。

　劇の脱線に慌てた舞台監督が再び登場し、警官役の俳優を叱責するが、警官は電話の主の命令であるとして大臣を裏から引ったてオリに入れようとする。台本にない展開に、オリのなかの俳優たちも演技を中断して諍《いさか》いがはじまる。電話の主を尋ねられても警官役の俳優は答えられない。秘書役の俳優が「作者か、国際ウエー普及会の本部からか、それとも……」と思い巡らせ、果ては飼育係役の俳優が、そもそもこの戯曲の結末には不賛成だった、誰かをオリから解放すべきだと言いはじめる。混乱のなか、ついに大臣が収監されると、次第に舞台の照明が暗くなり、逆に肖像画の男が、一人スポットライトを浴びて輝きはじめる。すると、一人、別のオリにいた娘が扉を開けてふらふらと歩きはじめ、ウエーイズムの普及を宣言する（退場とともに幕）――。

　謎の電話の主。第一に、その人物は大臣を目障りに思う者だったはずだ。第二に、その人物は閉幕を指し止めるだけの威力を持つ点で、「監督」よりも、「作者」よりも上位に立つ、舞台の真の支配者だったはずだ。第三に、その人物は小道具のオモチャの電話を鳴らして警官役の俳優に命令を下すことができた――とくれば、もはやそれは人間業を超えており、電話の主は〈肖像画の男／祖先の霊〉と考えるのが妥当だろう。

　非業の最期をとげた先代の主は、肖像画のうちに霊威となって留まり、屋敷に起こるすべてを頭上から睥睨《へいげい》しつづけてきた。みずからを毒殺したバカ息子は、占領軍をおそれて一等勲章を塗りつぶしたばかりか、「へっぽこ絵かき」に命じて勲章を左右逆に書き足させるほどの軍人精神の荒廃ぶりであり、しかも祖先を蔑《ないがし》ろにしてウェーをあらたな神に据えたあげくに失脚して、名門「閣下」（自身の呼称）の〈家〉をふたたび断絶に導こうとしている。

それにつけても口惜しいのは、かつての友でありながら、わが〈家〉を断絶の憂き目に合わせる大臣だ。「いかなることがあってもわれわれはウェー普及会の発展のために全力をあげなければならん。これはいまや政府の基本原理だ」と大臣は語ったが、ではウェー普及会とは何なのか。秘書役の俳優のセリフに「国際ウェー普及会」とあることから、国際的な組織であるのだろう。また大臣のセリフに「軍資金の方だが……世界銀行、すっかり乗気でねえ」とあるが、世界銀行（「国際復興開発銀行」の通称）とは、第二次大戦後の先進国の復興と途上国の開発を目的として、主にインフラ建設など開発計画に長期資金の供給をおこなった機関である。その本部はワシントンDC、歴代総裁はすべて米国出身者だったことからも、「政府」が恭順の意を表する国際ウェー普及会の黒幕として、〈アメリカ〉が意図されていたと見るのが妥当である。

いまや〈アメリカ〉の手先と化して、「閣下」の精神を骨抜きにし、その〈家〉を断絶に導こうとする大臣の行為は、〈肖像画の男／祖先の霊〉の逆鱗《げきりん》に触れずにはおかなかった。劇の筋立てを不本意とした〈肖像画の男／祖先の霊〉は閉幕を許さず、霊体らしく電波（＝電話）を使って命令を下し、大臣の収監に成功すると、満足気にスポットライトを浴びて輝きはじめる。

そして、それを合図としたかのように、娘のオリの扉のみが開け放たれるのである。では一人、収監を免れた娘は、最終的に〈オリ〉の外の自由を獲得できたのだろうか。答えは否である。結末部、娘は「人間をさがしに行かなくちゃ……可哀そうな人間たちをね……（歩きだし）皆さん、ウエーになりましょう」とつぶやき、静かに舞台を去って行くが、それは当家の歴史とともに連綿と受け継がれてきた「どれい狩り」の連鎖が、今また、この娘に引き継がれた瞬間でもあった。そして祖先の霊たちの期待を一身に浴びた娘が、新たな「どれい狩り」へと旅立っていく――。

このような「どれい狩り」継承の儀式を完遂して、ようやく肖像画の男は閉幕を容認したのである。

＊　　＊

以上見てきたように、初演『どれい狩り』では、「狩」る側として想定された一方の敵、〈祖先の霊〉は、セリフも動きも皆無の絵画として提示され、他方の〈アメリカ〉に至ってはその実体さえ明かされず、セリフを通して存在を暗示されるだけに止まっていた。

以上のような初演『どれい狩り』を通して安部が表現しようと試みたのは、アリの生態をも髣髴させる、そうした〈不可視の敵〉たちによるどれい製造と、その争奪戦の様相だったと結論づけられる。

＊　＊

最後に初演形（五五年）から改訂版（六七年）への改稿について一言しておきたい。

結論から言うと、「ウエー」というニセ珍獣の創出によって現存する悪なる構造＝〈階級〉を暴露するという、恐らくは初演形創作時の最大の意図が改訂版には引き継がれなかった。改訂版で焦点化されたのは、初演形において娘によって提示されたウエーイズムの側の問題だった。

実は安部には、初演直後から『どれい狩り』結末部に対する一つの反省点があった。五六年二月、『新日本文学』誌上での針生一郎との対談で、彼はこの問題について触れている。


　ある人がとてもいい批評をしてくれたよ。最後にウエーイズムがひろく普及されて、あの舞台に何十というウエーが現われて襲撃し、それが支配してしまうというような仕組に俺がなぜ出来なかったかということ。もちろん言いわけはできる。あれだけでも役者の数が多くてどうやって減らすか苦心したもんだからね。しかし原則としてこの批判は正しい。認めるよ。ウエーが一ぱい出て来てさ、それがあの娘を助けて他のやつを閉じ込めてしまって、ウエー、ウエー、ウエーと舞台をはねまわる、当然そうすべきだったよ。

ここで言われる「ある人」の「批評」とは、五五年十月二十四日『日本読書新聞』に掲載された椎名麟三の書評のことである。記事中、椎名は安部の提示した「存在しないものについてのこの三つの定義は、完璧」だとしながらも、つづけて次のように作者を批判している。

勿論、このような存在しないものによって動かされている人間という存在は、全く情けないものだ。それは喜劇としてしか表現しようのないものだ。だが、この喜劇は人間として逃れることの出来ない運命であるが、同時に人間はこの運命によって生かされもしているのだ。作品は、運命のもっているこの明るい面が不当に軽蔑されているもののように思われる。云いかえれば、作者安部さんも、存在しないものによって支配されている人間であるということだ。この自覚から生ずる登場人物に対する同情が、つまり愛が欠けているように感じられるのである。たとえば、「どれい狩」（ママ）についていえば、作者もウエーと同じ立場におかれているということだ。作者がどのように自由な思想をもっていようが、その現実性はウエーと同じだ、ということだ。そこにウエーの怒りがなければならない。ウエーとともにぼくたちも一緒に、閣下や大臣やインチキ探検家や奴隷の幸福論者である娘を、大いに笑いたかったと思うのである。ウエー大暴れの場が欲しいのである。

自身の最良の理解者であると、当時の安部が厚く信頼していたこの年長の友の提言は、おそらくは十二年後の大幅改定の際にも彼の脳裏に生きていたにちがいない。

では安部は、新たなウエーの物語をどのように再構築しようとしたのか。上演直前のインタビューで、初演形と改訂版との相違を、安部は次のように説明している。

《閣下》だったのが、こんどは《土地成金》になるのですよ。……とどのつまり、せっぱつまった登場人物たちは発狂したり、人間から逃避して、みんなウエーになってしまう。つまり人間の存在の不確かさというか、何をよりどころに生きているのかということ——そこが問題になるわけだな。だから最後はその土地成金も自ら志願してウェーになってしまう。みんな入っちゃうのはこの前の本と同じだが、なり方がちがうわけです。〔全集21、40・41頁〕

社会動物でありながら同種への愛着という本能を喪失し、ヒトを恐怖・拒絶して孤独種のような孤絶世界での安住を夢想する者たち。果たして「ウェー」の出現は、ヒトという社会種の王者の「進化」を意味するのか、それとも「退化」を意味するのか――。

登場人物たちの演じる道化劇を通して、「にんげん」概念の無根拠性・不確実性を突きつける試みを、安部は十二年の歳月を経て、再び時代に問うたのである。

第三章　『砂の女』論――「死と性病」の再考から――

一　前提条件の変更

安部公房著『砂の女』(六二年)への言及でよく目にする通説の一つに、男(仁木順平)を〈ごく平凡な存在〉だとする指摘がある。三木卓†は、妻帯の教師である彼は「あきらかにぼくらの仲間の一人」であると、磯貝英夫《いそがいひでお》†は「平凡で、受身の教師」と、ウィリアム・カリー†は「現代の平凡な市民の代表」と、木村功†は「日常性にどっぷり漬かっているだけのありふれた人間」であると述べる。

しかし、果たして男はそれほどに平凡な存在だっただろうか。たしかに彼には戸籍上の妻(仁木しの、男からは「あいつ」と呼ばれる)があったが、夫婦は別居中で、しかもその原因は男の淋病感染がわざわいしての性生活の破綻にあった。妻は子どもを望んだが(「なんだってそう責任のがれするのよ?」)、淋病の完治に疑念を抱く男は常に避妊具を用いた。男にとってはそれが妻への責任の取り方でもあったが、妻は子作りの拒否と疑い(「だって、もう、なおっちゃってい

†三木卓―「非現実小説の陥穽――安部公房『砂の女』をめぐって」『新日本文学』一九六二年十一月。

†磯貝英夫―「砂の女(作品論)――(安部公房・文学と思想)」『國文学　解釈と教材の研究』一九七二年九月。

†ウィリアム・カリー―「砂――存在の根の探求」『疎外の構図――安部公房・ベケット・カフカの小説』新潮社、一九七五年、安西徹雄訳。

†木村功―「『砂の女』論――

るんでしょう？」）、性関係の義務の履行をもって夫の愛を量るようになった（「でも、それが、愛情の義務ってものじゃないかしら？」）。追いつめられた男は（「おまえの鏡が、おれを不能にしてしまうのだ」）、「穴ぐら」のような下宿で青酸カリの殺虫瓶と死んだ虫の標本に囲まれて暮らすようになった。言わば、〈顔の喪失〉という稀有《けう》な不幸に見舞われた『他人の顔』（六四年）の主人公が、誰とも痛みを分かちあえない孤独を味わったように、仁木順平もまた〈淋病の不完治〉という、それが「性病」であるために妻の同情も買えず職業的にも口外の許されない不幸に見舞われたことで、平凡な日常の圏外へと望まずして追いやられたのである。

ではなぜこうした特徴をもつ仁木を、先行論では長く平凡な存在と見なしてきたのか。これまでの先行論は男の苦悩の内実を、ともすると見落としては来なかっただろうか。上杉寛子†は男の砂丘行きを「代わりばえのない日常、すなわち労働で時間を区切られている毎日に嫌気がさして、社会から飛び出した」と解しているが、少なくとも男の不幸は〈日常への倦怠〉などが理由ではなかった。男が同僚に「人生に、よりどころがあるという教育のしかたには、どうも疑問でならない」、「無いものを」「あるように思いこませる、幻想教育」だと語ったように、学歴、就職、結婚――と順調に地歩を固めてきたはずの人生が、淋病感染というたった一つの躓きによって夫婦関係は脆くも破綻、下宿暮らし

〈仁木順平〉から〈男〉へ」『宇部短期大学学術報告』一九九七年度。

†**上杉寛子**―「安部公房『砂の女』研究――「砂の世界への解放」」『広島女学院大学国語国文学誌』二〇〇〇年十二月。

は同僚たちにも知れ渡り、彼は、家庭も、社会的面子も、およそ人生の「よりどころ」となるべきものをすべて失ったのである。

もっとも、生命の危機には必ずしも至らない淋病の不完治が、男の凡庸さを否定する根拠となり得るのかという反論は当然にあり得る。小説では物語の起点が一九五五年八月という時間に設定されていたが、たとえば同年十月二十日『読売新聞』には、「自己判断でペニシリンを注射」するなどの「素人療法」で症状をこじらせ、「どこまでいっても全治の安心感が得られず、ついには淋疾恐怖症といった今流行のノイローゼ状態」に至る事例の急増が指摘されており、淋病の不完治、すなわち再発を繰り返し完治に相当の根気を要する慢性淋疾が、少なくとも五五年時点では殊更に稀有な事例でなかったことが推測される。

しかし、そのことは必ずしも淋病患者の苦悩の軽減を意味してはいない。大和良作（『性病典』三一年）によれば、「性病」には大きく三類あるという。第一は淋病、梅毒、下疳《げかん》等の「接触伝染病」、第二は「性器神経衰弱諸症すなわち勃起不充分又は不能」、第三は「先天的の性器畸形《きけい》諸症」である。特に当人にとって辛いのは第二の諸症であり、「これに罹るものは、第一類の病者に較べて遥かに懊悩《おうのう》苦慮し」、結果「生ける屍」「廃人」のようになり、しかも「日々に簇出《そうしゅつ》する売薬の新聞広告に惑わされ、或は多くの医門を叩いて、しばしば悪徳者に翻弄され、時間と財貨を徒費するばかりで、一向に目的を達することが出来ず、遂には自殺するようなものさえもある。また既婚者にあっては、他をして猜疑嫉妬の念を抱かしめ、果は破鏡の歎に沈ませることが屡々《るる》」であるという。

では仁木の場合はどうか。彼の苦悩もまた男性機能への自信喪失にあったのではないか。大和によれば、淋菌は神経組織を侵しやすく、その意味で「淋疾と神経衰弱とは影の形にそうように常に両存」し、特に性器神経の衰弱の結果、多数の患者が「早老」に陥るという。そうした淋病の「摂生法」としては「運動」「房事」「飲酒」が厳禁とされたが、その不完治を証明できない男にとっては「愛情の義務」の不履行はゆるされないことだった。しかも過敏となった神経には、妻への感染への懼《おそ》れや自身に向けられる愛情証明への猜疑の眼差しが圧迫となり、彼の性欲はますます萎えてしまうのだった。結果、妻は夫を「あなたは精神の性病患者」だとなじり、男を深く傷つけてしまう。

一方で、テクストには「検査の結果は、いつもマイナスと出」、「医者はノイローゼだと診断した」との言及もあった。しかし慢性淋疾とはまさに、病原菌の発見が困難である点に最大の特徴を持つ「性病」なのである。淋病は、淋菌の感染により尿道（男性の場合、射精時、精液を運ぶ管ともなるため生殖器でもある）に炎症が起こり、尿道内腔が狭くなる感染症だが、大和によれば、いったん慢性になると病巣はたとえ小さくても深長で、淋菌が盛んに周辺組織を侵食する。他方、菌の進出を阻止せんとする白血球が周囲全方面へ累々《るいるい》と畳積《じょうせき》し、一つの袋状の堤防を作るようになる。これにより取り囲まれた淋菌の巣窟は、しばしば全くの閉塞状態となり、治療薬を投与してもこの堤防のために侵入を阻害されて淋菌にまで至らない。これが、慢性淋疾が難治化する所以《ゆえん》であるという。

さらに、テクストには「小便のあとで、急に尿道が痛みだし、あわてて試験管にとってみると、はたして白い糸屑みたいなものが浮んでいたりする」との言及もある。大和によれば、これは「淋糸」と呼ばれるもので、「黄色で不整形の撚糸《ねんし》のような形状をし、その一端は繊維状」の「糸屑様淋糸」が、尿中に「慢性淋の存在期間中は、終始一貫して出現する」）という。仮にその「白い糸屑みたいなもの」が「淋糸」であったとすれば、男の症状を慢性淋疾と考えるのが妥当だろう。

しかし、男の淋病を不完治と見る最大の根拠は、結末部、女が「子宮外妊娠」となる場面に求められる。正常な妊娠では卵子は卵管内で受精し子宮内膜に着床するが、卵管が狭くなったり塞がったりしていると、受精卵の移動が遅くなったり妨げられたりする。なかには子宮に辿り着けない受精卵が子宮以外の場所に留まってしまうことがあり、これを子宮外妊娠というが、注目したいのは次のような言説だ。

子宮外妊娠患者は既往症に淋疾を有するものが多いのは周知の事実である。
〔谷靖『婦人の淋疾』四八年〕

同様の指摘は、やや時代は下るが次の言説にも見られる。

さて、外妊（引用者注、「子宮外妊娠」のこと）の成因としては従来の常識は性病特に淋疾を重視しており、外妊といえば淋疾という具合に、その代名詞のような観があった。〔澤崎千秋・柳澤洋二『子宮外妊娠』七二年〕

以上のことからも、本書は『砂の女』の大枠を、淋病不完治の疑念に囚われ人生の「よりどころ」を見失った男が、砂丘で〈砂の女〉と出会い、新たな「よりどころ」を見出しかけた矢先に、女の子宮外妊娠により長年の疑念が証明されるに至る物語だったと考える。前述したように、先行論では殊更に男の平凡さが強調されてきたが、そこには男が再三にわたって淋病不完治の不安を口にしていたにもかかわらず、〈男の淋病は完治していた〉という強い固定観念が存在してはいなかっただろうか。しかし安部が医学部出身であったことを引くまでもなく、尿中淋糸が慢性淋疾の典型症状であること、淋病と子宮外妊娠との相関性などは、小説発表当時一定の認知が得られていたと考えられ、当然作者の意図においてもそうした読みの可能性が想定されていたはずである。

　本稿ではこうした前提条件の変更により、小説『砂の女』が新たにどのように読み替えられるのかを以下に検証してみたいと思う。

二　〈淋菌的男〉vs〈砂の女〉

　前述したように、仁木夫婦の別居は、夫の淋病の不完治と妻の無理解とによる性生活の破綻に由来していたが、事情を知らない教師仲間は、男の下宿暮らしの理由を秘密の男女関係であるかのように邪推した。そのことは男の自尊心を二重に傷つけたに違いなく、男は同僚たちへの虚勢から故意に誤解を助長するような言動をとり、焦りと妬みの反応を示す彼らを嘲笑った。しかしその一方で、淋病という〈凶器の皮膚〉の所有者かもしれない不安や自己の男性機能への自信喪失は、「新種の発見」による昆虫図鑑への名前の登録、つまり〈自己を、穢れた肉体の消去された純粋な名前のみの存在として永久保存したい〉という屈折した欲望へと男を駆り立てた。

　そして男は、三日間の採集旅行を秘密の旅行ででもあるかのように同僚らに謎めかせ、それればかりか、同様の趣旨を妻宛の手紙にも記すという愚行に及んだ。しかし切手まで貼りながら、結局男は手紙を投函しなかった。「いざとなるとさすがに馬鹿らしく」なったと男は弁解しているが、自身に「不能」を宣告した当の妻が、男の旅行に女の影を感じて嫉妬に狂うとは思えなかったのだろう。

　無論、妻には通用しなかった。投函されなかった手紙は、失踪発覚後、警察を介して妻の手に渡ったはずだが、妻は夫の目的が昆虫採集であったことをたやすく見破っている。そして男の目的も、妻を愚弄することにあった訳ではなかった。「互いにすねあうことでしか、相手を確かめられないような」「くすんだ間柄」を「まる二年と四か月、あきずに繰返してきた、シーソーゲーム」――。夫婦関係を男はこのように表現したが、つまり男は極めて屈折した仕方ではあるが、関係の糸口を見失った妻に、一縷《いちる》の望みを託した〈交信〉を試みようとしたのである。

　先行論には、この「あいつ」と呼ばれる女を、妻とは別の〈愛人〉のように解するものがある。磯貝英夫は「女友達」と、ウィリアム・カリーは「以前の愛人」と、廣瀬晋也†は「妻の仁木しのとは別人物」と、小林正明†は「常連の女」としているが、しかし仁木夫婦の破綻の理由を想起すれば、愛人の存在など彼には当然無縁であったはずである。また秋山公男†は男の避妊具の使用について、「「淋病」が完治しているかどうか「確信がもてなかった」からだという。だが、それは口実にすぎ」ず、「「精神の性病」の内実は妊娠に対する拒否反応」だっ

†**廣瀬晋也**―「メビウスの輪としての失踪――『砂の女』私論」『近代文学論集』一九八七年十一月。

†**小林正明**―「物語論から『砂の女』を解剖する」『國文学

たと読むが、前述した慢性淋疾の諸症からも男の不安が「口実」などでなかったことは明白である。

さて、その仁木が異常なまでに執着したのが新種のニワハンミョウの発見である。これは、ハンミョウ類・ハンミョウ科に属し、日本全土に分布、体色が変化に富む点に特徴のある無害無毒の甲虫である。奥本大三郎†によれば、ハンミョウの仲間はいずれも肉食で性質は獰猛、幼虫もまた肉食で竪穴を掘って中に潜み、獲物が通りかかると身を躍りだして襲いかかり、巣穴に引きずり込む。成虫は脚が細長く敏捷で、パーッ、パーッと飛び立っては止まる。この習性が、前方に通りかかる人を誘うように見えることから「ミチオシエ」の別名があるという。

一方、先行論にはハンミョウと〈砂の女〉との類似を指摘するものがある。田中裕之†は、男が女の行動を「まるでハンミョウ属の手口だ」と思う場面、両者ともに「強い適応能力を利用して」砂丘に定着している点から、「男は、ハンミョウを捕えに来た砂丘で」「ハンミョウのような人間に捕えられ」たと解する。また小林正明は、ハンミョウの幼虫の生態と女の生活との類似を指摘し、「穴の中の女は、ニワハンミョウの化身」だったと述べる。

これに対し本書が注目するのは、テクストでハンミョウの「和名」が「フミツカイ†」と記述されている点である。日本の生物表記には世界共通の「学名」

解釈と教材の研究』一九九七年八月。

†**秋山公男**—「『砂の女』——逃亡・希望の虚妄性」『愛知大学文学論叢』二〇〇四年七月。

†**奥本大三郎**—『百蟲譜』弥生書房、一九八四年。

†**田中裕之**—「『砂の女』論」『日本文学』一九八六年十二月。

†**フミツカイ**—安部はハンミョウの別名を「フミツカイ」と創作したが、換言すれば、異なる空間に生きる〈孤絶した男〉と〈孤絶した女〉双方のもとに、各々の生のあり方とは別のかたちの自由を体現した〈使者〉が送り届けられたのである。

と日本独自の「和名」が存在するが、和名には学名のような命名上の決まりや先取権がなく、複数存在する場合があるため、便宜上、最も広く使用されているものを「標準和名」と呼び、その他は「別名」として併記される。ところが「ハンミョウ」（標準和名）の別名としては「ミチオシエ」「ミチシルベ」が際立って有名であり、管見の限りでは「フミツカイ」という別名を記した辞典・図鑑はない。あるいは安部の記憶違いという可能性も考えられるが、むしろ本稿では本作における手紙の役割の重要性から、これを安部の意図的な誤記、すなわち〈創作〉であったと解したい。

「文使」は「手紙を届ける使い。転じて、手紙」（日本国語大辞典）を意味するが、男は都会の「穴ぐら」で書いた妻宛の手紙を投函しようとして果たせず、また砂穴に監禁された際も鴉に手紙を託そうとして果たせなかった。言わば、日常への復帰を賭した最後のＳＯＳ発信は不発に終わったのであり、その結果、誰にも発見されずに死亡認定を受けるに至る男の姿は、前述、袋状の堤防の内に孤立し、治癒も発見も困難となった淋菌のイメージにも重なって見える。「いくら遠足にあこがれてきた子供でも、迷子になったとたんに、大声をあげて泣きだすもの」だとあるように、歩きまわる自由を謳歌した果てに、出口を見失い迷子になった〈淋菌的男〉。彼をとりこにした昆虫の名を、安部が「フミツカイ」と創作したことにも納得がいく。果たして、フミツカイの妖しい足どりに魅せられ辿り着いた砂穴の底で、〈淋菌的男〉の到来を心待ちにしていたのは、男に優るとも劣らぬ孤独地獄に生きる〈砂の女〉であった。女は去年の台風で夫と娘を亡くして以来、ただ一人、「腐りかけ」の家にしがみつき、他人から「見てもらえる機会さえない」まま砂を掻いて暮らしていた。

しかしそれは、男にとって新たな地獄の始まりでもあった。淋病不完治の疑念を拭えない男は、自身の凶器の皮膚への脅えから、〈女〉がすすんで性を提供するという状況下でなければ彼の食指は動かないのである。しかし、妻の思い描く「メロドラマ」の中では常に、〈男〉は奪う者、〈女〉は奪われる者と定められてあり、実際には愛情証明としての性関係の履行を求めたのは妻の側であったにもかかわらず、彼は「精神的強姦」者の役回りを強いられ、挙句に「精神の性病」を宣告されたのである。

いつしか男は〈女〉を「敵」と見なすようになった。そして、穢れた肉体からの逃走願望は新種の発見の夢にすり替えられた。砂穴への監禁は男にとって、その敵である〈女〉との逃げ場のない対決を意味したのである。しかも眼前の女は、男の目には、言葉という迂回路をもたない、肉体の接触のみが疎通を可能とするような存在と映った。言わば、肉体に躓き、肉体からの逃走を図った男が、肉体そのもののような〈女〉との対峙を迫られたのである。当初一夜の仮宿のつもりでいた男は、穴底の宿への冒険的興味や女主の嬌態にも刺激され、女が寝床へしのんで来ることを期待さえする余裕を見せていた。しかし所詮はそれも、非日常的状況に刺激されての妄想にすぎず、実際には情事に際しての女の他愛ない言葉（「でも、都会の女の人は、みんなきれいなんでしょう?・」）にすら拒絶反応を示すほどに、男のトラウマは根が深かったのである。注目したいのは、監禁から一週間後、男を襲った夢の内容である。

正面の男が、一組のカードを、順ぐりにくばっている最中だった。くばり終えると同時に、最後に残った一枚を、いきなり彼につきつけて大声をあげた。思わず受取ってみると、それはカードではなく、一通の手紙なのだった。手紙はぶよぶよと、変な手触りだった。つまんだ指先に力をいれると、中から血がふきだした。

日常復帰を賭した手紙の投函に悉く失敗した男。その男が唯一受け取ったのが、この夢の手紙である。留意したいのは手紙に用いられる「ぶよぶよ」という形容であるが、この語が再度テクストに登場するのは女の家の描写においてである。「よくも、こんなぶよぶよの家が建っていられたもの」だ、「ぶよぶよには、ぶよぶよなりの、力学的構造というものがあるのかもしれないが」、と男が驚嘆する場面がある。

たとえば蘆田英治†は、「男がスコップで土間の壁を壊し始める」場面を、「男は、スコップ＝男根をふるって住居＝女を破壊せんとする暴挙に出た」と解しているが、同様の象徴の機能は前掲の夢の場面にも見ることができるのではないか。すなわち、「男の指」がテクストで男子生殖器の隠喩として用いられていること、前掲小林論の「穴の中の女は、ニワハンミョウの化身」であるという指摘、また蘆田の「スコップ＝男根」「住居＝女」と見る図式、さらにハンミョウの別名を安部が「フミツカイ」と創作したこと。これらを踏まえるならば、男が指先でつまんだ途端、中から血を吹き出す「ぶよぶよ」の手紙の夢、さらには腐りかけの「ぶよぶよ」の家に突き通される男のスコップの場面は、男の凶器の皮膚が女の皮膚を侵し、子宮外妊娠によって女の下半身を血に染めるに至る、小説の結末を暗示する役割を果していたと考えられる。

三　文明は梅毒なり

砂穴への監禁は、男に、肉体労働と肉体そのもののような〈女〉との対峙を強いたが、ある意味それは、肉体からの逃走を夢想する男への、肉体の側からの復讐であったとも解せられる。「人間に、もしか魂があるとすれば、おそらく皮膚に宿っているにちがいない」と男は述べたが、肉体を捨象しようとする理性と、肉体を求めてやまない皮膚とが、男の中で激しくせめぎ合うのである。

†蘆田英治――「安部公房『砂の女』について」『論樹』一九九七年十月。

たとえば女の足を偏愛し、その一挙動に喜悦する皮膚に、激しく抵抗する理性は男に「吐気」をもよおさせる。両者の攻防は、早くも監禁の翌日、「裸で眠る女の尻の上に」「女をさいなむ刑吏になりはてた自分の姿」を映し見た理性が「屈辱に息をつまらせ」るという形で露呈する。

水への反応でも両者は対照的だった。妻との間に交わされた理性に支配された性交は、男に「孤独地獄」（「幻を求めて満たされない、渇き」）と「いかなる生物をも、一切うけつけようとしない」砂への傾倒をもたらしたが、他方、「水のことを思っただけで」「何万個もの吸盤になる」「よごれた皮膚」は、今、砂丘の穴底で〈女〉を得た喜びに、「断水しかけた水道管のような音をたてて、再び指をみたしはじめる」のである。「たのしめそうかい？」、ためらう理性と、「当りまえさ」、「どうだい、この堅肥りした尻のあたりは」と悦に入る皮膚――。「淋病」は医学用語で「Gonorrhoea」と記され、「精液」を意味する「Gono」と「流れる」を意味する「rhein」から成るが、すなわち、長く堰《せ》き止められていた精液が再び放出を求め始めたのである。しかし、注目したいのは、男が女との最初の情事の後に見た夢の内容である。

割れたガラスのコップと、床がはずれかかった長い廊下と、大便が便器の上まであふれた共同便所と、水の音だけがして、いつまでも見つからない洗面所の夢だった。水筒をもって走っている男がいた。ほんの一口わけてくれるように頼みこむと、キリギリスのような顔でにらんで、駈け去った。

夢から覚めた後も、男の脳裡に浮かぶのは依然として「蜘蛛の巣だらけになった、廃屋の水道管」の幻影だった。行為の直後、男が「こんなぺてんを、野生の恋などと、よくもぬけぬけ思いこんだり出来たもの」だとしらけた感慨を漏らしたように、肉体に躓き、自尊心を打ち砕かれた理性は、何者もよせつけまいとする砂のように、頑なに愛の存在に不信の目を投げかけるのだった。その理性がいまだまさった最初の性交では、〈断水〉すなわち、〈愛という幻〉を「求めて満たされない」「孤独地獄」の「渇き」は解除されるに至らなかったのである。

しかし、以後の男には確実な変化がもたらされた。再び開始された肉体労働には「なぜか思ったほどの抵抗は感じられな」かった。また、それまで砂穴からの一人での逃亡を企図していた男が、女を連れた二人での逃亡を望むようになった。男に「行水をつかわせる儀式」を愛し、「洗濯を犠牲にしても」男の「体を拭く水だけは、かならず残して」くれてあった女。その水のような愛に包まれ（「羽毛のようにやわらかな、魂の包帯」）、男の肉体への劣等意識は徐々に恢癒《かいゆ》していくのだった。そして男は、逃亡を望まない女を説き伏せようと、努力を試みるのだった。

「別の生活という餌」で女を誘惑したり、たとえ話で砂掻き労働の徒労を諭したり、「ここを離れられない理由」を「亭主と子供の、骨のせい」だと言い出した女のために、「睡眠時間をけずって、骨さがしに当てる」などの最大限の努力を試みるのだった。

しかし結局、女は、男よりも砂穴を選んだ（「鏡の必要を拒んだのは、おまえ自身だったのだから」）。「おまえを、ここに引きとめておくものの、正体を」「おまえ自身も、ついにはっきりとは答えられなかった」と男が述べたように、もはやそれは理屈を超えた、生物が自己の縄張りに示す本能的執着だった。そしてそれは、男も同様であった。男は女の砂穴への執着を、「いったい彼女が、失う何を持っていたというのだ」といぶかったが、そういう男の穴底からの解放要求もまた、本能的執着以外の何ものでもなかった。たとえば初刊時の「著者の言葉」に「鳥のように、飛び立ちたいと願う自由もあれば、巣ごもって、誰からも邪魔されまいと願う自由もある」、「その二つの自由の関係を追求してみたのが、この作品である」（全集16、251頁）との言及があったが、つまり男と女、それぞれの希求する自由の形に根本的な相違があったのである。結局、女の説得に失敗した男は、監禁から四十六日目、一人での逃亡を決行したが、その心中は始終女への弁明に満ち、新種の発見への欲望もすでに消え失せていた――。

しかし注目すべきは、テクストに「砂……8/1m.m.の限りない流動……それは、歩かないですむ自由にしがみついている、ネガ・フィルムの中の、裏返しになった自画像だ」とあったように、男がこの「二つの自由の関係」を「メビウスの輪†」のように表裏一体のものとして捉えていたことである。ここで今一度、ハンミョウの生態を想起したい。砂穴に固着する女は、確かにハンミョウの幼虫の化身のような存在である。しかし他方、テクストにはハンミョウのもう一方の姿である成虫の特徴として、「その奇妙な飛び方は、ねらった小動物を巣からさそい出すための罠なのだ」という記述がある。この巧みに獲物を巣穴の外へ誘き出そうとする成虫の像は、女を道づれにしようと「別の生活という餌」で誘惑する、男の姿にも重なり合う。つまり両者の求める自由の形は、さながらハンミョウの幼虫と成虫のごとく、一見真逆の志向性を示していながら、その実、昆虫の変態†のように、一方の状態から他方の状態へと、切れ目なく、かつ劇的に転化しうるような、可変性を常に孕んでもいたのである。

こうして第三章に入ると、男の変化はさらに顕著なものとなる。〈希望〉と名づけられた鴉《からす》とりの罠が、男の日常復帰を賭した最後のSOS発信であったことは前述したが、砂穴での単調な生活の反復により、男は願ったのとは別なかたちの、新たな日常を獲得しはじめていた。すでに女との二人での逃亡を望んだ時点で、妻や同僚らの待つ古巣へ帰ることの意味は形骸化していた。しか

†メビウスの輪──帯状の長方形の片方の端を一八〇度ひねり、他方の端に貼り合わせた形状の図形。

†変態──動物の正常な生育過程において形態を変えることを表す。昆虫類や甲殻類などの節足動物が典型的である。

し、馬鹿げた漫画本に笑い転げる自己の裏切りに嫌悪の情を抑えきれない理性は、肉体への最後の抵抗として〈古巣への帰還〉にしがみつかざるをえないのだ。構造には何ら問題のなかった鴉とりの罠に、一羽の鴉もかからなかったことも故なきことではなかった。すなわち、男にとっての真の〈希望〉とは、鴉の手紙による穴底からの解放などではなく、自己の肉体との和解にあったのである。

追いつめられた男は、思わず「乳色の霧」に訴えかける。

（裁判長閣下、求刑の内容をお教え下さい！被告はこのとおり、起立して待っているのです！）すると、霧の中から、聞きおぼえのある声が返ってくる。いきなり、受話器をとおしたような、口先だけの含み声で、（百人に一人なんだってね、結局……）（なんだって？）（つまり、日本における精神分裂症患者の数は、百人に一人の率だって言うのさ。）（それが、一体……？）（ところが、盗癖を持った者も、やはり百人に一人らしいんだな……）（一体、なんの話なんです？）（男色が一パーセントなら、女の同性愛も、当然、一パーセントだ。それから、放火癖が一パーセント、酒乱の傾向のあるもの一パーセント、精薄一パーセント、色情狂一パーセント、誇大妄想一パーセント、詐欺常習犯一パーセント、不感症一パーセント、テロリスト一パーセント、被害妄想一パーセント……）（わけの分らん寝言はやめてほしいな。）

（まあ、落着いて聞きなさい。高所恐怖症、先端恐怖症、麻薬中毒、ヒステリー、殺人狂、梅毒、白痴……各一パーセントとして、合計二十パーセント……この調子で、異常なケースを、あと八十例、列挙できれば……むろん、出来るに決まっているが……人間は百パーセント、異常だということが、統計的に証明できたことになる。）

「ちくしょう、おまえは一体、誰なんだ！」という男の叫びに返答はなかったが、無論、この「聞きおぼえのある声」の主は彼の肉体にほかならない。淋病感染により正常の圏外に弾き出されたことへの劣等意識が、男を肉体の捨象へと向かわせたが、他方、肉体の側は正常・異常という弁別自体の無根拠性を主張し、男に和解を迫るのである。

混濁する理性は、いつしか淋病不完治の疑念すら、男の脳裡から忘却させてしまった。十月、小便の最中に激しい悪寒に襲われた男は、「風邪をひいたのだろうか」、「いや、この悪寒は、なにかもっとちがった性質のものらしい」と思い巡らしつつも、再発の疑念には一向に思い至らない。そうして、いよいよ衰弱を増した理性は、ついには村人の提案した集団監視下の性交にさえさほどの抵抗を感じなくなり、逆に、これまで一貫して肉体の体現者として男に対峙してきた女が、激しい拒絶の色を露にする。結果、男は女に完膚《かんぷ》なきまでに打ちのめされ、その腕に抱かれ「液化して女の体に融け込んでしまいそう」な自己を夢想するに至るのだった。すなわち、肉体に対する理性の完敗により、「廃屋の水道管」にふたたび〈水〉が流れ始めたのである。

他方、女の側にも確実な変化があった。畳の上に素裸で眠り、頭からビニールをかぶり食事をとっていた女が、男との関係の定着以後、ラジオと鏡を欲するようになった。恐らくそれらは、男の逃亡要求に困り果てた女の思いついた、男を砂穴にとどめ置くための武器（外部への窓と美しい女）であったのだろうが、一方でそれは、都会の男が砂穴の女にもたらした文明化の兆候でもあった（「女は、幸福そうに、驚嘆の声をくりかえしながら、半日、ダイヤルを左右にまわしつづけた」）。そして「civilization is syphilization」、「文明は梅毒なり†」の警句もあるように、男が女にもたらした文明化の最たるものが「性病」の感染にほかならなかった。すなわち、〈文明的男〉と〈自然的女〉の交感は、〈文明的男〉に自然的「恢癒」を、〈自然的女〉に文明的「性病」をもたらしたのである。

四　〈砂の女〉の死

周知のとおり、本作の先行論で最も議論が別れるのが結末部の解釈である。監禁から七ヶ月後の翌年三月に妊娠した女が、五月、下半身を血に染め、村人らによりオート三輪で「連れ去られ」、残された男の前には縄梯子が下りていた。男は、いったんは地上に上がり、しかし溜水装置の故障に気づいて穴底に

†文明は梅毒なり―コロンブスのアメリカ大陸発見が世界中に梅毒が蔓延した起源であるとする説に基づいた諺。その説によれば、コロンブスの船の乗組員が現地の女性と性的交渉をもったことで感染し、旧大陸に持ち込まれた梅毒が、その後ヨーロッパ全土、さらには世界の隅々にまで速やかに拡大していったとされる。

引き返し、「溜水装置のことを誰かに話したい」、「話すとなれば、ここの部落のもの以上の聞き手は、まずありえまい」、「逃げるてだては、またその翌日にでも考えればいい」と心中に思う――。

この〈穴底へ引き返す〉という男の行動理由について、先行論には大きく、〈女への愛〉を読む立場と、〈溜水装置への執着〉を読む立場とがあるが、数の上では圧倒的に後者がまさってきた。木村功は、縄梯子を得て「千載一遇の機会を得たにも拘わらず」「溜水装置のようなものに囚われてしまって脱出を先延ばしにしようとしている」と、波潟剛†は、別れの場面で男が女を「見ないふりをし、目をそむけた」ことから、「「男」の関心は、彼女の容態よりも」「縄梯子や、自分で作った溜水装置へと移行してしまって」おり、両者は「脆い結びつきでしかなかった」と結論している。

一方、蘆田英治は、長く先行論で「女の存在」が「貶価されてきた」ことについて、「男が〈溜水装置〉の計画の最もよい聞き手を、女が不在のままに「ここの部落のもの」に思い描く」結末部の記述が「男だけの自己変革を論じる傾向を助長した」と指摘する。あるいは秋山公男は、縄梯子が放置された理由について、「忘れた」、「意図的な措置」等、複数の可能性から検討を加えた結果、「どういう角度から考えてみても、作品内の論理に照らして、「そのままになっていた」という「縄梯子」の設定は不自然」であると述べる。換言すれ

†波潟剛――「安部公房『砂の女』論――登場人物と「砂」、およびテクストとの関係をめぐって」『日本語と日本文学』一九九八年二月。

ば、特に近年の論の多くが結末部での男の溜水装置への執着を、女の容態を当然心配してしかるべき男の〈落度〉と見なすか、さもなければ、結末部の記述自体に〈欠陥〉があると見なしてきたのである。

しかし、本作の結末には、果たしてそれほどに無理や齟齬が生じていただろうか。そもそも従来の論では男の行方にのみ関心が偏り、オート三輪で「連れ去られ」たのちの女の行方についてはほとんど議論がなされず、暗黙裡に女の帰還を自明視してきた観がある。しかし女の帰還は、それほどに自明のことであっただろうか。「突然」「下半身を血に染めて、激痛を訴えだした」とする女の病因が、正しく「子宮外妊娠」であったならば、むしろ当場面からは女の帰還を絶望視せざるを得ないような、深刻な事態を推測する方が自然ではないだろうか。

大量の出血をともなう子宮外妊娠、すなわち卵管等の破裂は、胃潰瘍や大動脈瘤の破裂による大出血などと並び「頓死」の代表例のひとつであり、司法解剖の対象となる。厚生省「人口動態統計」を見ると、戦後の子宮外妊娠による死亡数は、一九四七年から五六年までは年三〇〇人超（平均三六二・七人）、輸血と開腹手術がただちに必要となる破裂の場合、処置せず放置した場合の死亡率は七〇％、死亡例のうち発症から死に至るまで、六時間以上一二時間以内が三七％、一二時間以上一八時間以内が二四％、全体の九一％が二四時間以内に死亡している。

　では女の場合はどうであったか。「下半身が血に染」まっていたというから病症は破裂、出血は大量であっただろう。また病因の判定者が「親類に獣医がいるという部落の誰か」であったというから、村に医者はなく、適切な応急処置は取られなかったと推測される。しかも村の砂丘側一番端にある女の家から国道側の端までが約二キロ、そこからS駅発のバス終点停留所のある国道までが「力いっぱい駈け出」して「十五分」、と女の家がかなりの僻地にあること、さらに水攻めの際に示された女の我慢強さ、村人の非情さから推して、発症から女の病院到着までに半日以上が経過していただろうと判断される。こうした悪条件の重複からも、女の死は不可避であったと考えるのが妥当だろう。

　では〈女の不可避の死〉を前提に結末部を読み直したならばどうなるか。「子宮外妊娠」と診断された時点で、すでに女の腹の中の胎児の死は明らかだった。しかも前述したように、「外妊といえば淋疾」という「常識」が当時にはあった。むろん、男がそれを知らないはずはなく、男は淋病の不完治を確信したと同時に、腹の中の胎児を自身の淋菌が殺害してしまったことをも痛感したはずである。

　もっとも、子宮外妊娠と淋病の相関性を察知しえたのは、一人男だけであっただろうか。注目すべきは村人らの縄梯子の放置である。前掲秋山論は、それが意図的である場合の二つの可能性として、「一つは、女の働き手がいなくなったことと関連して、仁木が逃亡してもやむをえないと判断したとみる捉え方」、「他の一つは、女の妊娠もあって村人が仲間と認め心を許したとみる解釈」があり、「結論として、そのいずれも成立しえない」と解しているが、たとえば女の卵管破裂という事態からその死が不可避であること、しかも男が「性病」もちであることを、獣医の診断を介して村人たちが知ったと解したならばどうだろう。仮に帰還を果たした男が村を法的に訴えたにせよ、女の妊娠は男の立場を著しく不利にしたに違いない。しかも、その女が男に「性病」をうつされ、死に至らしめられたとしたら尚更である。あるいは男の「性病」もちを察知した村人らが、より積極的に男を村から放逐したとも考えられる。

　では肝心の男は、女の容態をどのように見ていたのか。最終場面、「いま、彼の手のなかの往復切符には、行先も、戻る場所も、本人の自由に書きこめる余白になって空いている」とあることからも、このとき男が「行先」（女との未来の建設）と「戻る場所」（妻との過去の修復）、そのどちらもが、すでに〈失われた〉と確信していたことは疑いえない。引き返した穴底で、女の大事にしていたラジオの音に「泣きじゃくりそうに」なったのも、桶の中の「切れるように冷た」い水に手をひたし「うずくまって、身じろぎしようともしなかった」

のも、そして、溜水装置の計画の最良の聞き手として、女ではなく、「部落のもの」を想起したのも、男の目に、女の死が不可避であると判断されたからにほかなるまい。「ふとんごと、サナギのようにくるまれ、ロープで吊り上げられていった」女、「視線がとどかなくなるまで、涙と目脂でほとんど見えなくなった目を、訴えるように男にそそいでいた」女を、男が「見ないふりをして、目をそむけた」のも、瀕死の女を見るに忍びなかったためばかりでなく、淋病への疑念を知らせることなく最悪の結果を招いたことへの疚《やま》しさが、男に女の直視をためらわせたのである。テクストには、ハンミョウの成虫の特徴として、「一見優男《やさおとこ》風の姿をしていながら」「共食いさえ辞さないほどの獰猛な性質」が記されてあったが、結局、男の誘惑により砂穴の外の自由に魅せられはじめていた女の末路は、その毒牙にかかっての「サナギ」のままの死に終わったのである。

最後に、最終場面での男の溜水装置への執着をどのように考えたらよいだろうか。女は遠からず死ぬ。そして、淋病不完治が明らかになったことで、妻のもとへ帰るという選択肢も男には絶たれた。今、この瞬間、あらゆる可能性が「余白」となった男の虚ろな目に映じたのは、穴底に置き去りにされた壊れかけた溜水装置だった。

穴の底で、何かが動いた。自分の影だった。影のすぐ上に、溜水装置があり、木枠が一本、外れていた。女を搬び出すときに、誤って踏みつけられたのだろう。あわてて、修繕のために、引返す。

この場面を、蘆田英治は「〈溜水装置〉の故障は、壊れやすく、事実〈子宮外妊娠〉によって生命の危機にさらされている女の身体そのもの」であり、「男は故障した〈溜水装置〉を修繕するために、再び穴の内部（底）へ降りて行かねばならない」と解している。しかしながら、〈男の淋病の不完治〉と〈女の不可避の死〉を前提とする本稿では、この壊れかけた溜水装置を男の肉体の隠喩として捉えたい。

理性の肉体への完敗により男の〈断水〉が解かれたことは前述したが、注目したいのはその直後の場面で、鴉とりの罠が溜水装置へと変貌を遂げる点である。このことからも、男の〈水の回復〉と溜水装置の発明との間には相関関係があったと判断される。さらに「砂の変化は、同時に彼の変化でもあった。彼は、砂の中から、水といっしょに、もう一人の自分をひろい出してきたのかもしれなかった」とあることからも、鴉とりの罠の溜水装置への変貌は、男の〈希望〉が、〈都会への帰還〉から〈肉体との和解〉の方向へと、大きく転換したことを意味していたと考えられる。

しかし、淋病はまたしても男を孤独の底へと突き落とした。かつて男はその絶望から目をそらすために、孤独を強いる肉体からの逃走を試みたが、今、地上に上がった男の目には、穴底の壊れかけた溜水装置、すなわち〈水の回復〉を果たした矢先に、置き去りにされ（女は連れ去られ）、踏みつけられた（村から放逐された）、淋菌に侵された忌まわしい肉体が、紛れもない「自身の影」だと認識されたのである。

以上の検証から、本稿は小説『砂の女』を、肉体に躓《つまず》き、肉体からの逃走を図った男が、肉体の側からの復讐として、肉体そのもののような〈女〉との対峙を強いられ、〈女〉との通路の回復、再びの喪失を経て、最終的に肉体との和解へと至る物語であったと結論する。後年の磯田光一との対談†の中で、安部が「『砂の女』の結末というのは、到達することが問題ではなくて、出発点に立つということが問題なのだ」と言及していたように、本小説の結末には、〈男の行方〉（「到達点」）を類推させる手がかりは何も記されていない。むしろ、〈壊れかけた溜水装置を修繕するために穴底へ引き返す〉という最終場面での男の行動は、孤独を運命づけられたものがその孤独を回避せず、孤独を強いる肉体を我が物として生きていく決意を固めた、「出発点」への着地を意味していたのである。

すべては、そこから始まるのだ。

†**磯田光一との対談**―「人間・共同体・芸術――安部公房氏に聞く」『國文学　解釈と教材の研究』一九七二年九月。

主要参考文献

【単行本】

浅田一『死と検屍』東洋書館、一九四七年三月。

亜東書房編『われ死ぬべしや――BC級戦犯者の記録』亜東書房、一九五二年八月。

井上ひさし・小森陽一編著『座談会　昭和文学史第四巻』集英社、二〇〇三年十二月。

内海愛子『スガモプリズン――戦犯たちの平和運動』吉川弘文館、二〇〇四年五月。

梅谷献二『虫の民俗誌』築地書房、一九八六年六月。

遠藤龍雄『映倫――歴史と事件』ぺりかん社、一九七三年十二月。

大阪勤労者演劇協会編『大阪労演三〇年の歩み――大阪労演創立三〇周年記念』大阪勤労者演劇協会、一九七九年五月。

大阪勤労者演劇協会編『大阪労演の五〇年――客席から舞台へ、舞台から客席へ〈一九四九―一九九八〉』大阪勤労者演劇協会、一九九九年十一月。

大笹吉雄『日本現代演劇史　昭和戦中篇Ⅲ』白水社、一九九五年二月。

大薗友和『勲章の内幕』社会思想社、一九九九年八月。

大山功『近代日本戯曲史・昭和編下』第四巻、近代日本戯曲史刊行会、一九七三年九月。

小川徹『花田清輝の生涯』思想の科学社、一九七八年十一月。

奥本大三郎『百蟲譜』弥生書房、一九八四年九月。

海後宗臣編『日本教科書大系　近代編　第八巻　国語（五）』講談社、一九六四年六月。

「新訂新しい国語」編集委員会・東京書籍株式会社編集部編『新訂新しい国語　教師用指導書3』東京書籍、一九七五年四月。

桂川寛『廃墟の前衛』一葉社、二〇〇四年十一月。

久保田政雄『アリとあらゆるアリの話』講談社、一九八八年一月。

佐々木基一『昭和文学交友記』新潮社、一九八三年十二月。

佐藤正紀『勲章と褒章』時事画報社、二〇〇七年十二月。

澤崎千秋・柳澤洋二『子宮外妊娠』金芳堂、一九七二年。

コーチ・ジャンルーカ『安部公房スタジオと欧米の実験演劇』彩流社、二〇〇五年二月。

松竹映像本部映像渉外室編『キネマの世紀――映画の百年、松竹の百年『路上の霊魂』から『釣りバカ日誌』まで』フィルムアート社、一九九五年九月。

素木得一監修・北隆館編集部編『原色図鑑ライブラリー第九――甲虫第二』北隆館、一九五五年。

巣鴨遺書編纂会編『世紀の遺書』巣鴨遺書編纂刊行事務所、一九五三年十二月。

巣鴨法務委員会編『戦犯裁判の実相』巣鴨法務委員会、一九五二年五月。

瀬木慎一『日本の前衛――1945―1999』生活の友社、二〇〇〇年一月。

関根弘『針の穴とラクダの夢』草思社、一九七八年十月。

関根弘『花田清輝——二十世紀の孤独者』リブロポート、一九八七年十月。

千田是也『千田是也演劇論集第一巻』未来社、一九八〇年四月。

千田是也『千田是也演劇論集第二巻』未来社、一九八〇年七月。

千田是也『千田是也演劇論集第三巻』未来社、一九八五年八月。

花田清輝『錯乱の論理』真善美社、一九四七年九月。

本多秋五『物語戦後文学史・完結編』新潮社、一九六〇年六月。

毎日新聞政治部編『新聞史料にみる東京裁判・BC級裁判』第一巻、内海愛子・永井均監修・解説、現代史料出版、二〇〇〇年二月。

真船豊『遁走譜』双雅房、一九三八年五月。

三谷靖『婦人の淋疾』鳳鳴堂書店／文光堂書店、一九四八年。

宮西忠正『安部公房・荒野の人』菁柿堂、二〇〇九年三月。

大和良作『性病典』実業之日本社、一九三一年四月。

理論編集部編『壁あつき部屋——巣鴨BC級戦犯の人生記』理論社、一九五三年二月。

ジョージ・A・アカロフ、ロバート・J・シラー共著、山形浩生訳『アニマルスピリット——人間の心理がマクロ経済を動かす』東洋経済新報社、二〇〇九年五月。

アルファーデス著、賀川豊彦・西尾昇共訳『動物社会学概論』第一書房、一九三八年五月。

C・A・ウィロビー著、福田太郎訳『赤色スパイ団の全貌——ゾルゲ事件』東西南北社、一九五三年四月。

ナンシー・K・シールズ著、安保大有訳『安部公房の劇場』新潮社、一九九七年七月。

マリア・タタール著、鈴木晶訳『異貌の18世紀――魔の眼に魅されて』国書刊行会、一九九四年三月。

ルソー著、鯵坂二夫訳『ルソーのエミール』玉川学園出版部、一九三二年八月。

魯迅著、竹内好訳『魯迅作品集』筑摩書房、一九五三年。


【単行本・雑誌・新聞掲載論文】


秋山公男「『砂の女』――逃亡・希望の虚妄性」、『愛知大学文学論叢』第百三十号、二〇〇四年七月。

蘆田英治「安部公房『砂の女』について」、『論樹』第十一号、論樹の会、一九九七年十月、『安部公房『砂の女』作品論集』クレス出版、二〇〇三年六月。

安部ねり「安部公房伝記」、『安部公房全集30』新潮社、二〇〇九年三月。

荒正人「基地日本の象徴するもの」、『三田新聞』一九五三年十月三十日、『戦後文学の展望』三笠書房、一九五六年七月。

荒正人「知識人文学の新人（安部公房について）」、『戦後文学の展望』三笠書房、一九五六年七月。

飯沢匡「受賞の言葉」、『新潮』第五二巻第一号、新潮社、一九五五年一月。

いいだもも「消えた鼠は生きている――戦後同人誌『世代』について」、「思想の科学」第四次・通号第十三号、中央公論社、一九六〇年一月。

磯貝英夫「砂の女（作品論）――（安部公房・文学と思想）」、『國文学　解釈と教材の研究』第十七巻第十二号、一九七二年九月、『安部公房『砂の女』作品論集』クレス出版、二〇〇三年六月。

上杉寛子「安部公房『砂の女』研究――「砂の世界への解放」」、『広島女学院大学国語国文学誌』第三十号、二〇〇〇〇年十二月。

瓜生忠夫「奴隷化政策の諷刺――安部公房著『どれい狩り・快速船・制服』」、『図書新聞』第三百二十号、図書新聞社、一九五五年十月二十九日。

遠藤慎吾「東京の新劇Ⅶ」、『悲劇喜劇』第九巻第五号、早川書房、一九五五年五月。

遠藤慎吾・西沢揚太郎・加藤衛・早川清編「《特集》現代演劇はどこから生れるか?」、『悲劇喜劇』第九巻第七号、早川書房、一九五五年七月。

扇田昭彦「安部公房との蜜月時代――千田是也演劇戦後史第十回」、『the 座』第二十九号、こまつ座、一九九五年一月。

大笹吉雄「どれい狩り」、『国文学　解釈と鑑賞』第三十九巻第三号、一九七四年三月。

小川徹「通俗化と変貌のゆくえ――三島由紀夫と安部公房・その映画化と原作」、『国文学　解釈と鑑賞』第三十九巻第三号、一九七四年三月。

興津君夫「この裁判!」、理論編集部編『壁あつき部屋――巣鴨BC級戦犯の人生記』理論社、一九五三年二月。

奥野健男「三島由紀夫と安部公房〈戦後演劇の基柱〉」、『国文学　解釈と鑑賞』第三十九巻第三号、一九七四年三月。

尾崎宏次「この一ヵ月のあいだに」、『新劇』通号第十五号、白水社、一九五五年四月。

ウィリアム・カリー著・安西徹雄訳「砂――存在の根の探求」、『疎外の構図――安部公房・ベケット・カフカの小説』新潮社、一九七五年、『安部公房『砂の女』作品論集』クレス出版、二〇〇三年六月。

河上浩「B・C級戦犯とは」、理論編集部編『壁あつき部屋――巣鴨BC級戦犯の人生記』理論社、一九五三年二月。

木村功「『砂の女』論――〈仁木純平〉から〈男〉へ」、『宇部短期大学学術報告』通号三十四号、一九九七年度、二月。

金起聖「朝鮮人なるがゆえに」、理論編集部編『壁あつき部屋――巣鴨BC級戦犯の人生記』理論社、一九五三年二月。

倉林誠一郎「衣の下のヨロイ」、『テアトロ』第十八巻第十一号、テアトロ社、一九五六年十月。

小林治「昭和三十年代の安部公房短編作品について（一）――日本的共同体への帰属と脱出」、『駒沢短大国文』第三十三号、二〇〇三年三月。

小林正明「物語論から『砂の女』を解剖する」、『國文学　解釈と教材の研究』第四十二巻第九号、一九九七年八月、『安部公房『砂の女』作品論集』クレス出版、二〇〇三年六月。

小林正明「『砂の女』」、『愛知大学文学論叢』第百三十号、愛知大学文学会、二〇〇四年七月。

佐藤観次郎・下川儀太郎・小倉武志「映画座談会／「壁あつき部屋」をめぐって」、『社会タイムス』第八百四十五号、一九五六年十一月六日。

沢田陽三「まず石をなげうて」、理論編集部編『壁あつき部屋――巣鴨BC級戦犯の人生記』理論社、一九五三年二月。

椎名麟三「編集後記」、『近代文学』第六巻第六号、近代文学社、一九五一年九月。

椎名麟三・木下順二・手塚富雄「創作合評」、『群像』第八巻第四号、大日本雄弁会講談社、一九五三年四月。

椎名麟三「安部公房・作「制服」」、『芸術新潮』第六巻第五号、新潮社、一九五五年五月。

椎名麟三・赤岩栄・遠藤慎吾「〈座談会〉異彩面談」、『悲劇喜劇』第九巻第十一号、早川書房、一九五五年九月。

島田安行「『どれい狩り』の新鮮さ」、『悲劇喜劇』第三十七巻第九号、早川書房、一九八四年九月。

庄司宏子「メスメリズムと女性の神経症的身体——一九世紀半ばのアメリカ中産階級の形成とその不安」、成蹊大学文学部学会『病と文化』風間書房、二〇〇五年三月。

千田是也「解説的追想（一九五〇—一九五四）」、『千田是也演劇論集　第二巻』未来社、一九八〇年七月。

千田是也「『中橋公館』——演出者の言葉」、『MAINICHI KAIKAN MONTHLY』一九四六年十月、『千田是也演劇論集　第一巻』未来社、一九八〇年四月。

千田是也「『中橋公館』のこと」、「THE BUNKA TIMES」一九四七年四月二十八日、『千田是也演劇論集第一巻』未来社、一九八〇年四月。

千田是也「『どれい狩り』演出雑感」、安部公房『どれい狩り・快速船・制服』青木書店、一九五五年九月、『千田是也演劇論集第三巻』未来社、一九八五年八月。

千田是也「どれい狩り（改訂版）」、俳優座パンフレット、第七十九号、一九六七年十一月二日。

千田是也「解説的追想（一九五〇—一九五四）」、『千田是也演劇論集第二巻』未来社、一九八〇年七月。

千田是也「解説的追想（一九五五—一九五九）」、『千田是也演劇論集第三巻』未来社、一九八五年八月。

田中裕之「『砂の女』論」、『日本文学』第三五巻第十二号、日本文学協会、一九八六年十二月、『安部公房『砂の女』作品論集』クレス出版、二〇〇三年六月。

田邊繁子「家族制度復活の声と戦う」、『世界』通号第百十一号、一九五五年三月。

玉城素「日本共産党の在日朝鮮人指導（その一）」、『コリア評論』第五巻第四号、民族問題研究所、一九六一年三月。

田路嘉秀「不妊症の診断と治療、殊に人工授精について」、『産科と婦人科』第二十一巻第十一号、一九五四年十一月。

鶴谷睦二「はだかパレード」、理論編集部編『壁あつき部屋――巣鴨BC級戦犯の人生記』理論社、一九五三年二月。

戸頃重基「崩壊期の家族制度とその道徳的診断」、『理想』通号第二百六十六号、一九五五年七月。

中田耕治（文責・安部ねり）「世紀」、「贋月報――安部公房全集2サブ・ノート」、『安部公房全集2』新潮社、一九九七年九月。

波潟剛「安部公房『砂の女』論――登場人物と「砂」、およびテクストとの関係をめぐって」、『日本語と日本文学』第二十六号、筑波大学日本語日本文学会、一九九八年二月。

西川智之「メスメリズムの源流と文学における展開（前編）」、『名古屋大学国際言語文化研究科』第十三巻第二号、一九九二年。

西村信雄「日本における家族制度復活の動き」、『季刊法律学』第十九号、（有斐閣）一九五五年七月。

丹羽文雄・佐藤春夫・宇野浩二「第二十五回芥川賞選評」、『文藝春秋』第二十九巻第十三号、文藝春秋社、一九五一年十月。

根本利恵子「戦後中学校国語教科書における演劇教材の変遷について」、『国語国文学科研究論文集』第三十三集、（北海道教育大学札幌校）一九八七年度。

野間宏「戦争の破かい」『壁あつき部屋――巣鴨BC級戦犯の人生記』理論社、一九五二年二月。

花田清輝「革命的芸術の道」、『読売新聞』一九四八年一月二十六日。

花田清輝「山の鴉」、『文学』第三十八巻第十二号、一九七〇年十二月、『花田清輝全集第十四巻』講談社、一九七八年九月。

花田清輝「安部公房」、『日本読書新聞』一九五八年十一月十日号、『花田清輝全集第七巻』講談社、一九七八年二月。

針生一郎〔文責・安部ねり〕「勧誘」、「贋月報――安部公房全集6サブ・ノート」、『安部公房全集6』新潮社、一九九八年一月。

久板栄二郎「『新劇戯曲賞』詮衡経過」、『新劇』通号第十八号、白水社、一九五五年九月。

廣瀬晋也「メビウスの輪としての失踪――『砂の女』私論」、『近代文学論集』第十三号、一九八七年十一月、『安部公房『砂の女』作品論集』クレス出版、二〇〇三年六月。

福沢諭吉「学問の独立」、『学問のすすめ　ほか』中公クラシックス、中央公論社、二〇〇二年十一月。

藤崎康夫「戦後移民五〇年――日本戦後史を語る歳月」、『世界』第七百二十二号、二〇〇四年一月。

松本克平「アメリカの聲」と「蛻変」――上半期の東京新劇界」、『労演』第七十五号、大阪勤労者演劇協会、一九五五年七月十日。

増山太助「戦後運動史外伝・人物群像〔二八〕――田中英光と安部公房」、『労働運動研究』第三百三十号、一九九七年四月。

三木卓「非現実小説の陥穽――安部公房「砂の女」をめぐって」、『新日本文学』第十八巻第十一号、一九六三年十一月、『安部公房『砂の女』作品論集』クレス出版、二〇〇三年六月。

渡辺富雄ほか「子宮外妊娠破裂による急死」、『昭和医学会雑誌』第二十六巻第十一号、昭和大学昭和医学会、一九六六年十一月。

＊本論において直接引用した活字資料を中心として掲げた。

あとがき

本書は、安部公房という作家を対象として、筆者が二〇〇三年から二〇一一年にかけて早稲田大学において研究した成果の一部をまとめたものである。

全二部構成を取り、第一部では安部公房の多彩な創造活動の全体像を俯瞰しやすくする目的から、特に一九五〇年代から七〇年代末までに顕著に見られた〈メディアの寵児〉的なオールラウンダーとしての活躍に注目して、彼を日本の表現史における〈リテラリー・アダプテーション〉の先駆として位置づけた。また、第二部では個々の作品内容（ストーリーやテーマ）に改めて目を向け、安部の創作のなかから小説・映画シナリオ・戯曲を一作ずつ取り上げて論じた。

第二部は二〇一一年に早稲田大学に提出した学位請求論文からの抜粋であり、学会誌や紀要に発表した初出論文に若干の改稿を加えたものだが、第一部は本書の出版を快諾してくださった笠間書院 橋本孝編集長の助言もあり、一般読者に向けた《安部公房入門書》としても活用してもらえるよう、ほぼ全面改稿に近いかたちで平易な文体・内容に書き下ろした。

実際の学位請求論文は安部公房の誕生から説き起こし、全三部立て十七章から成る原稿用紙換算一千三百ページ相当の大部となったが、本書はおおよその後半部、すなわち、第二部（「安部公房と日本共産党―人民のなかへ」）最終章（「『壁あつき部屋』試論―罪責の行方を追って」）から第三部（「〈大衆〉との邂逅《かいこう》―劇界進出から『砂の女』まで」）の内容に準じている。

なお、本書では紙面の都合上取り上げられなかった、主として満洲時代の幼少年期から敗戦・引揚げを経て一九五〇年代後半までの事跡を論じた学位論文の前半部については、笠間書院さんのご厚意によって本書刊行後に出版する予定となっている。

冒頭でも述べたように、安部公房はまちがいなく日本文学史上の「論じにくい作家」の一人であり、本書も紙面の制限上、現役時代の安部が世に及ぼした衝撃性を十分に説明し尽くすことはできなかったと思う。しかし敗戦を故郷満洲で迎え、命からがら焼け跡の東京にたどりついた無名の青年が、その溢れんばかりの想像力と野心のみを武器に、新しい表現メディアの勃興・成長と歩みをともにするかたちで、ついには世界をめざすに至った、表現者としての安部公房のスケール感を多少なりとも言語化したいというのが、そもそもの本書の執筆動機だった。

本書は『安部公房とはだれか』というタイトルにも集約されるように、生前ノーベル文学賞候補にも名前があがった、「国際的」で「一風変わった作品を書く作家」といったイメージで受容されている観のある安部公房が、実際のところどのような特徴をもった表現者だったのか、彼が他の日本人作家たちにも増して海外から注目された理由はなんだったのか、といった疑問を解明するために多くのページを割いている。そこで、本文を書き終えたいま改めて、安部公房とはどんな作家だったのかを自らに問い直してみることにする。

いま筆者の頭にぼんやりながら浮かんでくるのは、およそ次のような回答だ。つまり、筆者にとっての安部公房の最大の魅力は、「時代の狩人」としての彼の卓越した感知・予見能力にあったのだと。

一九六三年の文章のなかで、安部は作家としての出発期における師匠格だった花田清輝について、「私は、時代の狩人としての心構えを、花田さんから教えられた」（「千田是也と花田清輝」）と述べている。無論、文学（映画、アニメ、テレビドラマなども含む広義の文学）には本来的に虚構を用いてその時代の特徴をあざやかに切り取って見せる装置としての機能があるわけだが、とりわけ安部はそうした感知能力にすぐれており、それがしばしば時代を先取りするような予言めいた発言となって表れることがあった。第一部でも言及したが、安部は活字メディア全盛時代だった一九五七年時点ですでに「電波文化時代の最終完成形態」としてのＤＶＤ時代の到来（劇、教育、音楽、美術、物語など、あらゆる分野の「映画の単行本化」）を予見しており、そうした先見性があったからこそ、彼には〈メディア五種目〉時代（五六〜七一年）があり、メディアを変えながら思索を練り直すという〈リテラリー・アダプテーション〉の手法が生み出されたのである。

では、なぜ安部にそのような特別の能力が養われたのか。筆者はそのみなもとが、彼の〈現実凝縮〉の能力にあったと思っている。たとえば一九五五年の談話のなかで、安部は「ウエー」（『どれい狩り』）の創作秘話のなかで「人間の価値が安くなり換算されるという状況から、それを絞って煮つめてゆくとウエーというものが出てくる。われわれをとりまいている平凡な現実を煮つめてゆけばウエーは現実の凝縮された存在となるんですね」と言及している。

つまり、安部の創造行為のみなもとには自身を取りまく現実の凝視があったのであり、その「平凡な現実」

のなかから普遍性をつかみとると同時に独創的発想を生み出す能力、それこそが安部公房という表現者の非凡さのゆえんだったのだと考える。

そうした特徴をもつ、「時代の狩人」たる安部公房を追いかけつづけて筆者は今日に至っている。


本書は、多くの方々のご厚意とご教示に支えられて出版の日の目を見た。ここに、お世話になった方々の氏名を記し、心からの感謝を捧げたいと思う。

学問上のご教示を受けた諸先生方、宗像和重先生、関谷一郎先生、十重田裕一先生、高橋英之先生、岡室美奈子先生、川西重忠先生、戸田宗宏先生、大西加代子先生。

本書の出版を快諾してくださった笠間書院池田つや子社長、橋本孝編集長。

長年、研究を支えてくださった葛生麻千子氏、千葉胤文氏、武藤英一氏、井村春光氏、福井康子氏、黒子恒夫氏、遠藤和子氏、荒木恒夫氏、川和孝氏、小寺松雄氏。

資料提供を含めご協力をいただいた早稲田大学演劇博物館の方々。

みなさまのご教示がなければ、とうてい本書は完成の日を迎えることはできなかった。本当にありがとうございました。

二〇一三年春

木　村　陽　子

索　引

人名・書名・作品名を中心に掲げた。
ただし、「安部公房」は頻出するため省略した。

あ　行

た　行

な　行

は　行

ま　行

や　行

ら 行

わ 行

〔著者略歴〕

木村　陽子（きむら　ようこ）

1972年、東京生まれ。早稲田大学大学院文学研究科博士後期課程修了。博士（文学）。専攻は日本語・日本文化。2008年から2012年まで早稲田大学演劇博物館のグローバルCOE研究生、研究員、非常勤職員として演劇映像学を研究。2009年から現在まで桜美林大学北東アジア総合研究所の客員研究員として日中関係学を研究。東京学芸大学非常勤講師、同済大学（中国）特別招聘副教授（専任）を経て、現在、埼玉東萌短期大学非常勤講師。共著に『日中関係の新しい地平』（2009年）、『満蒙の新しい地平線』（2010年）、『大平正芳からいま学ぶこと』（2010年）、『中国の近代化』（2012年、すべて桜美林大学北東アジア総合研究所）、『近現代日本文学史』（2013年、華東理工大学出版社）などがある。

安部公房とはだれか

2013年５月15日　　第１刷発行

著者　木村　陽子

装幀　仲光　寛城

発行者　池田　つや子

発行所　有限会社　**笠間書院**

東京都千代田区猿楽町2-2-3［〒101-0064］

NDC分類：910.264　　電話03-3295-1331　　FAX03-3294-0996

ISBN978-4-305-70692-8

印刷／製本：モリモト印刷

（本文用紙：中性紙使用）